9

R.

49150

RICHESSE

DE

L'É T A T.

RICHESSE

DE

L'ÉTAT,

A laquelle on a ajouté les Pieces qui
ont paru pour & contre.

A AMSTERDAM,

Chez *MARC MICHEL REY.*

MDCCLXIV.

AVERTISSEMENT.

QUELQUES-unes des Pieces contenues dans ce Recueil m'ont paru très-intéreſſantes, c'eſt ce qui m'a déterminé à les réimprimer. J'en ai ajouté d'autres qui ne m'ont point ſemblé être de la même conſéquence : ſi je les ai ajouté, ce n'a été que pour ſatisfaire ceux qui veulent tout voir. Il ſeroit à ſouhaiter pour l'Humanité que le Prince connût ſes vrais intérêts, & agît en conſéquence.

PIECES CONTENUES
DANS CE
VOLUME

L A

LA
RICHESSE
DE
L'ÉTAT.

CHACUN doit au Bien public le tribut de ses réflexions. D'autres ont fait des volumes sur l'Economie des Finances, sur la Population, sur le Commerce. On y trouve des observations judicieuses, des critiques justes, des principes excellens, une théorie admirable. Mais veut-on réduire en pratique ces différens systêmes? Les opérations de détail qu'ils indiquent sont immenses ; elles exigeroient un travail long, un concours de volontés, une constance parfaite, une uniformité invariable dans les vues de ceux qui sont chargés de l'administration, une fidélité inviolable dans l'exécution ; en un mot, une réforme préalable de l'Humanité, & un remede aux vicissitudes. Lorsqu'on a pesé & combiné tous ces systêmes, & que l'on a reconnu qu'un siecle suffiroit à peine pour les exécuter dans toute leur étendue, on s'apperçoit qu'ils ne peuvent remédier à un mal pressant, & l'on est tenté de regarder le mal comme désespéré & sans remede. C'est aller trop loin : mais au moins faut-il chercher le

A

remede ailleurs que dans des économies de détail.

C'est ce qu'on va essayer de faire. On entreprend de prouver qu'il est un remede prompt & efficace ; qu'il est possible de subvenir aux besoins de l'Etat, de satisfaire à ses engagemens, de pourvoir au présent, au passé, à l'avenir, par une opération simple, dont l'effet seroit en même temps & d'enrichir le Roi & de soulager les Peuples. Cette annonce a-t-elle quelque réalité ? C'est ce que chacun pourra connoître par l'exposé que l'on va faire du plan & des moyens de l'exécuter.

On suppose deux millions de personnes dans le Royaume, taillables ou non taillables, qu'il est question d'imposer à proportion de leur aisance. On les distribue en vingt classes de cent mille chacune, que l'on taxe par progression, en augmentant depuis un écu, qui feroit l'imposition de la classe la plus indigente, jusqu'à sept cent trente livres pour la classe la plus forte, composée des plus opulens. Le total de cette imposition produiroit au Roi six cent quatre-vingt-dix-huit millions trois cent soixante-six mille six cent soixante-six livres, somme immense, qui feroit substituée à tous autres Impôts & Droits dont les Peuples sont chargés. Le Roi néanmoins conserveroit encore par-delà un droit à la frontiere du Royaume sur toute espece de Marchandises qui passent à l'Etranger, ou qui en viennent. Il auroit encore les Fermes des Postes, des Domaines réels, Droits de Franc-Fiefs & Amortissemens, la Ferme du Tabac & du Domaine d'Occident, les Revenus Casuels, la Monnoye, les Décimes & Abonnemens du Clergé ; & tous ces objets qui

produifent au Roi quarante-deux millions, a-
joutés au montant de l'unique Impôt dont il
vient d'être parlé, lui compoferoient un revenu total de plus de fept cent quarante millions.
On en voit la preuve numérique dans le Tableau ci-joint.

TABLEAU DE REPARTITION
DE
DEUX MILLIONS DE PERSONNES.

Premiere, taxée pour chaque personne à	PAR JOUR. liv. sols. den.	PAR AN. liv. sols. den	NOMBRE de Personnes.	TOTAL de chaque Classe par an.
	2	3, 0,10	cent mil.	304,166
2e	0, 3	4, 11,3	Idem.	456,250
3e	0, 6	9, 2,6	Idem.	902,500
4e	0, 9	13, 13,9	Idem.	1,368,750
5e	0, 1,0	18, 5,0	Idem.	1,825,000
6e	0, 2,0	36, 10,0	Idem.	3,650,000
7e	0, 3,0	54, 15,0	Idem.	5,475,000
8e	0, 4,0	73, 0,0	Idem.	7,300,000
9e	0, 8,0	146, 0,0	Idem.	14,600,000
10e	0,14,0	255, 10,0	Idem.	25,550,000
11e	1, 5,0	459, 5,0	Idem.	45,525,000
12e	1,12,0	584, 0,0	Idem.	58,400,000
13e	1,13,0	602, 5,0	Idem.	60,225,000
14e	1,14,0	620, 10,0	Idem.	62,500,000
15e	1,15,0	638, 15,0	Idem.	63,875,000
16e	1,16,0	667, 0,9	Idem.	65,709,000
17e	1,17,0	675, 5,0	Idem.	67,525,000
18e	1,18,0	693, 10,0	Idem.	69,350,000
19e	1,19,0	711, 15,0	Idem.	71,175,000
20e	2, 0,0	730, 0,0	Idem.	73,000,000

millions. mil. liv.

Deux millions de Personnes par an 698,366,666

Fermes & Droits conservés 42,000,000

TOTAL 740,000,000

S'il n'est point d'obstacles insurmontables qui s'opposent à une semblable opération, quelle ressource immense l'Etat ne trouveroit-il pas dans une augmentation de revenu qui se renouvelle sans cesse, & qui surpasse les trésors réunis de tous les Potentats de l'Europe ! Quelle facilité pour acquitter, même pour amortir les dettes de l'Etat, sans rien retrancher de la magnificence Royale ! Quelle satisfaction de penser que la guerre même la plus opiniâtre, ne peut tout au plus que prolonger de quelques années l'ouvrage de l'extinction totale de ces dettes ! D'un autre côté, quel soulagement pour les Peuples de n'avoir plus qu'un seul tribut à payer, d'être délivré de cette multitude d'Impôts sur les personnes, sur les fonds, sur les consommations ; Taille, Taillon, Ustensile, Capitation, Dixieme, Vingtieme, Deux Sols pour livre, Quatre Sols pour livre, Gabelles, Droits d'Aydes, Droits de Gros, Trop Bû, Congés, Entrées, Péages, Ponts & Chauffées, Droits réputés Domaniaux, Contrôle, Insinuations, Centieme Denier, Octrois même patrimoniaux des Villes qui pourroient être également supprimés, sauf à les remplacer aux Villes par délégation sur le nouvel Impôt ! Mais inutilement s'arrêteroit-on à déduire tous les avantages d'une semblable opération, si elle étoit par elle-même impossible. Il faut donc avant toutes choses examiner :

1. Si l'opération en général est possible.

2. Si l'inégalité apparente de ce genre d'Impôt doit le faire rejetter.

3. Si l'intérêt de quelques personnes y met un obstacle insurmontable.

4. En quelle forme & de quelle maniere cette opération peut être exécutée.

Si l'Opération en général est possible ?

I. En premier lieu, l'opération seroit-elle impossible, soit à raison du nombre des personnes, soit à raison des sommes auxquelles il est question de les imposer ?

Quant au nombre des personnes, on en suppose deux millions. Sur la fin du dernier siècle, le dénombrement fait de l'ordre du Roi par tous les Intendans de Province, montoit, pour la totalité du Royaume, à vingt millions de personnes. Quelque grande qu'ait été depuis la dépopulation, & quand on la supposeroit de quatre millions, il resteroit encore seize millions d'habitans. Sur seize millions court-on risque d'en supposer deux millions de contribuables ? Cette supposition peut d'autant moins être critiquée, que l'on sçait que les seuls rôles des Taillables contiennent plus de six millions de personnes.

Il ne seroit pas plus raisonnable de critiquer, comme excessive, la proportion que l'on met à chaque cote d'imposition. Lorsqu'après avoir retranché quatorze millions de personnes, les premiers que l'on impose ensuite sont taxés à un écu par an, quelle comparaison de cette seule & unique charge, avec celles que supportent dans l'état présent les plus indigens ? Les rôles des Villages d'autour de Paris, font foi qu'un simple Journalier, qui n'a ni feu ni lieu, ni terre ni vigne, en un mot, qui n'a que ses bras, paye douze livres par an, indépendamment de ce qu'il lui en coûte d'ailleurs en droits sur le peu qu'il consomme. Ce seroit donc une diminution des trois quarts en faveur des indigens. La derniere & la plus forte des vingt

claſſes n'eſt que de 730 livres, & cette proportion eſt certainement beaucoup au-deſſous
des facultés des plus opulens. Mais eſt-il cent
mille perſonnes dans le Royaume à pouvoir
déſigner pour payer chacune 730 liv. ? Si l'on
entend les déſigner par un état ou dignité émi-
nente, on auroit peine en effet à trouver dans
le Royaume cent mille perſonnes que l'éminen-
ce de leur dignité deſtine à l'honneur de payer
la plus forte ſomme, parce que les premieres
dignités ne ſont pas multipliées à tel excès.
Mais, ſi l'on cherche dans le Royaume 100,000
perſonnes, abſtraction faite de toute qualité,
dont l'aiſance puiſſe ſuffire à 730 liv. par an,
il ne ſera certainement pas difficile de trouver
beaucoup au-delà de ce nombre. La Ville de
Paris, que l'on répute ordinairement contenir
en nombre & en richeſſes le vingtieme du Royaume, devroit donc, dans les cent mille perſonnes, en fournir pour ſon vingtieme cinq
mille ſeulement. Le ſeul Quartier de S. Roch
y ſuffiroit, & au-delà. Il n'eſt gueres de Marchand de la rue S. Honoré qui, dans l'état
préſent, ne paye tous les ans plus de 730 livres pour entrées & droits de leurs marchandiſes, indépendamment des autres impoſitions
de Capitation, Induſtrie, Dixieme, Vingtieme,
&c. Le moindre Marchand de Vin (a) eſt obligé tous les ans d'avancer en droits vingt mille
livres pour ſon approviſionnement, croit-on
qu'il ne s'eſtimeroit pas heureux de payer ſeu-

(a) Un Marchand de Vin a bien de la peine à ſe tirer d'affaire, s'il ne débite par an que 400 muids de
vin, pour chacun deſquels il paye 50 liv. 1. ſ. 3. den.
de droits C'eſt donc 20000 liv. qu'il paye pour les
400. Ce même Marchand de Vin eſt encore taxé de
regle à 300 liv. ſur le Rôle de la Capitation.

A 4

lement chaque année 730 livres pour obtenir la
liberté entiere de fon commerce ? Combien en
trouveroit-on encore dans tous les autres Quartiers de la Capitale, & dans la Bourgeoifie,
fans parler de plus de douze mille perfonnes
qui roulent équipage ? Dès-lors que l'impofition fe réglera, non à raifon des dignités ou
charges feulement, mais à raifon de l'aifance
& de l'avantage que chacun peut trouver à être
affranchi de tous les autres Impôts, eft-il pos-
fible que l'on doute de trouver dans toutes les
Capitales, dans toutes les Villes de commerce
du Royaume, de quoi completter les cent mille perfonnes deftinées à compofer la claffe de
730 livres ? Mais quand, par impoffible, il y
auroit quelque chofe à diminuer fur le nombre
des dernieres claffes, n'y auroit-il point, dans
les étages inférieurs, à augmenter le nombre
fuffifamment pour faire la compenfation ? N'y
a-t-il point à reprendre fur ces quatorze millions de perfonnes que l'on a laiffées à l'écart,
& qui, dans notre fuppofition, ne font point
taxées ? Enfin, que l'on dife combien il s'en
manquera en fomme, il y a certainement de
quoi réduire fur un revenu total de fept cent
quarante millions : cette réduction ne pourroit
jamais être confidérable ; & quelle qu'on la
fuppofe, elle ne feroit jamais telle que le Roi
ne trouvât encore une augmentation immenfe
de revenu.

Si l'inégalité apparente de ce genre d'Impôt doit le faire rejetter ?

II. On objecte que ce nouvel Impôt partici-
peroit au vice de la Capitation, que quelques-
uns regardent comme la plus injufte de toutes

les impofitions par fon inégalité. Mais eſt-il bien vrai que cette inégalité ſoit particuliere à la Capitation ? Et ne ſe trouve-t-elle pas de même dans les autres impofitions ? Celles qui ſe regient par la confidération des fonds que l'on poſſede, ne laiſſent-elles pas une inégalité encore plus révoltante entre l'indigent, qui paye, à raiſon d'un modique héritage qu'il poſſede, & le riche, qui ne paye rien ſur les biens immenſes que renferme ſon porte-feuille ? N'en eſt-il pas de même des droits qui ſe payent ſur ſes confommations ? Ce que le riche prend ſur ſon ſuperflu pour acquitter les droits d'une piece de vin, le pauvre le prend ſur ſon néceſſaire ; & peut-on dire qu'il y ait entr'eux une véritable égalité de proportion ? La Capitation, telle qu'elle ſe perçoit aujourd'hui, eſt un Impôt eſſentiellement inégal, par-ce qu'il ſe regle ſur les états & dignités qui n'indiquent pas néceſſairement l'égalité de fortune ; on remédie à cette inégalité dans le plan du nouvel Impôt, puiſque la cotifation doit s'en faire, non à raiſon de la dignité, mais à raiſon de l'aifance du contribuable. La Capitation eſt eſſentiellement arbitraire, parce que les rôles en ſont faits d'Office par un Intendant, qui ne peut jamais connoître les facultés de ceux qu'il impoſe : au contraire, ainſi qu'on le verra ci-après, les rôles du nouvel Impôt feroient taxés par les contribuables eux-mêmes, ſuivant la connoiſſance qu'ils auroient de leur faculté. Voilà donc l'inégalité & l'arbitraire ſauvés autant qu'ils peuvent l'être ; & ce qui reſteroit encore d'inégalité inévitable, ne peut plus être un ſujet de ſe plaindre ou de réſiſter à l'opération. Un Journalier, qui paye aujourd'hui par an douze livres de Tail-

A 5

le , & qui feroit modéré à un écu , indépendamment de ce qu'il payeroit de moins fur le
prix des denrées & uftenfiles à fon ufage , content dans ce premier moment du foulagement
qu'il éprouveroit , n'imagineroit certainement
pas de refufer cet avantage , fous prétexte
qu'un autre, un peu plus aifé que lui , ne payeroit auffi qu'un écu. Celui qui paye aujour-
d'hui trois Vingtiemes , une double ou triple
Capitation , & des Droits fur toutes les confommations , indépendamment de plufieurs mille livres de Taille de fon Fermier, qui diminuent d'autant le revenu de fon fonds , feroit-
il tenté de critiquer une opération qui lui impofe pour toute chofe 730 liv. & à fon Fermier une fomme modique , par la feule raifon
qu'un autre , qui eft trois fois plus riche que
lui , ne payeroit de même que 730 livres ; enfin , le remede le plus certain à une inégalité
qui fe trouve par-tout , eft de rendre l'Impôt
fi léger , qu'il ne foit pas au-deffus des facultés du plus indigent ; & il eft évident qu'ici ce
remede , joint aux autres dont on vient de parler , rendra toute inégalité infenfible.

Si l'intérêt de quelques perfonnes y met un obftacle infurmontable ?

III. On objecte encore l'inconvénient de fupprimer tout-à-coup une multitude de gens de
Finance, que la fuppreffion des Impôts rendroit
inutiles. Il s'agit d'apprécier le plus ou le moins
de cette objection.

Il faut obferver d'abord que cet arrangement
ne touche à aucune des Charges des Finances.
Les Tréforiers, les Receveurs-Généraux, les
Receveurs des Tailles , loin d'y perdre , y ga-

gneroient confidérablement, puifque leur manie-
ment augmenteroit à proportion de l'augmentation des revenus du Roi, qui pafferoient tous
par leurs mains. A l'égard des Fermes générales, une grande partie des Droits qu'elles ré-
giffent étant fupprimées, beaucoup d'Employés
deviendroient inutiles. Cet arrangement ne devant avoir lieu que dans un terme, il convien-
droit de l'annoncer d'avance, pour donner le
tems à tous ces inutiles de fe pourvoir d'autres
occupations. Il en eft qu'il pourroit être néceffaire d'aïder, en leur continuant partie de
leurs appointemens pendant quelque tems ; &
ce fecours, que l'Humanité accorderoit à un
nombre de bas Employés, qui ne vivent que
de maltote, même l'indemnité, s'il y avoit
lieu en général de l'accorder aux Fermes, ne
feroit pas à charge au Roi, vu l'augmentation
immenfe de revenu annuel qu'il acquerroit.
Au fur-plus, on a l'exemple de la fuppreffion
que l'Impératrice a faite dans fes Etats, après
fa guerre de Boheme, de trente mille Employés; & de ce qui s'eft fait en France, il n'y a
pas long-tems. M. de Sechelles ne s'eft point
fait un embarras de fupprimer deux cent cinquante Sous-Fermiers, & les Suppôts de Sous-
Fermes, pour procurer au Roi une centaine
de millions une fois payés. Y auroit-il plus
de difficulté à réformer en partie les Fermes
générales, lorfqu'il s'agit de procurer à l'Etat
une augmentation de revenu annuel de plufieurs centaines de millions ? Les Fermiers-Généraux n'auroient plus les Aydes, les Gabelles,
les Droits d'Entrée des Villes dans l'intérieur
du Royaume, les Droits de Contrôle, ni aucuns des Droits réputés Domaniaux; il leur
refteroit feulement la Ferme du Tabac, les

Domaines réels, les Francs-Fiefs & Amortiffemens, les Entrées & Sorties de la frontiere.
L'objet de leurs gains exceffifs diminueroit
pour l'avenir fans aucune perte réelle pour le
préfent ; mais leurs immenfes fortunes deviendroient plus affurées par la même opération
qui affureroit la fortune de l'Etat.

Mais c'eft trop s'arrêter fur une pareille objection, comme fi l'intérêt de quelques particuliers devoit, dans des circonftances auffi
preffantes, balancer l'intérêt de l'Etat, la néceffité reconnue de remédier à fon épuifement,
& de pourvoir à fa libération. Le Parlement a
déjà dit au Roi plus d'une fois, & tous les autres Parlemens avec lui, qu'il n'eft plus poffible
d'ajouter Impôts fur Impôts, parce que la mefure en eft parvenue à fon comble ; il a dit
avec vérité que les Vingtiemes furpaffent les
facultés des Peuples ; qu'ils font la ruine des
Campagnes, de la Nobleffe & des Cultivateurs.
Enfin, il a dit que la voie des Emprunts n'eft
plus praticable, foit parce qu'ils font le germe
de nouveaux Impôts démontrés impoffibles,
foit parce que la bonne foi même ne permet
pas de faire des Emprunts, lorfqu'il n'eft plus
de fonds libres & d'hypotheques à pouvoir leur
affigner. Dans cette extrémité, il ne refteroit
plus que l'attente d'une barqueroute de l'Etat,
qui entraîneroit néceffairement celle d'une multitude de Particuliers, la défolation univerfelle, un tiffu de calamités & de défaftres, un
avenir affreux, mais très-prochain, dont on
n'oferoit envifager le tableau. C'eft à ces excès de maux qu'il s'agit de trouver le remede.
Il n'en eft qu'un ; le Parlement l'a indiqué & a
frappé au but, lorfqu'il a dit qu'*il confiftoit à
fimplifier les Impôts autant qu'il eft poffible, à*

diminuer les frais de régie & de perception, à retrancher toutes les dépenses qui ne tournent pas à la splendeur & au profit de l'Etat. Quel meilleur moyen de simplifier les Impôts, que de les réduire à un seul ? Quelle autre façon de diminuer les frais de régie & de perception, si ce n'est de supprimer les Droits des Fermes ? Quelles dépenses tournent moins à la splendeur & au profit de l'Etat, & méritent mieux d'être retranchées, que celles qui s'appliquent à entretenir une armée entiere de basse maltote ? Ce que l'on propose n'est donc qu'une idée plus détaillée de ce que le Parlement a lui - même proposé ; c'est l'application de ses principes, & c'est d'après lui que l'on dit : *Que ces moyens sont les seuls par lesquels il soit possible de faciliter la libération de l'Etat, & de suffire à ses besoins.*

Combien d'avantages multipliés dans une opération qui détruiroit l'usure, l'agiot, la concussion, le péculat, les rapines qu'occasionnent les visites des Commis des Aydes, les crimes politiques du fauxsonage & de la contrebande, qui coûtent la vie à tant de malheureux ! Quelle consolation pour les peuples de n'être plus exposés à racheter leurs propres denrées par le payement des droits à l'entrée des Villes, à racheter les fonds du patrimoine de leurs familles, par le payement de droit de centieme denier, à perdre en droits de contrôle, de papier timbré, &c. ce qui leur reviendroit de la poursuite de leurs droits légitimes ; enfin, à voir passer entre les mains des sangsues publiques le fruit des sueurs & des travaux du Laboureur & du Vigneron ! Mais quel avantage pour l'Etat de porter à sept cent quarante millions de revenu, qui, en 1749, ne montoient pas à deux cent cinquante millions ! Que l'on s'efforce de contredire la poffibilité de cette augmentation de près de cinq cent millions de revenu annuel, combien retranchera-t-on fur le nombre de deux millions feulement de contribuables que l'on fuppofe dans ce grand Royaume, dont la feule Capitale contient plus d'un million d'ames ? combien retranchera-t-on fur la portion de fept cent trente livres, qui eft celle de la plus forte impofition ? Il eft évident que jamais on ne parviendra à réduire ces cinq cent millions d'augmentation, à tel point qu'il n'en refte de quoi fatisfaire à tous les befoins de l'Etat. Il y aura toujours une augmentation quelconque & un foulagement certain, & il eft un moyen bien fimple d'accroître en peu de tems cette augmentation jufqu'au point auquel on l'a fixée. Que le Gouvernement, fur les premiers produits de l'augmentation, répande dans le Royaume pour huit ou dix millions de beftiaux, jumens, vaches, chevres & brebis, foit qu'on les faffe parquer dans les friches, foit qu'on les vende à bas prix & à crédit aux Particuliers ou Communautés, fallût-il même les donner en pur don, c'eft de l'argent placé avec ufure au profit de l'Etat. On ne tardera pas à voir l'effet de cet expédient, plus efficace que les Syftêmes & Académies d'Agriculture. Bientôt l'amélioration des terres, jointe à l'avantage exclufif que les François auroient de n'être fujets qu'à un feul Impôt, multiplieroit tellement la Population, qu'on ne feroit plus embarraffé de completter, même d'excéder de beaucoup le nombre de deux millions de contribuables.

*En quelle forme & de quelle maniere cette
opération peut être exécutée.*

IV. Quant à la façon d'opérer & d'asseoir ce
nouvel Impôt, il faut d'abord observer qu'une
opération qui s'étend sur des milliers d'hommes, si elle est violente, est une secousse &
un ébranlement général qui ne peut réussir. Il
faut par conséquent la rendre facile & volontaire, en faisant agir tous les ressorts de la confiance. Lorsqu'on ne veut que le bien commun, on ne court point risque d'offrir à chacun les moyens de le reconnoître, de s'en persuader, & dans l'espece présente de combiner
& calculer à part soi, combien il profite &
profitera d'année en année par l'exemption des
droits sur les denrées qu'il consomme ou qu'il
emploie, sur ses vêtemens, ameublemens, ap-
provisionnemens, sur les réconstructions & réparations de ses maisons, & améliorations de
ses héritages; enfin d'apprécier la liberté inesti-
mable de ses fonds, de ses actions, & de son
commerce. Le plan est flatteur & avantageux
à tout le monde, sauf l'exécution. Il est donc
de la sagesse de présenter le Plan sans contrainte, & d'admettre tous les intéressés à
concourir par leur propre fait à son exécution.
On n'aura à s'en prendre qu'à soi-même, &
l'on se pardonnera facilement les vices de l'exécution, sur-tout si l'on conserve encore par-delà la faculté de les rectifier.

Il s'agit donc d'annoncer le Plan & ses motifs, de donner un point d'appui pour entamer
l'opération; laisser aux contribuables la faculté, dans un terme prescrit, de s'arranger entr'eux pour la répartition; & lorsqu'ils ne pour-

roient s'accorder, renvoyer à leurs Juges naturels la décifion de leurs différends. Le tableau de vingt claffes de cent mille perfonnes,
peut fervir de proportion pour de nouveaux
rôles, c'eft-à-dire, qu'il faut y ramener la cotifation de ceux qui font infcrits fur les anciens.
Si l'on vouloit fe régler fuivant les rôles des
impofitions réelles par forme de cadaftre, beaucoup de contribuables échapperoient, parce
qu'il en eft beaucoup qui ne poffedent point de
biens fonds ; & à l'égard de ceux qui en ont,
comme fouvent ils les poffedent en différens
endroits, ou il faudroit pour un même homme
autant d'impofitions particulieres que de lieux
dans lefquels il poffede des biens, ou il faudroit le fuivre dans tous les endroits, pour apprécier la totalité de fa fortune, & l'impofer à
proportion.

Il eft une façon fimple & plus facile ; fauf
les correctifs à y mettre enfuite. Chacun paye
la Capitation, & ne la paye qu'en un endroit,
& eft infcrit fur un rôle. Il faut que fur ce
rôle, chacun, au prorata de ce qu'il paye actuellement, foit mis dans une des claffes du
Tableau : c'eft-à-dire, fur le rôle de Capitation, à la fomme qu'il paye actuellement
fubftituer celle de la claffe du Tableau dans
laquelle il doit être placé ; deforte que fi, fur
le rôle de Capitation, il eft taxé à la plus baffe proportion, comme les plus indigens, il fera au même titre taxé à un écu par an, prix
de la claffe des plus indigens, fuivant le Tableau. Cette nouvelle taxe ne fervira pourtant, comme il a été dit, que d'un point d'appui. La fomme totale du rôle ainfi ébauché,
fera comparée par les contribuables avec la
fomme totale de chacun des rôles voifins, pour
par-

parvenir à s'égaler de Ville à Ville, de Paroisse à Paroisse, de concert entre leurs Députés; sinon, sur leurs mémoires respectifs, la contestation sera sommairement & contradictoirement jugée dans un terme preserit. Toutes les Villes d'une Province ainsi réglées entr'elles pour le total de leur imposition, ce total demeurera fixé par chacune d'elles, & la répartition s'en fera en la même forme entre les Communautés d'une même Ville & entre les Contribuables d'une même Communauté, ou d'une même Paroisse de Campagne, qui s'imposeront eux-mêmes chaque année, suivant la connoissance qu'ils ont de leurs facultés respectives, ainsi qu'il se pratique pour la Taille dans les Villages des environs de Paris, en se distribuant entr'eux la totalité de la somme à laquelle le rôle aura été fixé de concert ou par jugement. Alors les nouveaux rôles auront leurs perfections, & feront rendus exécutoires; & dès ce moment toutes autres impositions cesseront.

Peut-être y auroit-il moyen de simplifier encore cette opération, ou de l'arranger dans une meilleure forme. Quoi qu'il en soit, on la croit possible, & l'on ne connoît aucune autre ressource équivalente. C'en est assez pour exposer aux yeux du Public une idée que chacun peut juger, corriger, perfectionner. Si le Public, par son propre choix, préfere ce bien qu'on lui indique au mal présent, s'il approuve cet arrangement, s'il le desire, on ne tardera pas à reconnoître que son suffrage & ses offres assurent d'avance le succès. Qu'alors le Souverain goûte la satisfaction la plus solide & la plus digne d'un grand Roi ! Qu'il trouve à jamais l'accroissement de sa grandeur & de sa magnificence dans le bonheur & le contentement de ses Sujets !

B

DÉVELOPPEMENT

DU PLAN INTITULÉ

RICHESSE DE L'ETAT.

PAR LE MEME AUTEUR.

DEPUIS six femaines ou environ que le Plan d'un unique Impôt eft répandu fous le titre de *Richeffe de l'Etat*, & fait la matiere de toutes les converfations, le Public s'eft expliqué ; les fuffrages ont été recueillis ; les fept huitiemes de Paris applaudiffent & s'accordent à en defirer l'exécution. Un petit nombre de contradicteurs, dont partie peut être regardée comme recufable, y réfifte & contefte la poffibilité de trouver deux millions de Contribuables, de porter l'Impôt à fept cent quarante millions, d'en faire une reffource prompte pour le befoin actuel, & d'en affurer la ftabilité : & quoique la pluralité qui approuve, foit peu touchée de ces objections, elle femble defirer que l'Auteur lui-même s'en explique. C'eft le Public qui nous interroge, il faut lui répondre. Il s'agit de fon intérêt, & nous fommes foumis à fon jugement. Nous allons donc entrer dans cette difcuffion. Nous effayerons de donner les folutions fur chaque objet. Sans toucher à la fubftance du Plan, nous le préfenterons fous un autre point de vue, qui pourra paroître propre à faire ceffer toute objection ; enfin nous développerons la façon d'opérer, qui peut-être a été traitée avec trop de briéveté dans le premier Ecrit.

Tout le Plan, dit-on, porte fur la fuppofi-

tion de deux millions de Contribuables auxquels on feroit payer fept cent quarante millions de revenu. Y a-t-il deux millions d'hommes du nombre de ceux qui contribuent ? On
ne doute pas que la France ne contienne , &
bien au-delà, deux millions d'individus ; mais
il ne faut compter que les Chefs de famille,
en trouvera-t-on deux millions ?

D'autres que moi, en travaillant en ce genre, ont arbitré le nombre des feux ou des
Chefs de familles. Au commencement du fiecle, & pendant la Régence, Mr. de Boulain-
villiers le portoit à quatre millions. Ceux qui
travaillent aujourd'hui les fuppofent encore les
uns de trois millions cinq cent mille, les autres de deux millions cinq cent mille. Je me
fuis mis au-deffous de toutes les proportions:
C'eft le parti qu'il faut prendre lorfque l'on
fuppute, afin de s'affurer de ne rien excéder ;
& cela fuffit pour affeoir une certitude morale.
Veut-on quelque chofe de plus précis, en un
mot, une certitude phyfique ou arithmétique ?
Il faut recourir aux Rôles qui exiftent. Tous
ceux qui payent actuellement doivent continuer
de payer. Il faut donc partir du nombre beaucoup plus grand de ceux qui font infcrits fur
ces Rôles, foit qu'ils foient Chefs de famille
ou non. Le Chef de famille paye, & les enfans qui font en fa puiffance ne doivent pas être
taxés à fa charge ; mais à quelque âge qu'ils
ayent un emploi quelconque, ils font impofés
à raifon de l'emploi à une proportion plus ou
moins forte. Il faut donc, puifqu'ils payent
réellement, les compter au nombre de ceux
qui payent. Alors la réalité excédera prodigieu-
fement les deux millions de fuppofition.

Quelques perfonnes effrayées de la propor-

tion immenfe de fept cent quarante millions à
fournir au Roi, ont effayé d'en trouver l'impoffibilité dans la comparaifon de cette fomme
avec la totalité des revenus de l'Etat. Ils ne
comprennent dans les revenus de l'Etat que le
produit des terres, qui font les feuls fonds
réels. Ils ont calculé fur le pied du Vingtieme & des Etats du Roi, & ont cru trouver
que cette fomme de fept cent quarante millions
égaloit les trois quarts des revenus entiers de
l'Etat, c'eft-à-dire, de tous les biens fonds
de l'Etat. Sans difcuter le plus ou moins d'e-
xactitude du calcul, il eft vifible que la fortune
de l'Etat n'eft pas feulement compofée des biens
fonds. Les contrats de rentes, les effets de
commerce, les porte-feuilles, les magafins,
ce que nous fournit l'Etranger, toutes ces chofes (puifque tant de gens vivent, quoiqu'ils ne
poffedent pas un pouce de terre) doivent, ainfi
que les produits de notre fol, être comprifes
dans la fupputation de tous les biens de l'E-
tat; & l'on a beau dire que ce ne font que des
valeurs idéales & fictives, que l'Impôt doit
être affis fur les fonds réels, & en proportion
avec eux: fi ces autres êtres, tout fictifs qu'on
les prétend, peuvent fervir à acquitter les dettes de l'Etat, ils feront, à jufte titre, réputés
faire partie des biens de l'Etat, & alors on ne
pourra pas dire que les fept cent quarante millions égalent les trois quarts des revenus de
l'Etat. Toutes les valeurs, foit réelles, foit
fictives, foit des matieres premieres, foit de
l'induftrie, fe trafiquent & s'échangent en argent, & c'eft avec cet argent que l'Impôt fe
paye au Roi, & que le Roi fe propofe d'amortir les dettes. C'eft donc moins avec le produit des fonds qu'avec la maffe totale des ef-

peees d'or & d'argent qu'il faut comparer cette somme de fept cent quarante millions, pour favoir fi elle peut facilement fe trouver. Or on fait par les relevés des Hôtels des Monnoïes que la maffe des efpeces qui exiftent en France eft d'environ feize cent millions, & l'on conçoit aifément combien ces feize cent millions fe multiplient au-delà par la circulation, fi l'on fait réflexion qu'un fac de mille livres qui le matin fort d'une caiffe, & y rentre le foir, après avoir paffé pour valeur à vingt perfonnes différentes, a réellement & effectivement payé vingt mille livres, quoiqu'il ne foit toujours que de valeur de mille livres.

Que l'on ne dife pas que cette proportion de fept cent quarante millions à fournir au Roi eft démontrée impoffible, & que le peuple étant furchargé, lorfqu'il ne paye que deux cent cinquante millions, il n'eft pas propofable de lui faire porter deux fois au-delà. Quelque réelle que foit la furcharge, quelque fpécieufe que foit l'objection, il eft facile d'y répondre. Le peuple eft furchargé, lorfque le Roi ne reçoit que deux cent cinquante millions de revenu annuel, cela eft de toute vérité. Mais le peuple ne paye-t-il exactement que ce que le Roi touche ? Ne faut-il pas y ajouter le contrecoup de toutes les affaires extraordinaires qui ont été faites pendant les guerres du regne précédent & de celui-ci, tous les droits qui ont été créés, ou attribués à des Offices pour une finance que le Roi a reçue dans le tems ; droits dont il ne touche plus rien, qui par cette raifon ne font pas couchés fur les états, mais qui ne reftent pas moins à la charge des Peuples ? D'un autre côté fe figurera-t-on que le Roi foit mieux traité par fes Fer-

miers, Traitans & Gens d'affaires, que ne
l'eft un Particulier dont le Fermier court moins
de rifque, fait moins d'avances, ne craint aucune taxe, obtient plus aifément des furféan-
ces & des facilités ? Il n'eft perfonne qui en
affermant fon bien retire plus du tiers de fon
produit réel, les deux autres tiers font abandonnés pour les avances, frais de régie & bénéfices du Fermier. A compter fur ce pied,
il eft évident que pour favoir ce que les Peuples fupportent en droits des Fermes, il faut
tripler le net qui en revient au Roi.

On s'amuferoit inutilement à calculer par livre, fols & deniers ce qu'il en coûte aux Sujets du Roi. Le Roi fait ce qu'il reçoit clair
& net; fes états en font foi; mais avant lui
fes Fermiers, Receveurs & Gens d'affaires
ont précompté leurs avances, frais, dépenfes
& bénéfices : ils font affez prudens pour ne pas
dire ce qu'ils favent, & ils ne peuvent montrer ce qu'ils ne favent pas. Les Directeurs,
Contrôleurs & Receveurs comptent au Fermier-
Général de ce que la Ferme exige d'eux, ils
prélevent leurs appointemens; mais quant aux
profits directs ou indirects, ils ont la même
prudence vis-à-vis du Fermier, que celui-
ci emploie vis-à-vis du propriétaire. Viennent enfuite les Commis, Huifliers, Sergens,
Gardes, &c. Chacun fait fa charge : on inftru-
mente, on exploite, on verbalife; contrainte,
procès-verbal, faifie-exécution pour un défaut de contrôle, pour une feuille de papier
timbré, pour un jeu de cartes, pour un bout
de tabac, pour une bouteille de vin, pour une
aune de toile qui n'aura pas été déclarée; par
zele pour la Ferme on exagere le délit, on
effraye le coupable; s'il réfifte l'amende eft

prononcée & tirée en ligne de compte au profit du Fermier, mais non les frais qui ont été
nécessaires pour la faire prononcer, ni les droits
des Gardes : s'il se laisse intimider, on compose avec lui ; au-lieu de cinquante écus qu'on
lui demandoit, on se restreint à moitié que
l'on reçoit, on déchire le procès-verbal,
il n'en reste point de traces : ainsi de degré en
degré, tous les frais qui ne sont point à la
charge de la Ferme, tous les profits ou exactions restent en-dehors, & n'entrent dans aucun compte ; mais ces accessoires que l'on ne
connoît pas, surpassent de beaucoup le principal, & sont les véritables surcharges qui se
multiplient en raison de la multiplicité des différens droits & impôts.

Les revenus du Roi se comptent, & sont
par lui reçus sur le pied des Edits qui les ont
fixés : mais parmi ceux qui sont les plus savans
en finances, quel homme seroit assez habile pour
nombrer les produits additionels d'une multitude innombrable d'Arrêts & de Décisions du
Conseil, accordés aux instances, & pour les
intérêts particuliers de ceux qui sont chargés
de la perception, par eux dressés, que l'on
signe souvent sans les lire, qu'on lit sans pouvoir les entendre, dans lesquels l'art du Ré-
dacteur a su envelopper le germe des vexations & des profits occultes ? Qui pourroit en
connoître assez les détails pour en apprécier &
l'usage & l'abus ? Ajoutons encore qu'un sol
d'Impôt augmenté sur une denrée se multiplie ;
celui qui le supporte sur ce qu'il achète, veut
le reprendre sur ce qu'il vend, & bientôt il
s'étend sur tout, quoique dans sa destination il
ne portât que sur un objet.

Lorsque l'on rassemble toutes ces réflexions,

on n'a pas de peine à se persuader que le Roi,
ainsi que tout Propriétaire de fonds, ne touche
des droits qui sont établis, que le tiers du produit réel ; que le chemin & les circuits prodigieux que fait l'argent avant d'arriver au Tréfor Royal ; la multitude des mains par lesquelles il passe ; les canaux souterreins par lesquels
il s'échappe, n'en laissent au Roi qu'une très-
petite partie. Enfin, en cumulant toutes
les différentes especes de surcharges, bien des
gens judicieux & instruits demeurent convaincus que les Peuples n'en sont pas quittes chaque année pour 900 millions : ce seroit donc
les soulager considérablement de ne leur en
demander que 740.

Mais lorsque l'on se fixe une proportion, dont
le plus ou le moins, jusqu'à un certain point,
est arbitraire, pourquoi aller si loin ? Pourquoi
porter les revenus du Roi à une somme immense, & qui excede aussi prodigieusement ce qu'il
a de revenus actuels ? Pourquoi ? Je l'ai déjà
dit : afin qu'il y ait tant à rabattre que jamais
on ne puisse arguer l'opération d'insuffisance.
Il ne faut rien moins pour subjuguer la révolte
de la finance, & d'un crédit puissant que l'argent fait toujours mouvoir à son gré. Ce sont-
là les Adversaires qu'il faut s'assurer de vaincre.
Quelqu'avantage qu'ils puissent offrir, il faut
mettre à l'enchere sur eux, & leur forcer la
main. Que si cette proportion est trois fois
trop forte, les dettes de l'Etat seront étein-
tes trois fois plutôt & avec trois fois plus de
justice ; le rétablissement de la Marine sera trois
fois plus prompt ; la splendeur de la Monarchie sera trois fois plus grande, & le soulagement des Peuples sera trois fois plus prochain.

Il ne faut pas s'imaginer que l'on propose

cette somme immense pour être indéfiniment
& à demeure le revenu annuel de l'Etat & la
charge des Peuples. Le Roi seroit embarrassé de l'excès énorme du superflu ; là circulation seroit interceptée, & le Trésor Royal gé-
miroit sous le poids d'une excessive opulence.
si ces fonds surabondans qui y arriveroient sans
déchet n'en ressortissoient aussitôt, ou même
d'avance, par la voie des remboursemens.
Dans l'intention que l'on a eu, *cette proportion*
se réfere au desir que le Roi a manifesté d'a-
mortir les dettes de l'Etat, & d'acquitter ses
dettes personnelles. Le Roi a, dit-on, déterminé de se procurer le même revenu qui lui
restoit de net lors de la Paix de 1749, & par-
delà vingt-cinq millions à employer chaque année aux amortissemens. Conformément à cette
volonté du Roi, les revenus ordinaires seroient
portés au Trésor Royal, & par-delà les Peuples
se chargeroient de toutes les dettes en arrérages, intérêts & capitaux qui seroient payées
par assignat sur les différens Rôles, ainsi que les
gages & le remboursement des charges dont
les droits se trouveroient supprimés par la création de l'unique Impôt, & les acquis & actes
de remboursement seroient pris pour comptant
au Trésor Royal, & pour valeur du surplus de
l'Impôt ; dès la seconde année les Rôles seroient déchargés des arrérages du capital remboursé l'année précédente, & ainsi d'années
en années le soulagement augmenteroit en raison des remboursemens qui auroient été faits
jusqu'au terme de l'extinction totale.

A cet effet, les dettes que le Roi a contractées pendant la guerre, autrement que par
Edits regiftrés, auroient nécessairement besoin
d'être liquidées, parce que ce sont dettes chi-

rographaires fujettes à reconnoiffances, & dettes perfonnélles du Roi, qui toujours eft mi-
neur, & peut toujours être reftitué contre les
engagemens dans lefquels il auroit été lézé;
mais cette liquidation fe feroit avec toute l'é-
quité de la bonne foi que le Roi a annoncée.
Quant aux rentes créées par Edits qui ont été
vérifiés, dont par conféquent l'Etat s'eft rendu caution & garant envers les Créanciers,
foit Etrangers, ou Régnicoles, elles ne peuvent être fufceptibles d'aucune altération. La
finance que l'Etat a reçue des Créanciers ori-
ginaires feroit fans difficulté la finance ou fort
principal des rembourfemens; & pour remplir
toute juftice, le Créancier originaire qui a fouf-
fert la réduction, ou fon héritier, feroit admis
à concourir avec le Propriétaire actuel du contrat pour retirer chacun ce qui leur en appartient; l'un le prix réel de fon acquifition ré-
cente, & l'autre le furplus de la finance pour
fon indemnité.

Pour ce qui concerne les rentes viageres,
de tous les genres, qui ont été de même contractées fous la foi de l'enregiftrement & le cau-
tionnement de l'Etat, que l'Etat acquitteroit
à la décharge du Roi, & auxquelles il n'y auroit plus aucune néceffité de toucher, puifqu'il
n'y auroit plus aucun péril de déconfiture;
quelqu'onéreufes qu'elles puiffent être, il ne feroit plus befoin ni de liquidation, ni de rembourfement; les profits ou les pertes hypothé-
qués fur les hazards de la vie humaine dépen-
droient uniquement du fort, conformément au
vœu du titre conftitutif: le malheureux qui,
aux dépens de fon petit fond & de fes héritiers, a compté fe procurer une fubfiftance
pour le refte de fes jours, n'auroit point le

défefpoir de s'en voir privé au dernier terme de fa carriere ; & ce Militaire indigent qui né s'eft foutenu que par cette reffource, qui le lendemain de fa conftitution a couru rifque de rendre l'Etat fon héritier, ne feroit point puni d'avoir furvécu à tous les dangers auxquels fa bravoure l'a expofé.

A de femblables conditions dictées par la juftice & la bonne foi, avec des avantages auffi defirables, une maffe de fept cent quarante millions par an, quelque prodigieufe qu'elle foit, ceffe d'être exorbitante aux yeux de la Nation, parce qu'elle fe diminue par des foulagemens fucceffifs d'année en année, parce qu'elle n'eft que paffagere, & que le terme en doit être déterminé ; parce qu'elle ne laiffe aucun vuide, puifque ce que le fujet paie comme débiteur, il le reprend auffitôt comme créancier ; parce qu'il voit l'emploi de fes deniers, parce qu'il recueille le moment d'apres le fruit de fes efforts, & porte en diminution pour l'année fuivante les arrérages dont il a éteint les capitaux ; enfin, parce que cette maffe qui dans fa totalité paroît fi pefante, s'allege infiniment dans fa divifion & dans la portion que chaque contribuable en doit porter.

En effet, tout le monde conviendra que les dix premieres claffes font taxées très-modérément, & l'on ne doute nullement que le nombre des perfonnes, & la fomme impofée à chacune, ne fe trouve facilement & beaucoup au-delà. Ainfi les Campagnes & le pauvre Peuple des Villes font évidemment foulagés. Les dix dernieres claffes qui font plus fortes, & montent plus rapidement, paroîtroient d'abord faire plus de difficultés ; & quoique les plus fortes foient très-foibles en comparaifon de ce que les gens riches en biens fonds payent actuellement au Roi, & de ce qui s'impose sur les consommations, quelques-uns voudroient encore douter qu'il se trouvât un nombre suffisant de personnes en état de remplir ces dernieres classes ; & j'avoue que j'en douterois moi-même, si tous ceux qui semblent destinés à les composer, devoient prendre leur cotisation sur le produit de leurs fonds, ou être taxés à raison de leurs dignités : les fonds & les dignités ne se multiplient pas autant que les personnes ; les produits, soit des fonds, soit de ces dignités, pourroient ne se pas trouver en proportion avec les sommes imposées dans chacune de ces classes ; mais ce n'est pas-là ce dont il s'agit. Voyons quelles personnes doivent être comprises dans ces hautes classes. Ce n'est plus le bas Peuple, soit des Villes, soit des Campagnes, il a été inscrit dans les dix premieres. Nous n'avons plus guere à reprendre dans les Campagnes que des gros Marchands de bois, de laine, d'eau-de-vie, quelques riches Fermiers de Communautés & Gens de main morte, quelques Aubergistes ; & de-là entrant dans les Villes on y trouveroit des Marchands & Négocians, gens d'art & de métier, qui, sur les matieres de leur débit, payent annuellement en droits des sommes infiniment plus considérables qu'aucune de celles de ces dix classes. A Paris un Charpentier paie dans le cours d'une année jusqu'à quinze mille livres en droits d'entrée sur les bois qu'il emploie ; un Marchand de vin de la seconde force jusqu'à quarante mille livres ; la Communauté des Marchands Epiciers & Apoticaires paie environ dix millions par an en droits de marchandises, indépendamment des impofitions de Capitation, Induftrie, &c. Il eft vrai que tous ces droits qui augmentent d'autant le prix des marchandifes, font feulement avancés par le Marchand qui les retire enfuite par le débit ; mais il faut du tems pour les retirer ; l'avance & l'intérêt, ou efcompte de l'avance, retombe fur le Public & gêne le Commerce. L'avance de la plus forte fomme du Tableau n'a pas cet inconvénient, & n'eft plus une avance. A un liard par pinte d'augmentation fur les vins les plus choifis, qui font la confommation des riches, cent quatre-vingt muids débités par un Marchand qui en débite au moins quatre cent par an, fuffifent pour l'acquitter de fon impofition avant que le terme en foit échu, fans que le riche s'en apperçoive, & fans qu'il en ait rien coûté au pauvre. Il en faut dire de même de tous les gens de différens états qui vendent au Public leurs denrées, leur induftrie, leur travail, leurs talens, & ont même facilité de reprendre fur lui les charges qu'on leur impofe. Tous font naturellement appellés à remplir les plus fortes claffes.

Il eft encore un autre ordre de Citoyens puiffans que leurs dignités, leur grandeur & leur opulence met au-deffus de ces modiques proportions ; on les entend déjà de toutes parts annoncer que leur générofité ne peut fe contenir dans des bornes auffi étroites, & qu'ils fe taxeront eux-mêmes dix fois au-delà. Des offres femblables qui ne peuvent manquer d'être acceptées par le Public, non à titre d'augmentation au profit de l'Etat, qui trouve d'ailleurs dans cette opération tout ce qu'il lui faut, mais à la décharge d'autres Citoyens moins favorifés de la fortune, mériteroient peut-être d'être encouragées par des diftinctions, comme il fe pratique en quelques Pays ; elles tendent vifiblement à remplir avec encore plus de facilité les plus fortes claffes, puifqu'un feul alors tient la place de dix dans la derniere, & de vingt en d'autres.

Il eft donc vrai, comme nous l'avons dit, que l'Impôt unique de 740 millions, quelqu'immenfe qu'il foit dans fa totalité, eft infiniment allégé dans fa répartition ; puifque des vingt claffes que l'on a fuppofé, la moitié, de l'aveu de tout le monde, eft fans aucune difficulté. L'autre moitié, que quelques-uns eftiment trop chargée, eft néanmoins (lorfqu'on l'examine de près) compofée, pour la très-grande partie, d'une multitude infinie de gens, qui en payant beaucoup ne payent réellement rien; d'autres qui s'eftiment taxés trop bas, & offrent d'eux-mêmes beaucoup au-delà ; & enfin de tout ce qu'il y a de gens aifés qui, en calculant ce qu'ils payent actuellement de Capitation, Vingtiemes, Droits fur leurs confommations & fur tous les actes de la vie civile; & en évaluant avec attention le prix de leur repos & de leur liberté, s'eftimeroient heureux d'être placés dans l'une des dix claffes, même de payer avec quelque difproportion un Impôt unique, dont l'objet feroit de libérer l'Etat, & dont la charge devroit décroître d'année en année en raifon de cette libération.

Au furplus, la fomme de fept cent quarante millions, ni le nombre de deux millions d'hommes, ni la diftribution en vingt claffes, ni la quantité des Contribuables de chaque clasfe, ni le plus ou le moins de chaque cotifation ne font point de l'effence du Projet : toutes ces chofes font des hypothefes dont on s'eft

fervi pour affeoir un raifonnement. Mais c'eft
dans les Rôles qu'il faut chercher le dénombrement réel & effectif des perfonnes : le montant total de l'Impofition doit fe régler fur les
befoins de l'Etat, & la proportion à impofer
à chacun peut varier fuivant les différentes nuances des fortunes. On a prétendu indiquer un
moyen d'enrichir le Roi en foulageant fes Peuples, & ce moyen eft l'unité d'Impôt. Voilà
l'effence du Projet ; on a porté à fept cent quarante millions cet Impôt unique, on croit poffible d'aller jufques là ; mais on n'a jamais dit
& on eft bien éloigné de croire que cela foit
néceffaire. Il étoit bon de préfenter dans toute fon étendue l'immenfité de cette reffource,
de prendre ainfi le deffus de toute exagération
des befoins, de tous les termes de libérations,
de tous les intérêts ; en un mot de faire connoître tout ce que l'on peut faire : mais peut-
être eft-il prudent en ce genre de ne pas faire
tout ce que l'on peut. Il y a moyen de fatisfaire à toute critique, & de fe rapprocher de
toutes les façons de penfer. Il n'eft queftion
pour cela que de répartir en la même forme
les deux cent cinquante millions que le Roi
avoit de revenu en 1749, de voir quelle en eft la
charge pour chacun, & ce que l'on peut y
ajouter. En voici la diftribution.

REPARTITION

De deux cent cinquante millions d'imposition entre deux millions de Personnes.

Classes.	Par jour.			Par an.			Nombre de Personnes.	TOTAL de chaque Classe par an,
	L.	S.	D.	L.	S.	D.		
1e	0	0	2	3	0	10	cent mil.	304 166
2e	0	0	3	4	11	3	Idem.	456 250
3e	0	0	4	6	1	8	Idem.	608 332
4e	0	0	5	7	12	1	Idem.	760 415
5e	0	0	6	9	2	6	Idem.	912 500
6e	0	0	7	10	12	11	Idem.	1 064 582
7e	0	0	8	12	3	4	Idem.	1 216 666
8e	0	0	9	13	13	9	Idem.	1 368 750
9e	0	1	0	18	5	0	Idem.	1 825 000
10e	0	3	0	54	15	0	Idem.	5 475 000
11e	0	5	0	91	5	0	Idem.	9 125 000
12e	0	7	0	127	15	0	Idem.	12 775 000
13e	0	8	0	146	0	0	Idem.	14 600 000
14e	0	9	0	164	5	0	Idem.	16 425 000
15e	0	10	0	182	10	0	Idem.	18 250 000
16e	0	11	0	200	15	0	Idem.	20 750 000
17e	0	12	0	219	0	0	Idem.	21 900 000
18e	0	13	0	237	5	0	Idem.	23 725 000
19e	0	15	0	273	15	0	Idem.	27 375 000
20e	0	16	0	292	0	0	Idem.	29 200 000

Deux millions de Personnes par an   208 116 661

Fermes & Droits conservés 42 000 000

TOTAL 250 116 661

Il suffit de jetter les yeux sur cette répartition pour reconnoître tout ce qui en résulte. La modicité est telle qu'il n'est pas possible de critiquer ni le nombre, ni les sommes ; en faisant la même répartition à demeure sur les Rôles, on ne peut que trouver en nombre une augmentation considérable. Les Classes montent par une progression de denier à denier, & de sol à sol. La plus haute n'excede pas pour chacun la somme de 292 liv. par an. Chaque cotisation est si légere, qu'on pourroit les doubler toutes & au-delà, sans que ni le pauvre ni le riche fussent encore à leur proportion ; cependant la somme totale égale, dit-on, la totalité des revenus du Roi, ou du moins l'égaloit en 1749, & le peuple étoit foulé. Il faut donc que le peuple paye des sommes immenses au-delà de ce que le Roi reçoit. Une répartition méthodique, en laissant subsister la masse de l'Imposition, fait disparoître la surcharge ; y auroit-il donc de la témérité à dire que l'avantage de la répartition est certain, & pour le profit du Roi, & pour le soulagement des Peuples, que la possibilité & l'utilité du Projet sont démontrées, & que l'opération est infaillible ?

Voilà la base de l'opération, voilà ce que l'on paye avec peine au Roi dans l'état présent ; mais voilà la façon de lui payer la même somme commodément, & si commodément que l'on pourroit y ajouter infiniment sans que personne en souffrît. On peut partir de-là pour monter jusqu'à telle proportion que les besoins de l'Etat peuvent exiger, & prendre un point intermédiaire entre les sept cent quarante millions du Tableau, & les deux cent cinquante de cette répartition. N'est-il question

C

que d'ajouter aux deux cent cinquante millions
les vingt-cinq millions dont le Roi fe contente
pour employer chaque année aux amortiffemens, c'eft chofe plus que facile; mais une
libération telle qu'on la propofe, qui ne fe feroit qu'à raifon de vingt-cinq millions par an,
feroit une pure illufion. La premiere année de
guerre qui furviendroit, feroit perdre le fruit
de fix années de libération, & l'efpoir de voir
jamais l'Etat libéré. Pour fuffire à éteindre les
rentes, les dettes & les droits attribués à des
Offices, & rembourfer le tout avec juftice,
affurer un terme à la libération, il faut prefque doubler les deux cent cinquante millions,
& porter la maffe totale de l'Impofition à quatre cent foixante ou cinq cent millions pour
la premiere année, qui diminueront d'année en
année, à proportion des rembourfemens.

Il ne faut pas s'imaginer que l'établiffement
de cet unique Impôt foit un travail long &
pénible, il n'en eft pas de cet établiffement
comme de la Capitation que Mr. Colbert in-
venta pour reffource dans le plus fort de la guerre. Il falloit faire un dénombrement, s'impofer des proportions, fe procurer une connoiffance des fortunes, former des Rôles, régler
la perception, en un mot il falloit créer un
être inconnu, & cependant tout fut fait &
exécuté pour le moment & au befoin. Aujourd'hui il n'eft pas queftion de rien faire de
nouveau. On a les Rôles qui contiennent les
noms, le nombre, la qualité des perfonnes;
on a du plus au moins les différences de proportions à établir entr'elles par les différentes
fommes pour lefquelles elles font déjà inferi-
tes fur ces Rôles. Ces différences font au nombre de vingt fur les Rôles actuels de Capita-

tion, parce qu'ils sont réglés suivant le Tarif de la Capitation de 1695, qui est divisé en vingt-deux classes, dont deux ne doivent pas être comptées, parce que n'étant composées que des Princes du Sang & autres grands Personnages hors de toute comparaison, le Roi, par les Edits de 1695 & de 1701, a réservé à lui seul d'en ordonner. Ce n'est donc que vingt classes ou proportions en somme du Tarif de la Capitation auxquelles il s'agit de substituer les vingt classes ou proportions nouvelles.

Quant au choix de ceux qui doivent dresser ces nouveaux Rôles, il n'y a encore rien à innover. Tout est réglé & établi par les Edits de 1695 & 1701, & s'observe habituellement pour la Capitation. Dans les Pays d'Etats, ce sont les Députés ordinaires ou Syndics qui dressent les Rôles avec l'Intendant. Dans les Pays d'Election, le Rôle des Nobles est dressé dans chaque Bailliage par le Gentilhomme du Bailliage choisi à cet effet avec l'Intendant. Celui des Taillables se regle en chaque Election avec les Syndics & Collecteurs de chaque Paroisse. A Paris les Cours supérieures s'imposent elles-mêmes, & imposent tout ce qui leur est subordonné. Les Etats des Compagnies subalternes sont dressés par leurs Chefs avec des Députés qui fixent aussi les taxes de tous leurs suppôts. Les Corps de Marchands, les Arts & Métiers, & tout ce qui est soumis à la Police, se regle sous les yeux des Magistrats de Police. Le surplus des Bourgeois & Habitans sont imposés par le Prévôt des Marchands.

Rien n'est donc plus facile à tous ceux qui sont chargés habituellement de la confection des Rôles de Capitation, que d'asseoir la nouvelle Imposition. Ils ont sous les yeux le Rôle actuel de la Capitation ; chacun par la fomme qu'il paye actuellement s'y trouve placé dans une des claffes du Tarif de la Capitation, & chaque claffe de ce Tarif, en commençant par la plus baffe, répond à une claffe du nouveau Tableau, ou répartition qui leur fera donnée pour regle. Il ne s'agit donc uniquement que de mettre fur ce Rôle la fomme du nouveau Tableau qui aura été convenu, à côté de celle du Tarif qui y eft infcrit. Par exemple, à l'article de ce Journalier, dont la taxe originairement de vingt fols fuivant le Tarif, fe trouve aujourd'hui par tous les acceffoires être portée à douze livres, mettre la taxe de la plus baffe claffe du nouveau Tableau qui eft de trois livres, & ainfi des autres. Cette premiere opération eft fimple. Le Roi voit clairement ce qui lui en revient; il eft affuré du nombre & de la fomme, & table fur le certain. Les Peuples voyent ce qu'ils ont payé précédemment, & ce qu'on leur propofe de payer à l'avenir. Ils fe retrouvent dans les mêmes claffes; & quoique les fommes foient différentes, ils font entr'eux en même proportion. A-la-vérité ils y retrouvent les mêmes vices des anciens Rôles, qui deviennent encore plus fenfibles : cette taxe imparfaite tiendroit néceffairement de l'inégalité & de l'arbitraire de la Capitation. Tout ce que l'on peut tirer de cette premiere opération, eft l'intérêt du Roi: la précaution qu'il aura prife de régler ces Rôles fur un Tableau, dont les plus fortes claffes font encore à une proportion modique, femble l'affurer que la maffe totale du Rôle n'a rien de trop onéreux pour fes Sujets. Cette maffe totale de chaque Rôle demeurera fixe & déterminée, mais la diftribution de cette Impofition

entre tous les Contribuables d'un même Rôle
fera abandonnée à leur critique. Le Rôle fera
affiché, afin que chacun puisse en arguer les im-
perfections, & proposer les corrections dans
un terme prescrit.

Il n'est pas besoin pour cela de diviser les
Peuples en Centuries ou Sociétés, comme quelques-uns se sont figuré; ces divisions ou Sociétés se trouvent formées d'elles-mêmes, & sub-
sistent déjà par l'ordre qui est établi dans les
Rôles de Capitations. Les Rôles ou Etats des
Gentilshommes dans les Provinces sont divisés
par Bailliages, ceux des Taillables, par Elections, par Paroisses & Communautés. A Paris,
tous se trouvent naturellement associés dans
l'ordre des Rôles, ou par le Corps auquel ils
appartiennent, ou par la Paroisse, le Quartier
& la Rue qu'ils habitent; & par cette raison
cette discussion se passera entre gens de même
Communauté, ou entre voisins qui se connois-
sent. Ils calculeront respectivement & contradictoirement les différences de leurs fortunes.
Se plaindra-t-on que l'on a été trop chargé en
comparaison d'un plus aisé que soi? Celui qui
attaque & celui qui défend, seront tenus de
justifier respectivement de ce qu'ils payoient de
Capitation, Vingtieme & Droits de Gabelles,
pour établir une proportion entr'eux, & la
mesure d'une Imposition nouvelle, qui est re-
présentative de toutes les Impositions précédentes sur les personnes, les biens & les consommations. Peut-être même conviendront-ils
que cette communication, ou autre semblable,
fut générale à la premiere assemblée, pour
d'autant mieux fonder les corrections du Rôle.

La faveur d'un seul ne décidera rien. Les

modérations qui feront accordées par la pluralité des Contribuables, ne diminueront point la maffe du Rôle au préjudice du Roi ou de la libéra tion ; elles fe reverferont au marc la livre fur tous les autres Contribuables, & néanmoins s'accorderont aux véritables befoins avec d'autant plus de facilité, que le furtaux, à raifon du nombre, fera peu fenfible pour chacun. Le riche cachera en vain des tréfors dans fon Portefeuille, pour fe placer dans la claffe des pauvres : fon train & fa dépenfe le trahiffent; le pauvre le renverra à la place où il doit être. Voudra-t-il s'en défendre ? On le jugera. Que fi l'avare échappe, en dérobant la connoiffance de fes affaires & de fes débiteurs, & en fe refufant à lui-même tout ufage de fes richeffes, c'eft un inconvénient ; mais le luxe en diminuera d'autant. Dans le fiecle où nous vivons, le nombre de ceux qui dépenfent plus qu'ils n'ont eft le plus grand.

A jour indiqué, les Contribuables d'un même Rôle s'affembleront par devant le Juge, ou en perfonne ou par Procureurs, & conviendront des corrections, ou même de la réformation totale ; & en ce cas le Rôle fera figné, arrêté, déclaré exécutoire, & dépofé au Greffe du confentement de toutes les Parties ; ou fi elles ne s'accordent pas, il dreffera procès-verbal de leurs dires & requifitions, & en référéra au Tribunal qui prononcera fur le tout. Cette affiette ou jugement par les Contribuables eux-mêmes n'eft point au furplus chofe abfolument nouvelle, elle fe pratique dans les Villages. A Paris, les Rôles des fix Corps de Marchands font faits par quelques-uns d'entre eux qui en font chargés, & qui s'en acquitfent avec beaucoup de juftice, ils fe taxent fuivant la connoiffance qu'ils ont de la force de leur commerce & de leur débit; & tel qui, l'année derniere, a été impofé à une fomme confidérable, parce qu'il avoit rempli & afforti fon magafin, eft diminué de moitié cette année fans l'avoir demandé; parce que fon débit n'a pas été complet, & qu'il roule encore fur le même magafin.

Il eft à obferver que les Marchands Artifans, & tous ceux qui en quelque genre que ce foit vendent leur induftrie au Public, doivent être placés dans les hautes Claffes plus facilement que tous les autres, attendu qu'ils retirent fur leur débit ce qui leur eft impofé, & que finalement ils fe trouvent n'avoir rien payé. Mais il faut auffi que la plus haute Claffe foit la borne de leur impofition, afin que les confommations ne foient point trop chargées. C'eft pour cela que la fomme de 730 livres qui avoit été fixée pour la plus haute Claffe, & que quelques-uns ont trouvé trop modique, peut-être (tout bien examiné) ne doit pas être augmentée. Non feulement, comme nous venons de le dire, c'eft la borne de l'Impôt fur les confommations, c'eft encore la borne que l'autorité fe fixe elle-même, pour s'affurer de ne pas excéder la portée des fortunes ordinaires, c'eft la mefure du premier Rôle que l'on affiche, & qui eft imparfait; & lorfqu'enfuite on laiffe aux Contribuables une liberté indéfinie de corriger le Rôle & d'en répartir la maffe entr'eux, fuivant la connoiffance refpective qu'ils ont de leur aifance & de leurs facultés; cette modicité eft une invitation aux gens opulens de s'offrir eux-mêmes, comme ils s'offrent déjà d'avance à fe charger au-delà de toutes ces pro-

C 4

portions, à la décharge & au foulagement des indigens.

On voit par tout ce qui vient d'être dit, que l'établiffement de cet unique Impôt eft une opé-ration fimple & facile par l'exiftence des Rôles & l'ordre qui y eft établi; opération qui peut fe faire en même tems fur tous les Rôles par tous ceux qui en font chargés, & fe terminer promptement. La premiere Déclaration d'éta-bliffement de la Capitation fut donnée le 18 Janvier 1695, & le premier payement étoit or-donné pour le premier Mars fuivant. La Ca-pitation fut rétablie depuis par autre Dé-claration du 12 Mars 1701, & le premier pa-yement fixé au premier Mai fuivant. C'eft-à-dire qu'à chaque fois il ne fallut pas trois mois pour lui donner toute fon exécution. A plus forte raifon feroit-il poffible & facile d'établir l'unique Impôt pour commencer à courir du mois de Janvier prochain au lieu des Edits du Lit de Juftice, dont l'exécution doit commen-cer à la même date, ou plutôt on pourroit, dès-à-préfent, en recueillir le fruit par la fuppreffion de ces fols pour livres, qui chagri-nent la Capitale, & qui ne chagrineront pas moins les Provinces. Quand même (com-me il n'arrive que trop fouvent) cet Impôt au-roit été aliéné à des Traitans, il feroit facile de leur affurer l'Indemnité de leurs avances fur l'augmentation de revenu, & d'en faire un article de rembourfement, en arrêtant dès ce moment la perception.

Que fi malgré les précautions prifes pour ôter l'arbitraire, & corriger les inégalités dans les Rôles, il en reftoit encore, on y remédieroit dans le Rôle de l'année fuivante, ainfi qu'aux difproportions qui n'auroient pas pu être re-

connues & réformées avant la confection du
Rôle, & qui se rencontreroient de Province à
Province, de Baillage à Bailliage, de Ville à
Ville, de Communauté à Communauté. Tout
se régleroit pendant le cours de l'année sui-
vante ; savoir, pour les Provinces, entre les
Intendans ; pour les Baillages, les Villes &
Communautés, dans les Assemblées de leurs
Députés respectifs, qui se tiendroient en la
même forme que l'Assemblée des Rôles, dont
nous avons parlé. Tout feroit de-même, ou
concilié ou jugé. D'année en année, les im-
perfections se rectifieroient, ou du-moins on
n'auroit à craindre que celles qui font inséparables de toutes les choses humaines.

Comme les modérations & les non-valeurs
feroient reversées (ainsi que nous l'avons dit)
au marc la livre fur tous les Contribuables, &
à leur charge, fans diminution de la masse
d'Imposition, il feroit juste aussi que les nouvelles Cotes que la Population y ajouteroit,
fussent à leur décharge, & fans augmentation
du montant du Rôle ; ce qui auroit lieu toutes
les fois qu'un Etranger viendroit s'y établir, en
se rendant sujet du Roi. Mais dans le cas de
transmigration d'un Regnicole, on observeroit
ce qui se pratique pour la Taille & la Capitation, & la Cote qui feroit diminuée en somme
fur la masse du Rôle du domicile qu'il a quitté,
feroit ajoutée en somme & par augmentation à
la masse du Rôle où il viendroit s'établir.

Enfin, on fait une derniere objection, & on
demande quelle sûreté l'on peut donner, que
tous les Impôts supprimés en faveur de celui-ci
ne viennent ensuite à être rétablis, & qui peut
en être garant. Il est facile de répondre ; l'honneur du Trône, la certitude de trouver dans

ce feul Impôt tout genre de reffources, & l'inu-
tilité d'en chercher d'autres.

Nous ne répondrons point au défir que quelques perfonnes auroient eu de voir comprendre
dans ce Projet la fuppreffion totale des Fermes,
& le regret d'en voir conferver quelque portion. Sans entrer dans le détail des différens
motifs qui femblent rendre cette réferve convenable, qu'importe que le Roi afferme, comme tout Seigneur de Fief, les Droits féodaux
de fes Domaines, lorfque les autres Droits réputés Domaniaux, tels, par exemple, que le
Contrôle & l'Infinuation, &c. en ce qu'ils ont
de Burfal, & en ce qui n'appartient pas à la
Jurifprudence, feront fupprimés ? Qu'importe
que les Fermiers - Généraux confervent le Tabac, qui eft un commerce comme tout autre
Privilege de Marchandife, lorfque cette armée
de Gardes, répandue par - tout aux Portes des
Villes & dans les Campagnes, fera pouffée aux
frontieres, n'exercera que - là fes recherches
rigoureufes, & laiffera en paix l'intérieur du
Royaume, libre des Droits d'Entrée des Villes,
& de tous Droits quelconques ? Quel inconvénient y a - t - il de conferver une Société de
coffres - forts, qui ne pourroit plus nuire ? Loin
de leur envier leur être, on chercheroit plutôt,
& l'on trouveroit fans peine, fans charges nouvelles & fans attributions, de nouveaux droits
à leur préfenter, de nouveaux profits pour animer & exercer leur induftrie à l'utilité de l'E-
tat & des Sujets du Roi. L'opulence en elle-
même n'a rien d'odieux, lorfqu'elle ne s'acquiert pas aux dépens d'autrui.

Nous terminons ces réflexions, & nous les
livrons de nouveau à l'examen, auquel nous
avions foumis le premier Ecrit. Puiffe cet Ou-

vrage d'un zele pur, essayé au creuset de l'opinion publique, recevoir sa derniere perfection, & offrir au Roi & à l'Etat les grands & importans avantages avec lesquels il s'est présenté à nos yeux! Puisse la France renaître de ses propres ruines, effacer le passé, jouir du présent, assurer l'avenir, éteindre ses dettes, rétablir sa Culture, son Commerce, sa Marine, réparer ses pertes, rendre ses Peuples heureux & contens, & voir les Etrangers à l'envi s'empresser de venir partager notre félicité sous l'Empire d'un Roi plus que jamais puissant & redouté de ses ennemis, précieux à ses Sujets, & déjà d'avance cher à la Postérité!

REFLEXIONS

SUR L'ECRIT INTITULÉ:

RICHESSE DE L'ETAT.

De toto ſtatu rerum communium cognoſcis, quæ
quales ſint, non facilè eſt ſcribere.
M. T. Cic. ad Lentul. Epiſt. 8.

L'ETUDE la plus belle & la recommandable
eſt, ſans contredit, celle du Bien public : mais
c'eſt auſſi celle qui demande le plus de circon-
ſpection, & dans laquelle les plus petites erreurs
ſont de la plus grande conſéquence. En ce
genre, on doit ſe défier des Auteurs qui pro-
mettent trop; & il eſt plus que vraiſemblable
que les gens qui ne voient d'obſtacles à rien,
n'ont pas tout examiné.

Un citoyen reſpectable, dont le zele au moins
mérite des éloges, propoſe dans un Ecrit intitulé *Richeſſe de l'Etat*, de ſoulager le peuple
en faiſant au Roi un revenu de plus de ſept
cent quarante millions. Quoique le fonds de
ſon projet ne ſoit pas neuf (a), s'il eſt exécu-
table, applaudiſſons-le. *Quelle reſſource dans
les beſoins de l'etat!* Mais ſi cette idée n'eſt

(a) Voyez à la fin du Teſtament Politique attribué à
M. le Maréchal Duc de Belle-Iſle, dans le codicile,
depuis la page 186 juſqu'à la page 195.

qu'une chimere féduifante, hâtons-nous de le faire concevoir; car s'il était poffible que celui qui offre au Gouvernement des calculs exagérés fût écouté, il préparerait à fon Maître des regrets, à fes compatriotes des infortunes, & à lui-même un repentir.

Une premiere objection, qui peut-être devrait être la feule, ferait de demander à l'Auteur comment il fera, pour que les revenus publics foient de plus d'un quart plus forts que la fomme des revenus particuliers (a)?

Je lui accorde pour démontré que la plus opulente claffe des citoyens payera très-facilement 730 (b). Comment fera-t-il voir que les huit claffes inférieures, qui font près de la moitié des contribuables (c), ne doivent dégrader que de 18 liv. par tête dans chaque claffe? Comment perfuadera-t-il à des gens éclairés, que chaque membre de cette moitié des contribuables foit en état de payer tous les ans 500 liv. au moins.

L'Auteur raifonne très-bien fon premier & dernier terme. Sur quel principe a-t-il ftatué les autres? L'arbitraire ne doit pas être employé dans une matiere auffi importante. Pourquoi (d), en paffant de la feconde claffe à la troifieme, de la cinquieme à la fixieme, & de la huitieme à la neuvieme, double-t-il fon impofition? Tandis que de la neuvieme à la dixieme, il fe contente de l'augmenter des trois quarts; de la premiere à la feconde, de la troifieme à la

(a) Le total des revenus particuliers, évalués par le vingtieme, eft de 581, 000, 000 liv.

(b Elle paie actuellement beaucoup plus.

(c) Voyez le tableau qui fe trouve page 2 de la Richeffe de l'Etat.

(d) Voyez le tableau cité ci-deffus.

quatrieme ; & de la fixieme à la feptieme, de
la moitié ; de la quatrieme à la cinquieme, &
de la feptieme à la huitieme, d'un tiers ; enfin,
de la douzieme à la treizieme , d'un trente-
deuxieme feulement , & ainfi en augmentant
par des fractions très-petites jufqu'à la vingtieme , qui ne croît fur la précédente que d'un
trente-neuvieme. Ne femblerait-il pas que cette
affectation de doubler rapidement dans les premieres claffes, pour augmenter enfuite de très-
peu de chofe dans les fuivantes, a eu pour but
de jetter dans le milieu de l'addition de groffes
fommes qui produiraient un total éblouiffant,
& qui, au travers des autres, échapperaient à la
critique. Gardons - nous d'écouter cette idée
fûrement injufte. Le patriotifme & le zele de
l'Auteur font fes garants, & prouvent fuffifamment qu'il s'eft trompé de bonne foi.

Je fuis perfuadé qu'il a cru, avec la même
bonne foi, mettre fon plan au-deffus de toute
atteinte, en ne fuppofant que deux millions
de contribuables. Comme cette partie eft la
plus féduifante de fon projet, & la feule qui
lui donne de la vraifemblance, qu'il me permette d'entrer dans quelque détail, & de la
foumettre à fon propre examen.

Je pofe d'abord pour principe que perfonne
ne paie que ceux qui ont, & je ne crains pas
que cela me foit contefté. Suivons ce principe
dans le fait : voici M***. qui a 30,000 liv. de rente & dix domeftiques. Ces domeftiques n'ont rien,
puifque leur fubfiftance précaire dépend de la
fortune de leur maître ; auffi paie-t-il non
feulement la capitation de fes gens, mais encore tous les droits établis fur leur confommation. Je vois donc que M***. eft déjà char-

gé, lui compris, de la quotepart de onze personnes.

Allons à la campagne. Je rencontre un ma-
nouvrier qui fait argent de ses bras, & n'a nul
autre bien sur la terre. Cet homme, dit l'Auteur que je combats, paie 12. livres: quand cela
ne seroit pas tout-à-fait exact, toujours est-
il vrai qu'il contribue de quelque chose aux besoins publics, & cette contribution, où la prend-
il ? sur le produit de son travail; mais ce travail, qui est-ce qui le paie ? un fermier voisin:
je vais trouver ce fermier; nous sommes dans
l'août. Je vois un vieillard encore vigoureux,
& d'une phisionomie respectable, qui congédie
une vingtaine de moissonneurs; des batteurs en
grange l'attendent pour s'arrêter à lui; je l'a-
borde :

Mon pere (a), lui dis-je, vous me paraissez
à la tête d'un attelier considérable ?

Il me répond honnêtement :

Monsieur, j'ai huit charrues. Ma ferme contient environ 550 arpens, & j'en rends au propriétaire 4,800 liv.

M O I.

Combien occupez-vous de monde à peu
près ?

(a) Ce dialogue n'est pas un conte en l'air, c'est le
résumé d'une conversation effectivement tenue avec un
bon fermier de Brie: on a seulement eu l'attention
de diminuer le nombre des hommes que cet honnête
fermier dit employer. On auroit pu s'en dispenser
sans-doute, mais les inconvéniens de calculer trop bas
sont légers, & ceux de calculer trop haut sont immenses. Les personnes qui connaissent le détail de
l'œconomie rustique, savent bien qu'une ferme de huit
charrues, occupe plus de monde, & nourrit plus de
bestiaux que je ne dis ici.

LE FERMIER.

Monfieur, j'emploie huit garçons de charrue, fix filles pour le laitage de quarante vaches, un vacher, un berger qui me garde fix cent moutons, un garçon de cour, vingt moiffon-neurs, fix batteurs, deux faucheurs, un bour-relier, un charron, un maréchal, en tout qua-rante-huit perfonnes, fans compter ma femme, moi, & quatre enfans qui mettent la main à tout.

MOI.

Tous ces gens-là vous coûtent-ils cher?

LE FERMIER.

Monfieur, les uns plus, les autres moins; tant y a qu'ils vivent & paient la taille?

MOI.

J'entends: c'eft vous qui leur donnez de quoi la payer.

LE FERMIER.

Hélas! Monfieur, il le faut bien: car com-ment feraient-ils? Les Collecteurs le pourfui-vraient, & je n'aurais plus d'ouvriers.

MOI.

Et les impofitions que vous devez pour votre compte, à combien fe montent-elles?

LE FERMIER.

Ah! Monfieur, plus haut que notre bon Roi ne voudrait! j'ai pour 1,800 livres de tailles, & 600 livres de capitation, fans compter encore
la

la dixme qu'il faut payer à notre Curé. Mais nous travaillons de bon cœur pour tirer tout cela du sein de notre bonne mere nourrice; elle n'est ingrate que pour ceux qui ne sont pas laborieux.

M o i.

Respectable Cultivateur, soyez content ; j'ai entendu dire que le Roi songeait sérieusement à diminuer les Impôts.

Le Fermier.

Je le crois bien, Monsieur, cette pensée est digne de lui, tout en irait mieux ; nous en ferions bien meilleur compte à notre propriétaire, & si ne ferions-nous pas embarrassés comme nous le sommes quelquefois.

M o i.

Qui est votre propriétaire?

Le Fermier.

C'est M***, qui demeure à Paris; il a plusieurs autres terres, les unes plus grandes, les autres plus petites que celle-ci : toutes ensemble lui valent trente mille livres de rente.

M o i.

Mais, mon cher ami, la terre est à M***. Vous m'avez dit que s'il y avait moins d'Impôts, vous lui en rendriez bien meilleur compte : les Impôts sont donc autant de diminué sur son revenu ?

Le Fermier.

Eh ! pardi, Monsieur, où les prendrait-on?

D

il n'y a point de mines en France ; &, quand il y en aurait , elles ne vaudraient pas nos champs. Les Impôts deviennent une partie des frais de culture ; plus il y a de frais , moins il en reste pour le maître. Au surplus, ce n'est pas mon métier à moi que de tant raisonner, Vous autres gens de la ville n'avez que cela à faire , & voilà des hommes qui m'attendent. Adieu.

Si ce n'est pas l'affaire du fermier de raisonner, c'est la mienne & celle de mes lecteurs. Je dis : M***. a ici 4,800 liv. de rente (mettons 5,000 liv. , car j'aime à être à l'aise dans mes calculs) ; ce revenu, avant de parvenir à lui, a déjà payé les impositions de cinquante-quatre personnes : si, comme cela est vraisemblable, le reste de son bien est exploité à peu près de la même maniere, avant qu'il les ait reçues, ses 30,000 livres de rente auront déjà payé la contribution de trois cent vingt-quatre citoyens au moins. Mais j'ai remarqué plus haut qu'il était chargé à Paris de celle de onze autres : voici donc, sans compter une partie des femmes & les enfans , trois cent trente-cinq têtes , & un seul contribuable (a).

(a) Je ne cherche pas à me dissimuler les objections, & je vais me proposer celle qui me semble la plus frappante.

Le fermier , me dira-t-on , a , de votre aveu & du sien, des vaches & des moutons. Ces bestiaux sont une richesse dont il est propriétaire, & sur laquelle il payera son imposition. Voici donc encore un contribuable réel , & nous en aurons de cette espece autant que de fermiers.

Je réponds : Ces bestiaux ne sont richesses qu'entant qu'ils améliorent la récolte par leur engrais. Ils sont un outil d'agriculture, outil utile & indispensable , sans lequel le revenu serait mince , & fort mal assuré. Certainement un soc est un autre outil qui rapporte plus qu'une vache, & qui ne mange point ; faut-il regar-

Il y a encore une efpece de rentiers qui font les créanciers de l'Etat ; c'eft - à - dire, qui ont acheté, pour une certaine fomme, que des temps d'infortunes avaient rendue néceffaire, le droit de vivre dans une indolente oifiveté de la fueur & du fang de leurs concitoyens. Le revenu de cette forte d'opulens, loin de prêter une bafe à l'impôt, en eft au contraire une exorbitante diminution (a) : cependant il faut

der les focs comme une richeffe, & taxer haut ceux qui en ont ?

Le fermier, en fe chargeant de l'entreprife, a calculé ce que ces beftiaux pourraient lui rendre fur cette terre, & a hauffé le bail en conféquence. Si l'impofition tombe fur lui comme poffeffeur de beftiaux, il baiffera fon bail, & tous les propriétaires en fouffriront. De quelque maniere qu'on fe retourne, le bétail vit fur le fonds, donc le fonds paie l'Impôt du bétail.

Si, fous le fpécieux prétexte de multiplier les contribuables, on pouvait empêcher le fermier de fe récompenfer fur le maître, cette manœuvre reffemblerait à celle d'un homme qui ferait deffoler fon cheval pour lui rendre le pied plus léger.

(a) Cette efpece de riches ont une opulence deftructive ; &, lorfqu'ils deviennent communs chez un peuple, rien n'eft plus propre à hâter fa ruine. Indépendamment des impofitions extrêmes qu'ils néceffitent, ils perdent les mœurs & ce refpectable efprit des maximes antiques, qui eft le grand refforr des Etats. Toutes les conditions vont s'engloutir dans celle - là. Chacun trouve qu'il eft plus doux & plus commode d'être le penfionnaire de la nation, que celui de la nature, qui ne donne fes bienfaits qu'au travail, ou de l'induftrie qui n'eft rien fans lui. Le luxe infenfé prend naiffance Le noble lui - même, indigné de fe voir éclipfé par un homme au-deffous de lui, apprend à ne faire cas des places, que lorfqu'elles donnent des appointemens capables de lui rendre au moins l'égalité ; tout eft alors perverti. Nous n'en fommes pas encore à cette extrémité funefte, mais nous y ferions venus. O mes compatriotes ! béniffons à jamais le Prince heureux & fage qui entreprend de rembourfer tous nos créanciers ; fouffrons encore, fouffrons quelque temps convenir que , dans la circonſtance actuelle, ils ſemblent préſenter un aſſez grand nombre de têtes contribuables ; mais, ſi l'on obſervé que je n'ai point encore parlé des Commerçans & des artiſans (ſi prodigieuſement multipliés dans ce ſiecle au grand détriment de l'Agriculture & de la population), qui, quant à l'Impôt, ſont (ainſi que les garçons, compagnons, ouvriers, & apprentifs qu'ils occupent), préciſément dans le cas des manouvriers de la campagne, puiſqu'ils ont leur ſubſiſtance uniquement fondée ſur les beſoins ou ſur le luxe des poſſédans biens, ſoit en terres , ſoit en contrats; on ſentira qu'y compris les domeſtiques , un ſeul contribuable de cette claſſe, qui employe moins de monde que la premiere, eſt cependant chargé de la quote part de plus de dix têtes. (a) On en conclura donc qu'il n'eſt pas

pour être délivrés d'une charge auſſi peſante. Quel eſt l'homme, qui, tourmenté des douleurs de la pierre, ne ſupporte pas conſtamment celles de l'opération!

(a) Comme je ſuis de bonne foi , je ne diſconviens pas qu'il eſt poſſible qu'il y ait une autre ſorte de contribuables réels ; ce ſont les Négocians , qui font un commerce décidément avantageux avec l'étranger. J'oſe dire cependant qu'il eſt au moins incertain que cette claſſe de Négocians exiſte parmi nous : pour la conſtater, il faudrait avoir la vue très-longue, très-juſte , & perçante juſques dans les moindres détails ; il faudrait ſavoir combien le ſol a fait ſa miſe primitive pour ce commerce ; il faudrait s'aſſurer que les fortunes de la plupart des Négocians ne ſont pas le fruit des gains faits par les retours ſur leurs compatriotes. Dans tout Etat qui aura un luxe conſidérable, s'il commerce ſurtout avec des pays dont le luxe ſoit inférieur, il ſera toujours fort à craindre que les Marchands ne s'enrichiſſent aux dépens des autres ſujets. Mais, quand on regarderait cette claſſe comme bien prouvée, & même comme nombreuſe , je remarquerai toujours que chacun de ces Négocians paie pour ſa femme , pour ſes enfans, pour des garçons, pour ſes domeſtiques , pour tous les

vrai qu'il y ait dans le Royaume deux millions
de contribuables (a), quand même on suppo-
ferait, contre le fait, vingt millions d'habitans (b).

Je pourrais encore chicaner l'Auteur sur la
maniere dont il propose de connaître les fortunes des citoyens. La confiance est le plus beau
des moyens sans-doute, mais peut-être en
présume-t-il un peu, quand, pour asseoir un
Impôt, on s'en rapportera aux déclarations des
particuliers : il sera certainement utile d'avoir
fait cette *réforme préalable de l'humanité*, qu'il
regarde au commencement comme une chimere. Passons sur ces bagatelles, je serais fâché
que l'on me reprochât de vouloir chagriner
dans les détails un Ecrivain dont je respecte
d'ailleurs le zele & le mérite. C'est l'amour
de la patrie & de la vérité, qui m'a engagé à
jetter ces réflexions sur le papier : je n'oublie-
rai rien pour tâcher de rendre cette derniere
palpable, mais je ne m'écarterai jamais des é-
gards que je dois à un citoyen estimable &
considéré. Sans m'amuser donc à des observa-

commis, facteurs & mariniers qu'il emploie ; & je con-
clurai que de quelque maniere que je me tourne,
je vois plus de dix têtes pour un contribuable.

(a) Voyez le tableau qui est à la fin.

(b) On m'objectera que diminuant si fort le nombre des contribuables, je dois sentir que les plus indigens d'entr'eux pourront payer une taxe bien plus considérable, que celle que propose l'Auteur de la *Richesse
de l'Etat*, c'est ce que j'ignore ; mais ce dont je suis
très-certain, c'est qu'il y a un grand nombre de propriétaires, faisant valoir leur bien par eux-mêmes, qui
souvent ne retirent pas leurs frais, & s'endettent sur le
fonds jusqu'à ce qu'il soit mangé. Il est vrai que cela vient
de l'effet d'une petite culture indigente ; car la pauvreté,
comme toutes les choses de ce monde, tend à se multiplier d'elle-même.

D 3

tions peu importantes, je lui demanderai encore une fois la permiſſion de poſer des faits qui achéveront, je crois, de décider la queſtion.

Le plus pauvre, dit l'Auteur du nouvel Ecrit, paie 12 liv., ni lui ni moi ne doutons que le plus riche ne paie infiniment plus de 730 liv., & cependant il s'en faut plus de 300 millions que l'Etat ne trouve (dans la ſituation forcée où ſont les choſes) la ſomme qu'il veut faire eſpérer. Croit-il que l'on ait trop ménagé les claſſes intermédiaires? C'eſt à lui que j'en appelle, ſes lumieres & ſon humanité me répondent qu'il n'oſera pas dire oui.

Mais, objectera t-on, les frais de perception, les fermes, les employés..... Je ſçais auſſi bien qu'un autre qu'il y a des abus, le Gouvernement penſe à les corriger, & à ſimplifier cette machine énorme, que l'on appelle *finance*. Quant à moi, j'ai longtemps & profondément étudié cette partie avec l'ardeur la plus vive, & le zele le plus vrai; je crois ſavoir, à peu près, à quoi peuvent ſe monter les frais de perception, & je le dirais bien, ſi cela était néceſſaire; mais (indépendamment de ce que, ſi l'on peut parvenir à ménager ſur ces frais, une grande partie de cette œconomie doit, par la meilleure des politiques, retourner au profit du peuple): quand on en ajouterait la totalité aux revenus que l'Etat a déjà, on ſerait encore furieuſement loin du compte de notre Auteur. Je n'ai plus qu'un mot à lui dire, & je finis.

Je ſuis ſurpris, je l'avoue, qu'un homme tel que lui ait cru que, ſi le Roi avait annuellement des contributions de ſes peuples près de ſept cent millions, il garderait encore un droit

fur les marchandifes qui entrent & qui fortent
du Royaume. Non : nos Rois facrifieraient ces
droits à l'immunité & à la facilité du commerce, fi leurs revenus étaient fuffifans ; ils ne favent point tirer le fang de leurs fujets, & ne
mefurent les impofitions que fur les néceflités
publiques. Véritablement ces néceflités font
grandes dans un Etat tel que le nôtre ; & ceux
qui penferont que le Roi a 200,000 hommes
de troupes, & 200 forterefles à entretenir, des
vaifleaux à conftruire, des penfions à faire, des
rentes à payer, des gages & des appointemens
fans nombre à donner, & la majefté du premier
trône de l'Europe à foutenir, trouveront bien
que fes revenus font trop faibles. D'un autre
côté, LOUIS LE BIEN AIME' jettant un œil
de compaffion fur la mifere de fes fujets, voyant les villages dépeuplés, de belles terres
incultes & défertes, & les villes un réceptacle
de mendians, eft le premier à fentir qu'ils font
trop forts. Un milieu eft à prendre fans-doute :
ce milieu confifte à diminuer les frais de perception, à établir la proportion la plus exacte,
à foulager les claffes indigentes, en chargeant
un peu plus celles qui ne le font point.

Déjà le Roi a témoigné fa bienveillance pour
fon peuple, & le defir qu'il a de fixer cette
proportion fi indifpenfable, par l'Edit qui or-
donne qu'il fera fait un dénombrement de tous
les biens fonds du Royaume ; déjà, par la Déclaration qui met un fol pour livre fur les droits
d'entrée, il a prouvé que, dans le befoin où
nous laiffe l'épuifement occafionné par une
guerre cruelle, il voulait chercher dans nos
villes les fecours dont on ne faurait fe paffer,
& ménager par conféquent la partie agricole,
c'eft-à-dire la partie intéreffante & malheureu-

D 4

fe de fes fujets, il s'occupe de notre bonheur;
déjà il nous en donne l'efpérance, l'année 1770
le verra éclorre, de grands Miniftres & des citoyens zélés travaillent à en faciliter les moyens; fi nous pouvons quelquefois feconder
leurs vues, & leur fournir des idées utiles,
employons - y notre temps, nos veilles & notre
fortune; mais, avant que de nous expofer à
leurs regards, pefons nos difcours : je ne con-
nais point de chagrin comparable à celui d'un
honnête homme, dont l'erreur aurait trompé
fon Roi.

Après avoir fatisfait à ce que j'ai cru devoir
à la vérité, il me refte à parler du mérite de
l'Auteur que j'ai combattu ; fon ouvrage refpire
le zele, & peint les meilleures intentions ; il eft
d'ailleurs écrit avec ce feu, avec cette vivaci-
té fimple & mâle, qui font le cachet du génie.
C'eft par l'effet qu'il fit fur moi à la premiere
lecture, que j'ai fenti combien les erreurs d'un
homme d'efprit étaient d'une dangereufe conféquence, & demandaient à être relevées avec
célérité. J'ai d'abord été féduit & ébloui. Je
fuis perfuadé que plufieurs autres fe font trou-
vés dans le même cas ; heureux, fi ces réflexions détruifent leur illufion comme la mienne : elles ont été dictées par le même zele qui
anime mon adverfaire, elles ne doivent point
l'offenfer. Je ne penfe pas qu'il me foit rien
échappé qui puiffe lui déplaire ; fi ce malheur
m'était arrivé fans que je m'en apperçoive,
qu'il m'excufe ; car ce ne fut pas mon intention. J'honore fes talens, j'adore tous ceux qui
confacrent les leurs à l'utilité publique ; & je
croirais avoir bien mal témoigné mon amour
pour la patrie, fi je m'étais attiré la haine d'un
de fes meilleurs citoyens.

TABLEAU formé pour donner une idée du nombre des contribuables réels.

COMME on ne faurait présenter une vérité fous un trop grand nombre de faces, on va effayer de favoir combien il y a de contribuables réels, en fouftrayant du nombre de perfonnes qui font dans le Royaume, toutes celles qui ne peuvent pas porter ce titre.

Soit d'après l'Auteur même feize millions d'ames, ci. 16, 000, 000

Ce n'eft pas exagérer que d'avancer que, dans ce nombre, il y a au moins quatre millions d'enfans, ci. 4, 000, 000

Refte à douze millions de têtes, dont la moitié font femmes. De ces fix millions de femmes, c'eft bien tout au plus s'il y en a la moitié qui exiftent, & qui paient leurs impofitions par elles-mêmes; les autres font en puiffance de mari, & ne doivent pas être comptées. Otons donc encore ici. 3, 000, 000

Paffons aux hommes qu'emploie la culture, & dont nous avons fait fentir l'immunité. Nous avons fix millions d'arpens de terres labourées en grande culture : par le rapport du fermier de Bric, nous favons qu'une charrue exploite foixante-huit arpens, c'eft pour les fix millions d'arpens ,

D 5

quatre-vingt huit mille deux cent
trente - cinq charrues. Sept têtes
par chaque font fix cent dix-fept
mille fix cent quarante-cinq têtes.
Je peux bien faire préfent de dix-
fept mille hommes à l'Auteur de
la Richeffe. Mettons ci. 600, 000

Nous avons trente millions d'arpens de terre en petite culture,
qu'exploite environ un million de
charrues, à trois têtes par charrue, c'eft calouler bas, & voici
cependant trois millions (a), ici. . 3 , 000 , 000

La ville de Paris contient près
de deux cent mille domeftiques,
tant hommes que femmes.; elle ne
fait fûrement pas un dixieme du
Royaume , nous pouvons donc
pofer hardiment un million de
domeftiques , ci. . . . . 1 , 000 , 000

Les mendians font fi prodigieu-
fement multipliés, que je crois
entendre la vérité crier contre
moi, lorfque je n'en fuppofe que. . . 200 , 000

Autant en troupes , ci. 200, 000

(a) On obfervera que je ne parle point des vignerons,
bucherons, maraigers, &c. je fuppofe qu'ils font occupés
par les fermiers pendant les moiffons. Je ferais cependant
à portée de prouver que, dans bien des pays vignobles
& couverts de bois, comme la Bourgogne, par exemple,
où la culture des grains eft affez négligée, il y a une
très-grande quantité d'ouvriers attachés à la terre, qui
n'ont jamais mis la main à la moiffon. Mais j'aime
mieux perdre un nombre confidérable de têtes, que
de rifquer d'en faire un double emploi. Ceux qui voudront me rendre une juftice exacte, peuvent évaluer
les manouvriers de cette efpece, & les jetter fur mon
dernier refte.

Reſte quatre millions de têtes, dont il faut ôter au moins les ſept huitiemes des Commerçans, & tous les artiſans, eſpece de domeſtiques non gagés, mais vivant cependant aux dépens des poſſédans bien, qui ſont ſeuls contribuables. Combien reſtera-t-il pour cette derniere claſſe? je le demande à l'Auteur que j'ai combattu, & je me tais. Il ſerait contre mon caractere d'ajouter quelque choſe, lorſque l'évidence a parlé.

DOUTES MODESTES

SUR LA

RICHESSE DE L'ETAT,

OU

LETTRE ECRITE

A L'AUTEUR DE CE SYSTEME,

PAR UN DE SES CONFRERES.

AVIS DU LIBRAIRE.

PERSONNE n'ignore qu'il s'est formé
depuis peu une Société de gens de bien, qui
s'occupent sérieusement de la réforme de l'Etat,
& qui, à force de bonnes raisons, se flattent
de venir enfin à bout de l'indocilité des Ministres. De toutes les Académies, celle-ci sera sans-doute la plus utile, si elle peut jamais
obtenir des Lettres-Patentes. Mais, quand on
les lui refuseroit, ses travaux n'en seront pas
moins recommandables, & son zele n'en sera
que plus pur & plus désintéressé. Comme c'est
à la Nation qu'elle a consacré ses services,
elle se passera même de la protection du Gouvernement qui, malheureusement, tient trop

aux anciennes routines. Elle m'a fait l'honneur de me choisir pour son Libraire, & a eu la bonté de n'exiger de moi que les jettons nécessaires aux assemblées. Cette dépense sera modique, en proportion du débit prodigieux de la multitude de projets, dont on sera redevable à cette importante Association. La Lettre que nous donnons aujourd'hui au Public, est l'ouvrage d'un des membres les plus sçavans de cette Académie naissante. Elle doit servir de prélude à un excellent ouvrage, qui est déjà imprimé, & dont l'objet est de renvoyer tous les Financiers au moulin, & d'établir pour jamais à Montmartre les soixante Fermiers-Généraux. L'Auteur croit son système préférable à celui de la RICHESSE DE L'ETAT, qui est le coup d'essai d'un de nos plus laborieux Académiciens. Mais il ne nous appartient pas de juger les ouvrages des grands maîtres; il nous suffit de les faire connoître. On verra peut-être avec quelque peine les disputes s'introduire dans une association, dont tous les efforts doivent tendre au même but; mais on doit se rappeller que la lumiere des vérités les plus utiles nait du choc des opinions; & que le Public, qui doit prendre son parti, ne peut après tout se décider, que lorsqu'il aura entendu tout le monde.

DOUTES MODESTES,

A Paris, ce 13 Juin 1763.

Vous n'avez pu, Monfieur & cher Confrere, affifter à nos dernieres Affemblées. Je fens les raifons qui vous ont fait refter à la campagne. Raffurez-vous : le Gouvernement ne vous veut point de mal, & il eft temps que vous reveniez prendre féance parmi nous. Votre préfence, comme vous allez voir, y eft plus que jamais néceffaire. J'ai beau faire, l'enthoufiafme tire à fa fin : plus vos fuccès ont été rapides, plus j'ai lieu de craindre qu'ils ne foient pas durables. Le François eft fi léger, fi vain, fi inconféquent ! il eft aifé de lui perfuader (& c'eft un point convenu entre le Public & nous) que jufqu'ici les Miniftres n'ont rien fait qui vaille, qu'il faut prendre tous les Financiers & abolir la finance : mais voulez-vous aller plus loin ? par-tout vous trouvez des obftacles. L'imagination fe refroidit, & alors les difficultés naiffent. Le François fait fe plaindre, mais il ne peut fe déterminer à être heureux.

Cependant, mon cher Confrere, vous occupez encore la Tribune, quoiqu'on vous écoute avec moins d'avidité. Il eft queftion de ne la plus laiffer vuide. Nous ne favons auquel de nos Confreres eft deftiné l'honneur de la grande réforme, mais il faut que nous y travaillions tous fuivant la mefure des talens que Dieu nous a donnés.

Jamais inftant ne fut plus heureux pour entreprendre ce grand ouvrage. Les impôts font

portés à l'excès. Le peuple fouffre, eft mécon-
tent. Les fpéculations les plus fublimes ont
préparé les voies à nos fyftêmes pratiques. Le
Gouvernement nous a fervi par fes fautes ; la
Philofophie par fes raifonnemens ; les Grands
par leurs murmures : les Jéfuites ont fait quelque temps diverfion ; mais la Nation n'a plus
qu'un moment à leur donner ; & vous l'allez
voir enfuite livrée plus que jamais à la théorie
du Gouvernement & aux idées réformatrices.
C'eft à nous de lui fournir des plans. Vous
avez commencé, mon cher Confrere, & j'ai
été le premier à vous applaudir. Mais fi le
Public s'ennuie, vous ne devez pas trouver
mauvais qu'un autre acteur vous fuccede ; car
il eft effentiel pour nous que la fcene ne foit jamais vuide ; & nous aurons certainement beaucoup fait lorfque nous aurons perfuadé qu'il
faut tout détruire.

Je ne fus pas longtems à m'appercevoir dans
notre derniere affemblée, que *la Richeffe de l'E-
tat* avoit fini fon regne. Vos plus zélés partifans n'en parloient plus qu'avec une modeftie
qui m'étonnoit ; quelques-uns de nos Confreres
qui n'ont jamais goûté ce projet, avoient l'air
du triomphe, & répétoient avec emphafe quelques argumens auxquels j'imaginois que vous
aviez fuffifamment répondu d'avance. Vous le
dirai-je, mon cher Confrere ? on en vint jufqu'à me propofer très-férieufement de faire
promptement imprimer mon *grand Projet d'impôt unique, univerfel & invariable fur les farines,*
ou tout au moins *mon Syftême de circulation par
le moyen de la marque graduelle des monnoies.*
Ainfi, fans que je m'y attendiffe, je fus nommé pour vous remplacer.

Je fens tout le poids de cet honneur, & je

fais les égards qui vous font dûs ; je les fis valoir : &, pour me raffurer, on nomma deux Commiffaires, qui furent chargés de m'inftruire des objections que l'on commençoit à faire contre votre projet, & qui paroiffent aujourd'hui formidables à vos plus ardens défenfeurs. J'exigeai de plus qu'il me feroit permis de vous les expofer fidélement, & que j'attendrois votre retour pour publier mon ouvrage ; car je ferois inconfolable qu'il nuifit au vôtre ; & ce procédé vous prouvera tout le refpect que j'ai pour vos talens.

Vous connoîtrez le caractere du Chevalier de ** & de l'Abbé P. Ils font l'un & l'autre vifs, mais honnêtes. C'eft à leur jugement que l'on m'ordonna de m'en rapporter ; & en effet ils vous ont étudié avec foin ; car, fi j'ai blâmé quelquefois la pétulance de leur critique, j'ai rendu juftice à leur droiture & à leur impartialité. Je leur propofai de fouper chez moi dès le même foir ; mais ils aimerent mieux m'entretenir pendant une demi-heure de promenade, & prétendirent qu'ils auroient plus de tems qu'il ne leur en falloit pour me mettre en état de vous expofer les motifs qui devoient me déterminer moi-même à me prêter aux vues de la Compagnie. Je vais donc, mon cher Confrere, vous rendre un compte fimple, mais exact, de la converfation que j'eus avec eux. Comme l'amour de la vérité doit être notre feul guide, & que vous êtes au-deffus des fauffes délicateffes de l'amour-propre, je ne vous épargnerai pas même quelques termes peut-être un peu trop vifs ; car je veux que vous affiftiez vous-même à notre entretien ; vous allez entendre parler nos amis.

A peine mettions-nous les pieds au Palais Ro-

Royal, que le Chevalier me dit en riant: Je vous l'ai annoncé, son regne est passé. Tenez, voyez-vous ce peuple? il y a huit jours, il n'étoit occupé que de *la Richesse de l'Etat*. Je gage qu'aujourd'hui, si l'on en parle, ce n'est plus que pour la tourner en ridicule; allez, vous êtes fou avec votre modestie. Faites promptement imprimer un de vos deux Projets, ou je publie ma *nouvelle Banque*. Hé mon Dieu, lui dis-je! c'est à nous de gouverner le Public. Voulez-vous servir notre Société? pouffez-le lorsqu'il nous applaudit: retenez-le lorsqu'il nous critique. Au fond, il faudroit que le projet de notre ami fût vicieux en lui-même, pour que l'on me contraignît de l'abandonner. Et Dieu veuille que de meilleurs systêmes aient une égale vogue!

Comment vicieux! reprit-il; mais ne voyez-vous donc pas qu'il peche par le fondement? Il met *rès pied rès terre* la Noblesse du Royaume, la Magistrature, les privilégiés; que fai-je! Oh! te voilà, Chevalier, avec tes priviléges, dit l'Abbé, comme si c'étoit-là l'endroit le plus foible du projet! ma foi, si l'on n'avoit que cela à lui reprocher, je serois le premier à louer le courage d'un homme qui attaque des préjugés barbares. Tout le monde profite de la protection que l'Etat accorde à ses enfans; les subsides en font le prix: donc ils doivent être payés également.

Entendons-nous, dit le Chevalier. Tout le monde doit contribuer, mais tout le monde ne doit pas contribuer de la même maniere. En France, la Noblesse n'a jamais été exempte de services, mais elle a été exempte de tailles. Les Magistrats servent aussi, & peut-être leur devons-nous au moins autant qu'à nos Guer-

riers : or la Nobleſſe & la Magiſtrature n'ont
jamais payé que les impôts extraordinaires.
Croyez - vous donc que tous ces Meſſieurs ſe
trouvent fort honorés du niveau auquel on les
réduit ? Je n'ai pas un ſol de bien : mais que
je trouve une femme qui m'en donne, je ſuis
du-moins ſûr que ni moi, ni mes enfans nous
ne ferons mis à la taille. On en ſupprime le
nom, j'en conviens ; mais on me l'a fait payer
préciſément dans la même claſſe que mon Cor-
donnier ; car, entre nous, dans ce moment je
ne ſuis pas plus riche que lui. Perſuadez donc
à la Nobleſſe, qu'après avoir perdu toutes les
diſtinctions dont elle s'honoroit autrefois, elle
doit encore renoncer à celle-ci ? Prenez-y garde
même, quand une fois toutes les prérogatives
des Gentilshommmes ſeront ſupprimées, ce ſera
pour toujours ; & le beau plan de *la Richeſſe de
l'Etat*, en le ſuppoſant pratiquable, qui vous a
dit qu'il ſera toujours ſuivi ? Pour moi, je voudrois, du-moins, que l'on fût attaché aux principes que l'on a une fois embraſſés. Dites-moi,
n'eſt-il pas convenu que nous crierons ſans-ceſſe
contre le deſpotiſme des Miniſtres ? & voilà
qu'un de nos Confreres propoſe de détruire un
des remparts contre l'abus du pouvoir, en é-
tabliſſant la plus parfaite égalité entre tous les
individus. Je vous le demande, Monſieur,
lorſque l'échelle des diſtinctions ne ſera fixée
que ſur l'aiſance, dans quelle claſſe placerez-
vous nos grands Seigneurs ? Je n'en dirai pas
davantage.

Ma foi, dit l'Abbé, chacun a là-deſſus ſes
idées. Après tout, eſt-ce à nous à défendre
cette Nobleſſe ſi elle s'oublie elle-même ? Mon
ami, nous ſommes peuple, nous ne pouvons
devenir des gens de qualité ; laiſſons donc ceux-

ti devenir de bons & honnêtes roturiers. Qu'eſt-ce que cela nous fait? va, la moitié du chemin eſt déjà faite, grace à la philoſophie qui égale tout.

Pour moi je n'ai point à combattre ici un plan de Gouvernement ou de Politique ; c'eſt un projet d'opérations de finance que j'attaque. Je veux donc me battre en Financier, & par des calculs. J'ai bien d'autres abſurdités à reprocher à notre ami . . . . Oui, dit le Chevalier, mais pour cela il faudroit faire un livre, au lieu que mon premier argument eſt ſimple & peremptoire.

Un livre ! reprit l'Abbé ; j'aimerois mieux cent fois laiſſer aller les choſes. Le jeu ne vaudroit pas la chandelle. Je ne veux qu'une feuille moins remplie que la ſienne pour convaincre notre pauvre confrere, 1. que ſon ſyſtême feroit la ruine de l'Etat, 2. qu'il feroit impoſſible dans l'exécution.

Je me recriai ſur la rigueur avec laquelle on vous jugeoit. Eh ! doucement, Meſſieurs : un peu plus d'indulgence, leur dis-je ; n'avez-vous pas été des premiers à applaudir à ce ſyſtême ? Le Chevalier partit d'un éclat de rire : oh ! pour le coup, dit-il, voilà encore une de vos bonhomies. Quelqu'abſurde que fût le plan de la *Richeſſe de l'Etat*, il étoit fait pour prendre, & il a pris. Tant que l'on peut échauffer les cervelles, il faut favoriſer l'enthouſiaſme. Lorſque le moment eſt paſſé, il faut lui préſenter un autre objet. Nous l'avons applaudi, je le crois bien ; nous en applaudirons bien d'autres. Ne ſommes-nous pas convenus qu'il faut commencer par tout détruire ? Il ſubſiſte un vieux édifice, & les bonnes gens de propriétaires tiennent encore à leur maſure : voulez-vous les

E 2

déterminer à rebâtir ? Louez tous les plans qui
se préfentent, jufqu'à ce que le bâtiment foit
à bas ; mais choififfez quand il faudra recon-
ftruire.

Oui, ai-je répondu : mais, en attendant, où
logerons-nous ? Belle difficulté, a repris l'Abbé,
comme fi on manquoit jamais de place : eh!
que diable ? quand tout fera ruïné, les plâtras
ne nous tomberont pas fur la tête. Mais venons
au fait, affeyons-nous & voyons fi, fans faire
un livre, je pourrai vous préfenter deux ou
trois bonnes abfurdités dans le brillant fyftême,
pour lequel vous avez encore tant de ménagemens.

Nous nous fommes affis, & l'Abbé a continué ainfi : Je commence par la premiere qui
m'ait frappé. Votre ami convient que les impôts ne montent en France qu'à 250 millions,
il veut en faire lever 740. On fouffre, on eft
écrafé ; & voilà le foulagement qu'il propofe.

Arrêtez, ai-je répondu : le Roi ne touche que
250 millions, j'en conviens, il n'a que ce revenu ; mais les peuples payent le double : car
les gens de finance qu'il faut enrichir, font eux-
mêmes le plus onéreux des impôts.

Je conviens, a dit l'Abbé, qu'il en coûte cher
pour le recouvrement des revenus du Roi. Des
perfonnes qui font fort au fait de ces fortes de calculs, m'ont affuré que les frais de la perception montoient à 40 millions. Je vous en paffe
cinquante, & je ne prétends pas en cela faire
l'éloge de l'adminiftration ; car tout pere de famille qui ayant vingt-cinq mille livres de rente
en dépenfe cinq pour fe faire payer du refte,
n'eft pas un bon économe. Mais dites-moi,
Monfieur, y a-t-il quelqu'un qui puiffe, avec
quelque pudeur, porter à 250 millions ce qu'il

en coûte au Roi pour lever fur fon peuple une fomme égale ? Quiconque avancera cette propofition, me difpenfera de lui répondre.

Mais obfervez que deux fois 250 millions n'en font que 500, & que *la Richeffe de l'Etat* en donne au Roi 740. Voilà donc encore 240 millions à trouver. Je vous le demande encore, votre ami a-t-il eu pour objet de foulager les peuples?

J'ajouterai même, que quelque économie que l'on mette dans les frais de cet immenfe recouvrement, il ne fera pas fait *gratis*. Mais je vous donne le choix de prendre la retribution des Receveurs en dehors ou en dedans de l'impôt, & je conviens qu'il y a de l'étoffe.

D'après cela il me femble que notre confrere annonce dans fon *Profpectus* deux chofes très-inconciliables. Il veut préfenter une opération fimple, dont l'effet foit en même temps *d'enrichir le Roi, & de foulager les peuples*. Pour moi, je m'en tiens à une vieille maxime, qui dit que nul ne gagne que l'autre ne perde; & je foutiens que fi, dans l'état préfent, nous fommes à la beface, nous ferions tout nuds, s'il y avoit un Miniftre affez fou pour adopter le beau plan de la *Richeffe de l'Etat*.

Je vais plus loin, & je crois que l'on peut démontrer qu'il y a impoffibilité phyfique dans l'exécution; car il eft convenu, depuis longtemps, qu'il n'y a actuellement en France qu'environ 1500 millions d'efpeces d'or & d'argent : comme nous n'avons point de mines, cette maffe ne peut augmenter que par la balance du commerce ; & Dieu veuille qu'elle foit pour nous !

Or, attendu la très-inégale répartition de ces richeffes, je crois que l'on peut mettre en fait,

E 3

que s'il circule dans le Royaume les trois quarts
de cette somme, c'est beaucoup : mais suppo-
sons-la toute en mouvement ; dans quel État
avez-vous vu qu'il puisse entrer tous les ans,
dans les coffres du Souverain, la moitié de l'argent qui circule dans son Royaume ? Que seroit-
ce donc si, sur 1125 millions d'especes circulantes, vous étiez forcés d'en payer chaque année 740 ?

De bon compte, je crois que je vous ai déjà
préfenté deux abfurdités. L'une confifte à faire
payer au peuple, pour son foulagement, 490
millions de plus que le Roi ne lui demande,
& 440 de plus qu'il ne paye réellement. L'autre, de faire paffer tous les ans au tréfor royal
plus de la moitié de la maffe d'especes qui eft
actuellement dans le Royaume.

Oh ! pour le coup, me fuis-je écrié, vous
en prêtez à notre ami. Je lui en prête ! lifez
donc la page 6, de son ouvrage. Entendez-le
défier le public *de contredire la poffibilité de cette
augmentation de près de cinq cent millions de revenus annuels.* Donc, il convient lui-même,
& il convient avec raifon, que les revenus ne
vont qu'à 250 millions. Donc, fi le Roi gagne
environ 500 millions, je fuis en droit de
demander qui les perdra ?

J'ai cru devoir infifter, & je me fuis imaginé
que vous ne vous étiez pas affez bien expliqué,
ou que l'on affectoit de ne vouloir pas vous
entendre. J'ai donc tiré de ma poche votre table ou votre échelle de taxes graduelles, & j'ai
dit : laiffons ces difficultés, qui peut-être vont
fe réfoudre par des calculs. Ne convenez-vous
pas que la taxe la plus forte en France, fera
bien modique, fi elle ne monte qu'à 730 livres?
J'en conviens. Et que la taxe la plus baffe ne

fera point exorbitante, fi elle n'eft qu'à 3 livres ? Je vous le paffe encore, quoique je ne
convienne pas qu'un journalier paye douze livres de tailles. Eh bien! ai-je dit, voilà donc
un foulagement marqué. Oui fans-doute, a
repris le Chevalier, qui, dans ce moment, s'eft
remis de la partie; mais ce foulagement n'eft
que pour le Prince ou pour le Millionnaire, &
on ne trouve pas de ces gens-là par centaines.
Mais prenez garde que la charge de tous ces
opulentiffimes reflue dans l'opération que nous
examinons, & eft centuplée fur la tête de
990 mille contribuables, au moins, qu'elle é-
crafera. Savez-vous donc ce qui a fait la fortune de ce beau plan? c'eft qu'il n'a été lu &
jugé que par des gens qui, dans l'état actuel,
payent au Roi plus de 730 livres. Mais pour
faire quelque chofe d'utile, il faut confulter
tout le monde.

Vous y êtes, a repris l'Abbé; mais ceci demande un peu de détail. Ecoutez-moi l'un &
l'autre.

1. Votre homme eft fou dans fes calculs; car
comme au fonds il eft bon homme, je ne le
croirai jamais de mauvaife foi. Ceci m'a paru
grave, & je me fuis tû.

Il eft fou certainement, a-t-il continué, lorfqu'il affure que les feuls rôles des Tailles contiennent plus de fix millions de perfonnes, d'où
il conclud qu'il eft très-aifé d'en impofer deux
millions. D'abord, où a-t-il pris fon compte des
Taillables ? Les Intendans lui ont-ils communiqué les rôles ? En a-t-il fait une fupputation
exacte ? Sur tout cela il garde un filence prudent : mais moi je lui dis : vous êtes inconféquent; car on ne met à la Taille ni les enfans,

E 4

ni les femmes qui demeurent avec leurs maris, ni les domeſtiques. Quand on ſuppoſeroit chaque famille taillable réduite à trois perſonnes, les Taillables ſeuls feroient dans votre ſuppoſition 18. millions de perſonnes; c'eſt-à-dire, deux millions de plus que vous ne trouvez en France d'habitans. Je fais qu'il y a des célibataires qui payent la Taille, mais il y a auſſi des peres de famille qui ont plus d'un enfant. Ainſi mon calcul eſt juſte, & le vôtre eſt extravagant. Mais paſſons cela, & venons aux autres folies.

Je ſuppoſe avec lui deux millions de contribuables. Il commence d'abord par la claſſe des pauvres, & il la met de cent mille perſonnes qui ſeront taxées à 3 liv. 10 den. Il augmente enſuite par degré ſa taxe, & celle de la quatrieme claſſe eſt déja plus du quadruple de la premiere. Il s'éleve enſuite par des augmentations très-marquées juſqu'à la dixieme claſſe, dans laquelle cent mille perſonnes payeront 255 liv. 10 ſols par an. Cette taxe eſt déja aſſez honnête. De-là il avance par degrés aux claſſes plus riches: mais depuis la onzieme juſqu'à la vingtieme, les différences ſont très-peu ſenſibles; car au-lieu que la dixieme claſſe porte une taxe quatre-vingt-ſept fois plus forte que la premiere, la vingtieme n'eſt pas le double de la onzieme.

Ainſi, pour mettre la Nation en état de ſupporter ſon Impôt exorbitant, il a été obligé de ſuppoſer que le plus petit nombre eſt celui des pauvres, & le très-grand celui des aiſés, & même des riches. Or pour être juſte, il falloit renverſer ce tableau. Car en admettant que la claſſe des citoyens très-riches fût dans

dans le Royaume de cent mille contribuables, & en plaçant cette claffe à la tête des autres, il eft certain que la richeffe doit décroître dans les claffes fuivantes, avec des différences, autant & même plus fenfibles, qu'il les a établies entre les claffes des moins riches ; & qu'au contraire c'eft entre celles-ci qu'il falloit rendre la dégradation infenfible. Vous conviendrez en effet que dès qu'il s'agit de proportionner un impôt de près de 700 millions entre deux millions de contribuables, il faut imiter, dans la proportion de l'affiette, la proportion des fortunes. Or je mets en fait qu'après avoir compofé dans tout le Royaume une claffe de cent mille citoyens choifis parmi les plus riches, fi vous en formez une feconde dans le même nombre, & compofée des plus opulens après la premiere claffe, la différence entre la fomme des facultés de chacune fera au moins de trois à un. J'ajoute qu'en continuant ainfi de former des claffes de cent mille, fuivant l'ordre des fortunes, & defcendant des plus fortes aux moindres, la différence de la feconde à la troifieme fera de trois à fept ou à huit ; qu'enfin au bout de trois, ou tout au plus de quatre divifions, vous ferez obligé de compofer vos claffes de la très-grande multitude des pauvres, ou, fi vous voulez, des gens qui n'ont que l'étroit néceffaire : &, prenez-y garde, je vous en prie, cette proportion n'eft point particuliere à la France. Dans toute Nation le très-petit nombre eft celui des gens très-riches. Viennent enfuite les aifés, mais la foule eft des gens qui travaillent beaucoup & qui vivent de peu.

Or en difpofant ainfi fon échelle, votre ami n'eût pas trouvé fon compte ; car s'il eût formé les feize premieres claffes de perfonnes qui

E 5

n'auroient pu payer, l'une portant l'autre, que 30 liv. & dont les trois ou quatre premieres n'euffent pas payé plus de 3 liv. je l'aurois défié de prendre fur les quatre dernieres l'ex-cédent de ce qui lui étoit néceffaire, pour for-mer l'énorme revenu qu'il veut libéralement donner au Roi

Expliquons ceci par quelques détails, conti-nua-t-il & prenez la patience de m'en-tendre.

Dans l'hypothefe que nous examinons, les 400,000 plus pauvres citoyens du Royaume pa-yeront enfemble 3,041,666 liv. c'eft-à-dire, l'un portant l'autre, à-peu-près 7 liv. 10 fols par tête.

Les 400,000 habitans qui fe trouveront dans les quatre claffes un peu plus à leur aife, payeront enfemble 18,250,000 liv. c'eft-à-dire, l'un por-tant l'autre 45 liv. 10 fols.

Enfuite on prendra 200,000 citoyens aifés qui payeront enfemble 36,150,000 liv. c'eft-à-di-re, chacun 180 liv. 15 fols.

Enfin, comme les dix dernieres claffes cha-cune de 100,000 hommes payeront enfemble 635,934,000 liv. il faudra trouver en France un million d'hommes qui foient en état de payer chacun 635 liv. 18 fols. Que dites-vous de ce calcul ?

Ce que j'en dis ? C'eft que je ne vois aucu-ne difficulté de faire payer à un million de per-fonnes 635 liv. 18 fols d'Impôt perfonnel lorf-que l'on abolira tous les autres, lorfque nous n'aurons ni dixieme, ni capitation, ni tailles, ni aides, ni gabelles, &c.

Eh bien ! a-t-il répliqué, il n'y a qu'une cho-fe à faire, & elle eft fimple : des opérations de cette nature ne doivent point être brufquées.

Que le Roi s'engage à exécuter ce beau projet, aussitôt qu'un million de personnes auront, par de bonnes souscriptions, rempli les dix classes qui doivent former le total de l'Impôt de 635,934,000 liv. que l'on écrive aux Intendans; que l'on rende la proposition publique; qu'elle soit affichée par-tout. Si jamais le nombre est rempli, nous transigerons aisément pour l'autre million de personnes. Parlez; donnerez-vous votre souscription ? Eh! mon cher Abbé, vous savez bien que tous tant que nous sommes, qui travaillons, Dieu merci, gratis à la réformation de l'Etat, nous ne serons jamais compris même dans la classe des aisés. Mais le Royaume est grand, & en ne prenant que la ville de Paris.....

Eh bien! j'y consens; commençons par la ville de Paris. Votre homme demande, *Si, dans cette capitale seule, que l'on répute ordinairement contenir en nombre & en richesses le vingtieme du Royaume*, on ne trouvera pas *cinq mille personnes* qui puissent payer par an 730 liv. Son compte est bon, s'il veut ne faire envisager que la premiere classe: 5000 font le vingtieme de cent mille. Il a raison; & je répondrai *oui* à sa question: mais il vous escamote les neuf cent mille autres personnes; & comme je ne prétends pas lui en faire grace, je change les termes du problême; & je demande, non, si en France on trouvera cent mille personnes en état de payer 730 liv. mais si on y trouvera un million d'hommes qui puissent payer chacun 635 liv. De-là, prenant Paris, qui, selon notre Auteur, est le vingtieme du Royaume, je demande s'il y a dans cette ville cinquante mille personnes, pour qui cette somme de 635 liv. ne soit pas un Impôt trop lourd ? Et je dis: il y a

vingt à vingt-cinq mille maisons dans Paris ;
donc, pour que le calcul soit juste, chacune
d'elles doit fournir, le fort portant le foible,
deux personnes en état de payer 635 liv. par
an. Or, *joignez au quartier Saint-Roch le fauxbourg Saint-Germain* ; ajoutez-y le Marais, les
Halles, l'Université, &c. & si vous trouvez
votre compte, je renonce pour jamais au droit
de donner à mon tour mon projet de finance.

Sortons de Paris, & jettons les yeux sur les
provinces. Elles contiennent, suivant l'Auteur
de *la Richesse de l'Etat*, trente-huit mille paroiss-
ses, & dans ces paroisses il est question de trouver neuf cent cinquante mille habitans en état de
payer, l'un portant l'autre, 635 liv. d'imposition.
Or, pour qu'elles puissent suffire à ce produit,
il faudroit que, l'une dans l'autre, elles don-
nassent chacune vingt-cinq personnes suscepti-
bles de cette taxe. Or, consultez sur cela les
habitans des provinces ; interrogez les Intendans ; rapportez-vous-en même aux Seigneurs qui passent quelque temps dans leurs
terres : il n'y a personne qui ne vous dise qu'il
y a les trois quarts des paroisses du Royaume
qui n'ont pas un seul chef de famille pour qui
cette taxe ne soit affreuse. Qui ne sait que la
plupart des villages du Royaume sont peuplés
de malheureux paysans, qui vivent du travail
de leurs mains ou du produit d'un très-petit
commerce, & que, s'il se trouve dans ces paroisses quelque habitant qui ait 600 liv. de rente, il y est regardé comme un Crésus ? Restera
donc neuf mille cinq cent paroisses, qui devront
fournir chacune cent contribuables à 635. liv.
par tête. Or, sur ces neuf mille cinq cent paroisses, je prends d'abord tous les bourgs ou
villages assez peu considérables pour que les pos-

tes n'aient pas jugé à propos d'y établir un bureau ; & comme les villes ou bourgs où il y a
des Commis des poftes ne montent qu'à quinze
cent tout au plus, je retranche d'abord fur le
nombre de neuf mille cinq cent paroiffes, huit
mille villages, dans lefquels je vous fais grace,
fi je vous permets d'y prendre un pareil contribuable. Donc il faudra trouver les neuf cent
quarante deux mille habitans en état de payer
635 liv. chacun, dans les quinze cent villes
ou bourgs affez confidérables pour avoir mérité l'attention des Fermiers des poftes. Courage
donc, mon ami ; car ce n'eft plus cent, s'eft
fix cent vingt-huit perfonnes qu'il faut que
vous trouviez dans chacune de ces paroiffes.
Or, examinez la lifte que je vous propofe ; ,&
pour peu que vous connoiffiez la carte de la
France, dites-moi de bonne foi combien, dans
ces quinze cent villes ou bourgs, vous trouverez de petits endroits où vous n'aurez pas deux
perfonnes capables de porter le poids du nouvel impôt ? Combien en aurez-vous, où vous
n'en aurez pas trois ? Etes-vous rendu ?

J'écoutois avec étonnement ; & le Chevalier
me regardoit avec un air malin, qui fembloit
me dire, qu'avez-vous à répondre ? Avouez,
me dit-il, quand l'Abbé eut fini, que *la Ri-*
cheffe de l'Etat eft non feulement le projet le
plus contraire aux privileges de la Nation, mais
encore le plus ruineux, & pour le Royaume &
pour les Particuliers. Raffurez-vous, lui dit
l'Abbé ; il ne ruinera perfonne, car je défie
qu'on entreprenne feulement de l'exécuter. En
vérité il nous eft permis de propofer à l'Etat
des reffources, il eft beau d'imaginer des fyftêmes, mais il faut au moins les fonder fur des
calculs tant foit peu vraifemblables. Encore un

mot pour réfumer ce que je vous ai déjà dit, & pour vous développer ma première idée, que vous devez concevoir maintenant. Suivant votre ami, un million de contribuables fait exactement la moitié jufte du nombre de perfonnes qui doivent payer au Roi les 698 millions 666 mille 666 liv. qu'on lui promet ; & ce million de perfonnes en doit payer lui feul environ 640 millions, felon le tableau : donc, fuivant fon Auteur, les gens les plus opulens forment en France la moitié des contribuables. Dans quelque Nation que ce foit, les gens, je ne dis pas riches; mais fimplement aifés, ne compofent pas la centieme partie ; & voilà que, par le preftige le plus étrange, la moitié de la Nation Françoife fe trouve dans l'opulence, un quart dans la claffe des aifés, la cinquieme partie dans une honnête médiocrité, & la centieme partie feulement dans la claffe des journaliers. Qu'eft-ce donc que ce beau tableau qui a fi fort ébloui les Parifiens, & qui eût effrayé toutes les provinces ? Un ouvrage d'Optique dont les figures font renverfées. Préfentez le miroir, & vous redrefferez les objets. Mais les calculs, que deviendront-ils ? Bagatelle ; les zéros refteront derriere & ne compteront plus rien.

J'ai été obligé, Monfieur, d'avouer que je n'y concevois plus rien ; cependant toutes vos preuves m'avoient paru frappantes, & j'ai eu foin de les faire valoir. J'ai allégué la multiplicité de droits de toute efpece ; cette variété, qui femble n'avoir été imaginée que pour nous déguifer l'énormité de la charge qui nous accable. J'ai rappellé ce Marchand de vin qui eft obligé de payer au moins vingt mille livres par an pour les vins qu'il fait venir : j'en ai

conclu que, si vous vous étiez trompé, c'é-
toit en supposant que les Impôts actuels ne montoient pas à plus de 300 millions. N'avez-
vous que cela à me répondre ? dit l'Abbé. Je
ne conçois pas qu'une si futile raisonnette ait
pu vous faire impression. Ces droits que l'on
paye à Paris sur les denrées, croyez-vous
qu'ils soient les mêmes dans les provinces ?
D'ailleurs, ces vingt mille livres que le Marchand de vin avance, savez-vous combien il
en paye ? Rien du tout, s'il ne boit que de
l'eau, & 90 liv. s'il boit tous les jours sa bouteille. Et comment vous qui, dans notre assemblée, en parlant de votre *Projet sur les farines*, avez si doctement prouvé, que l'Impôt
sur les consommations étoit le plus raisonnable
de tous, avez-vous pu ne pas saisir le faux de
l'argument que vous venez de nous rappeller ?
Il ne faut pas examiner qui est-ce qui fait l'a-
vance de l'imposition, mais celui qui la paye
réellement. La taxe sur les denrées est certainement la moins onéreuse, lorsqu'elle n'excede pas une certaine proportion, & lorsqu'elle
ne fournit pas au Marchand un prétexte pour
hausser arbitrairement la valeur des fruits ; car
cet Impôt se confond avec le prix, & est payé
librement par le consommateur ; mais il n'est
payé que par lui, & toujours en raison de sa
consommation.

Or cette consommation qui est très-peu de
chose pour le bas-peuple, n'augmente dans les
étages supérieurs que par des degrés insensi-
bles. Car, après tout, le nécessaire physique
est le même pour tous les hommes. Le grand
Seigneur ne dépense beaucoup davantage, que
parce qu'il a beaucoup plus de gens à nourrir,
qu'il les nourrit mieux, & qu'il a de plus des

befoins factices qui tiennent au luxe. Le Marchand de vin, le Fabriquant, l'Orfevre & le Joüalier avancent l'Impôt, mais en font rembourfés ; & je ne paye moi réellement que pour ce qui fert à mes befoins. Or, combien ceux de l'immenfe multitude dont la France eft couverte, font-ils minces & bornés ? Voulez-vous donc avoir la fomme de ce genre d'Impôt ? examiniez la maffe totale des fruits qui fe confomment en France ; examinez la proportion du droit avec la valeur intrinfeque de la denrée ; faites un total de tout cela, & vous verrez combien il en faudra rábattre de tous ees millions dont votre ami eft fi libéral.

Mais fi vous écartez les impofitions fur les confommations, parmi lefquelles je mets le tabac & le fel, que refte-t-il ? la taille ? On fait qui la paye, & ce qu'elle produit. La capitation ? c'eft encore un calcul fimple fur lequel on ne peut pas fe tromper. Les deux vingtiemes, & les quatre fols pour livre ? on fait qu'ils forment un objet d'environ 44 millions. Mettez tout cela bout à bout, & dites-moi fi, le Roi ne recevant que 250 millions, ce qui forme à raifon de 10 millions de contribuables l'un portant l'autre, 25 liv. par tête, il eft poffible que les calculs par lefquels on veut faire monter fi haut la charge particuliere de chacun, foient fort exacts. Je vous ai accordé plus haut quarante à cinquante millions de frais de recouvrement, je vais vous mettre au large, je vous en donne cent ; & je conviens qu'il y auroit à cela un abus énorme. Mais, convenez auffi que fur cent millions par an, vous pouvez faire abondamment la fortune de tous les gens de finance. Or 350 millions par an feront 35 livres par tête fur

dix

dix millions de contribuables, & 175 livres
fur deux millions; mais 740,000,000 feroient
par tête fur dix millions 74 livres, & 370 livres
fur deux. Calculez maintenant ce que chaque
particulier paye de toutes ces manieres, & voyez s'il eft poffible de porter auffi haut fa contribution.

Ici j'ai été forcé d'abandonner vos calculs,
mais non votre projet. Vous trouvez l'Impôt
exceffif, ai-je dit? ch bien! ôtons-en une partie, mais laiffons fubfifter la forme. Réduifons
le revenu du Roi à une fomme que le Corps de
la nation puiffe fupporter. Vous conviendrez du-
moins que l'opération projettée eft fimple.

Simple, a répliqué l'Abbé! oui, comme celle
de la capitation, c'eft-à-dire qu'elle a tous les
inconvéniens de l'arbitraire; & qu'elle a de plus
que la capitation l'énormité de la taxe, qui eft
le plus terrible de tous. Or il me paroît é-
vident que fi l'affiette de l'Impôt eft arbitraire,
pour qu'il foit feulement fupportable, il faut
qu'il foit extrêmement modique. La capitation
que payent les non-taillables me paroît être dans
ce cas: cependant, entendez-les crier.

D'après cela, répondez à mon dilemme? Ou
vous léverez fur le peuple plus qu'il ne paye
aujourd'hui, ou vous ne léverez qu'à peu près
la même fomme: dans le premier cas, comment pouvez-vous dire qu'il fera foulagé? Dans
le fecond, comment a-t-il pu venir dans l'efprit
à un homme fenfé, après tout ce que l'on a
écrit depuis dix ans fur la matiere des Impôts,
de choifir parmi tous ceux que l'on a inventés,
précifément celui qui eft le plus onéreux au
peuple, & le plus fujet aux inégalités? Car
enfin, on a tant crié contre le doublement de
la capitation, & l'on vient propofer feulement

F   de

de la porter à trente fois au-delà de son produit. Vous entendez raison, vous; & vous
demandez qu'on se contente de la décupler.
Notre ami, j'ai raison de persister dans ma premiere idée. C'est à la Nation que ce beau projet est présenté. Que le Roi l'approuve, & ensuite qu'il la laisse faire. Qu'il y ait seulement
des bureaux ouverts pour les souscriptions. Que
chacun se juge lui-même, & vienne se ranger
dans la classe où il croira devoir être compris.
Ce n'est pas encore la peine d'aller devant les
Juges ordinaires: si le projet prend, on aura
par la suite tout le tems de leur donner de l'occupation, & je doute qu'ils y suffisent. Mais
en attendant, on se contentera de rassembler
les souscriptions, de former sur elles le tableau.
Cette proposition est à-peu-près celle que fait
l'Auteur du projet, lui-même. *Les rôles du
nouvel Impôt seront*, dit-il, *taxés par les contribuables eux mêmes, suivant la connoissance qu'ils
auront de leurs facultés.* A la bonne heure: le
Roi examinera ensuite le produit. Pour vous
je vous le répete, hâtez-vous de publier l'un
de vos deux projets.

Nous nous levâmes, & je sortis pour vous
rendre exactement notre conversation. Voyez,
mon cher confrere, ce que vous avez à répondre à ces objections. Je conviens qu'il y en
a de fortes, & vous ne vous les dissimulerez
pas. J'attendrai de vos nouvelles, ou plutôt
votre arrivée, car il est juste que vous soyez
entendu. Au reste, vous devez être satisfait
de la célébrité dont votre ouvrage a joui depuis quinze jours. On rend justice à vos vues.
L'attention même que vous avez eu d'envoyer
votre écrit dans les maisons, prouve & votre
desintéressement, & votre zele pour le Public.

J'attens de votre amitié que vous voudrez bien me rendre dans le monde les mêmes témoignages que je vous ai toujours rendus avec joye. Vous avez payé à la Nation *le tribut de vos réflexions :* chacun doit à son tour s'acquitter de la dette, & il est juste que je me flatte d'avoir mon tour,

Au reste, mon cher confrere, rappellez-vous le proverbe, *bis dat, qui citò dat ;* arrivez promptement, fans quoi il me seroit impossible de vous attendre : laissez-moi profiter, comme vous l'avez fait, de la faveur des circonstances. Vous avez publié votre projet la veille d'un Lit de Justice ; il est naturel que je donne le mien avant que l'on soit revenu des allarmes qu'il a dû inspirer, & qui malheureusement pour nous peuvent cesser d'ici à peu de tems. J'interroge ici les opinions, j'écoute les discours, je fais de mon mieux pour tâter le pouls au crédit : puissent durer encore quinze jours au moins les bruits effrayans qui se sont répandus jusques chez les Notaires. Mais le moyen de l'espérer ! le moyen que le François demeure persuadé que la caisse des amortissemens est au pillage ; que le Roi veut rembourser toutes les rentes viageres, & que comme il n'a point d'argent, il fera les remboursemens en papier ; que le centieme denier sera payé sur le mobilier des successions collatérales ; que les cadastres seront faits par des Contrôleurs payés pour être de mauvaise foi, &c. Tenez, mon cher confrere, ceci est trop avantageux pour durer : il y a tant de Magistrats dans le Parlement dont je me défie ! & parmi ceux mêmes qui crient le plus fort contre les dépenses, & en faveur des besoins des peuples, j'en sais qui sont capables d'aller vérifier à la Chambre des Comptes la

fidélité de l'emploi du fonds d'amortissement,
de détromper le Public sur le centieme denier,
en citant tout du long la déclaration du 27
Mars 1748, qui est indiquée & confirmée par
celle dont on se plaint si fort; de rendre compte de la promesse faite au Lit de Justice; de confier le soin des cadastres à des Experts nommés par les Communautés elles-mêmes; de faire lire, dans l'Edit même, celle de charger les
paroisses du soin de répartir sur leur cadastre la
somme à laquelle se trouvera monter le produit
actuel de leurs vingtiemes, sans qu'elle puisse
être augmentée; enfin, de prouver que le Roi
n'eût pas eu besoin d'argent s'il eût voulu faire
banqueroute, ou, ce qui est la même chose,
payer en papier; & d'attester que le Ministre
a rejetté plus d'une proposition qui tendoit à
cet expédient facile. Croyez-moi, mon cher
confrere, ne vous livrez pas trop à tous ces
gens-là: profitons du trouble, de l'erreur, du
découragement: ce n'est pas que mon *Projet
sur les farines* ne soit bon en tout tems, mais,
quand le Public nous sert sur les deux toits,
pourquoi refuserions-nous la bale? Venez donc
au plus vîte. J'ai l'honneur d'être, &c.

SECOND AVIS DU LIBRAIRE.

*Vraisemblablement l'Auteur n'a pas eu le temps
d'attendre, car on m'assure, dans le moment, que
son* Projet sur les farines *paroît en même tems
que l'on finit l'impression de sa Lettre. J'ai à me
plaindre de lui, de ne m'en avoir point confié
l'édition: mais j'espere que je donnerai la seconde
corrigée & augmentée.*

OBSERVATIONS
CERTAINES

Sur les doutes-modestes d'un Quidam, doutes qui dégénerent en assertions très-immodestes contre la Richesse de l'Etat.

ARTICLE PREMIER.

JE fais grace au farceur de la bavarderie de ses préambules, & je viens au fait par mes Observations. L'Anonyme suppose d'abord l'entier anéantissement des Fermiers - Généraux : il auroit pu parler seulement de leur réforme, d'autant plus juste, qu'ils se sont assez enrichis aux dépens des honnêtes-gens, & que le Roi a bien réformé un grand nombre d'Officiers & de Soldats plus utiles qu'une armée de 60 mille Maltotiers. A l'égard de ces Traitans, ce seroit-là le véritable cas de préférer le général au particulier : au reste ces gens-là savent se retourner, pourquoi tant s'en inquiéter ? Si la plupart sont des Paysans travestis, ne peuvent-ils pas retourner dans les Villages abandonnés, & défricher les terres incultes, soit en France ou dans les Colonies ?

II.

L'homme en question appuye beaucoup sur le prétendu avilissement de la Noblesse, par un Impôt commun qu'il appelle taille dans le projet de la *Richesse de l'Etat*, Impôt auquel on pourroit donner la même qualification dans le projet du cadastre général, sans qu'il en paroisse affecté en faveur de la Noblesse dont il se déclare le champion.

III.

Selon le Déclamateur on détruit toute autorité, en ne fixant la distinction que sur l'aisance: je ne veux que sa réflexion plus que douteuse pour réponse.

IV.

L'excellent projet de la *Richesse de l'Etat* en feroit la ruine; il est impossible dans l'exécution. Avec un peu plus de modestie & de réflexion, on auroit pu en avouer le rapport avec la perception de la Capitation & de la Taille.

V.

La patience commence à m'échapper; l'Auteur de la pitoyable Parodie fait dire à M.... qu'en France les Impôts ne montent qu'à 250 millions, & l'Anonyme se recrie de ce que le Projet, qu'il ne peut digérer, les porte jusqu'à 740 millions, confondant sottement les revenus du Roi, leur augmentation par celle des baux avec le nouveau profit à faire selon M....; le Critique se fait dire par un de ses interlocuteurs, arrêtez...., le Roi ne touche que 250 millions, mais les Peuples payent le double: pour juger de la bonne foi du Quidam, que l'on compare les raisons de M.... avec les siennes, l'opération du projet de la *Richesse de l'Etat* avec l'opération ruineuse de la maltote, commençant depuis 3 livres 10 deniers jusqu'à 730 livres, & supputant depuis 12 livres, quoi qu'en dise le Projetteur contradictoire, jusqu'à 50 mille livres pour le moins pour certaines têtes, y comprises les sommes intermédiaires qui peuvent conduire à cette taxe, il sera aisé après le rapport de l'un & de l'autre fystême, de juger de quel côté peut venir la ruine de l'Etat; car assurément il ne s'agira plus ici de millions à prélever, mais de milliards : ne frémiton pas d'horreur en voyant au travers du voile qui couvre le mystere de la maltote ?

V I.

L'obscur personnage veut qu'il n'en coûte de frais de régie que 40 millions, & que M..... porte les frais à deux cent cinquante pour lever la même somme ; voilà l'iniquité qui se contredit manifestement. Selon le plan de la *Richesse de l'Etat* on ne léveroit donc pas 740 millions au-delà des revenus ordinaires du Roi : voyez ci-dessus l'Article V. Je mets cette contradiction au rang des sottises qui ne méritent pas de réponse. Voici du bon : observez, continue le Critique adroit, deux fois 250 millions en font 500, quel effort de calcul ! eh ! ne voilàt-il pas directement les revenus du Roi comme ils sont augmentés actuellement selon la remarque de M.....: pourquoi donc faire une confusion de la somme que produisent les nouveaux baux, pour dire que la *Richesse de l'Etat* donneroit collectivement 740 millions, & dire après, voilà 240 millions à trouver. Mais quelle bizarrerie dans cette opération ! Le Calculateur ajoute peu après que le recouvrement ne se fera pas *gratis*, & il nous donne *gratis* sa remarque, je lui fais grace de ma censure.

V I I.

Ah ! Voici le merveilleux, & par où l'on va prouver l'absurdité chimérique de M....; il n'y a selon l'Harpagon anonyme, actuellement en France qu'environ 1500 millions d'especes d'or & d'argent. Qui eft-ce qui lui a produit ce compte ? Ecoutons l'admirable raifonnement: que feroit-ce donc, ajoute le judicieux Obfervateur, fi fur 1125 millions d'especes circulantes on étoit forcé d'en payer chaque année 740 millions?

V I I I.

Deux abfurdités, pour le moins, felon l'homme mafqué, l'une confifte à faire payer au Peuple 490 millions de plus que le Roi ne demande, & 440 de plus que le Peuple ne paye réellement. J'ai fait entrevoir toute l'énormité du côté des Maltotiers, en comparant leur opération avec celle de M..... L'autre abfurdité, dit le modefte Quidam, eft de faire paffer au Tréfor Royal plus de la moitié de la maffe d'especes qui eft actuellement dans le Royaume. Mais quelle contradiction, ou plutôt quelle fauffeté ne découvre-t-on pas en fuivant fon état arbitraire des especes, & en le comparant avec les 740 millions en queftion, fur lefquels le mauvais Critique ne diftingue toujours point l'augmentation des revenus du Roi felon les baux & le nouveau produit en-fus felon M.....

I X.

Voyez quelle cacophonie fait le Parodifte! M..., dit-il, convient que les revenus ne vont (fauffeté, au-lieu de n'alloient qu'à 250 millions) il n'y a qu'à voir dans le plan de la *Richeffe de l'Etat* de quel tems il eft fait mention: pour conclufion donc, autre fauffeté, que malgré l'état actuel des revenus du Roi, S. M. gagneroit, felon le projet de M...., environ

500 millions. Ceci se réfute de nouveau par soi-même.

X.

Qu'on plaisante grossiérement avec des doutes modestes, par exemple, de ce que les riches au nombre de 100 mille que l'on croit introuvables, payeroient 730 livres, somme, dit-on, qui rejailliroit sur 990 mille contribuables, ce qui les écraseroit, quoique cependant chacun dans les différentes classes ne payeroit que sa part modifiée par un calcul proportionnel jusqu'à 3 liv. 10 den. pour la derniere classe, on veut ainsi tout confondre, tout exagérer pour mieux leurrer le Roi & le Peuple.

X I.

Je donne le défi de prouver le contraire à l'égard des 12 livres que paye le plus mince Sujet, selon que M..... l'a si judicieusement observé, & sur-tout si l'on considere le rejaillissement personnel de toutes les taxes sur les denrées & autres impositions. A l'égard des 6 millions de Taillables que l'on regarde de prime abord comme chimériques dans la totalité des Sujets du Roi, on prétend que M.... est en contradiction avec lui-même, & cela en disant à tort & à travers, que selon son plan il se trouveroit non pas 16 millions de Taillables, mais 18 : le Critique seroit bien habile s'il faisoit voir ce paradoxe dans la *Richesse de l'État*.

X I I.

L'Anonyme attaque le plan de répartition de 20 classes du projet, comme étant selon lui trop inégal ; son ingénieux Auteur a été plus

modefte que l'affaillant; il n'a donné au Public
fon projet que comme une efquiffe, fauf à recourir aux 14 millions reftans pour le proportionner mieux, fi on le juge à propos, en fe
modelant pour une plus grande facilité fur les
rôles de Capitation ou des Tailles. Le Champion de la Nobleffe & des Maltotiers prétend encore prouver contre M.... la trop grande difproportion du petit nombre des riches, avec
le grand nombre des pauvres. La différence,
felon l'efpece de Géometre, eft de la premiere
claffe à la feconde, pour les facultés comme
de 3 à 1, de la deuxieme à la troifieme la différence eft comme de 3 à 7; enfin felon ce
beau problême, au bout de 3 ou tout au plus
de 4 divifions, il faudra compofer les claffes
de la très-grande multitude des pauvres; &
c'eft ici, felon le fceptique Calculateur, que
l'échelle fe brife, & que M.... tombe de haut
en bas; mais notre Académicien fauvage fe
donne bien de garde de rappeller, comme
M...., au cas d'inconvénient, les 14 millions
de contribuables, qui forment un corps de réferve dans le befoin felon le plan, & avec lequel on peut faire une compenfation des pauvres & des riches.

X I I I.

Les 400 mille plus pauvres Citoyens payeroient à peu près l'un portant l'autre 7 livres
10 fols felon notre Calculateur; quel inconvénient y auroit-il pour eux de payer ce feul Impôt, s'ils font obligés par l'événement d'en
payer d'autres plus onéreux? Ce qu'ajoute le
bavard eft auffi ridicule que fa fiction: les 400
mille Habitans un peu plus à leur aife, quelle
modeftie! dans les 4 claffes fuivantes payeront

l'un portant l'autre 45 livres ; enfuite 200 mille Citoyens aifés payeront chacun 180 livres
15 fols, & puis l'âne crie, que dites-vous de
ce calcul ?

X I V.

Sa réponfe fait fa condamnation : il fe fait
répliquer : je ne vois point de difficulté de faire
payer à un million d'hommes 635 livres d'Impôt perfonnel lorfqu'on abolira tous les autres ;
moi j'ajouterai fouviens-toi, Emiffaire, qu'il
refte 14 millions d'hommes pour fubvenir au
befoin & t'écrafer.

X V.

Le Calculateur Normand eft d'accord par
grace pour un inftant avec M.... au fujet des
5 mille perfonnes, qui fûrement dans la feule
Capitale du Royaume peuvent payer, felon le
célefte projet, la fomme de 730 liv. par tête
dans la premiere claffe : 5000 perfonnes, obferve l'ennuyeux Parodifte, font le vingtieme de
100 mille ; l'agréable plaifante enfuite, & dit,
quoique groffiérement, en parlant de M. ...
notre homme nous efcamote les 900 mille autres perfonnes, & le mauvais plaifant affaffine
donc les 14 millions fur lefquels on peut faire
rejaillir la difproportion qui refte encore à prouver dans le fyftême de M.... fuivons l'impito-
yable ; comme je ne veux point, dit-il, faire
grace, il n'avoit que faire de le dire, je change, pourfuit-il, les termes du problême ; il les
change bien en effet ; je demande, reprend-il,
non fi en France on trouvera 100 mille perfonnes en état de payer 730 livres ; mais fi on
trouvera un million d'hommes qui puiffent pa-

yer chacun 635 livres! il faut avoir rêvé en lifant notre refpectable homme que le Quidam infulte par fon apoftrophe : en continuant avec dégoût de copier l'Anonyme, voici ce qu'il ajoute : de-là prenant Paris, qui felon notre Auteur, eft le vingtieme du Royaume, je demande s'il y a dans cette Ville 50 mille perfonnes pour qui cette fomme de 635 livres ne foit pas un Impôt trop lourd ; joignez, pourfuit le Demandeur, au Quartier Saint Roch le Fauxbourg Saint Germain, ajoutez-y le Marais, les Halles, l'Univerfité, &c. ; & moi je répliquerai toujours au nouveau Gigés, ajoutes-y par une jufte répartition les 14 millions d'hommes que tu rends invifibles avec ta bague, & renonce pour jamais à ton projet, comme tu nous l'as promis.

XVI.

Voici enfin la cataftrophe à force de machines ; fortons de Paris, dit le Partifan, (qu'il en forte lui-même) & jettons, ajoute-t-il, les yeux fur les Provinces ; elles contiennent, fuivant l'Auteur de la *Richeffe de l'Etat*, 38 mille Paroiffes, & dans ces Paroiffes, fuivant le Quidam critique, il eft queftion de trouver 900 cinquante mille Habitans en état de payer l'un portant l'autre 635 livres d'impofition, ce qu'il prétend fuppofer avec plus de raifon que ne compte M. .... le mieux eft de ne pas répliquer ici. Voyez le Spécieux pour cet effet, dit le Corfaire, il faudroit que les Paroiffes l'une dans l'autre donnaffent chacune 25 perfonnes fufceptibles de cette taxe. Démafquons le Quidam, en mettant en évidence le fpécieux de fon barbouillage, le voici ; c'eft qu'il affecte gauchement de ne faire envifager que les Vil-

lages ; le maladroit croit escamoter à son tour
les Paroisses des grandes & moyennes Villes,
qui dans toute l'étendue du Royaume peuvent
assurément suffire avec celles des Villages au
projet de réforme si nécessaire, en ne prenant
même que 2 millions de contribuables ; eh !
que seroit-ce donc si, selon M..... on appelloit à son secours les 14 millions d'Habitans
que notre drolle ne veut point envisager avec
l'Auteur de la *Richesse de l'Etat* ; si, dis-je, on
avoit recours aux 14 millions, pour aider dans
l'imposition fictive de 635 livres, non seulement les 900 cinquante mille Habitans en question, mais respectivement tous les Sujets du
Roi ? Il me répugne de fronder davantage l'As-
saillant ; le reste de sa tirade rejaillit sur lui-
même, & son boulevard est ruiné : que le Docteur rétrograde, qu'il lise & relise la *Richesse
de l'Etat*, il y trouvera les ressources surabon-
dantes qu'il n'y a pas encore vues ; un pareil
Citoyen, si c'en est un, est un homme à mettre aux petites Maisons.

MES REVERIES

SUR LES DOUTES MODESTES,

A L'OCCASION

DES RICHESSES DE L'ETAT.

Par M. B***. Ecuyer, Maître-Chirurgien de Paris & de Londres.

SI chacun doit au Bien public le tribut de ses réflexions, je vais hazarder celles que présentent à mon esprit, & le projet des *Richesses de l'Etat*, & les Doutes modestes.

Quoique né à Londres, je suis tellement identifié avec la Nation Françoise, que je puis disputer de zele & d'attachement à ces deux Auteurs. Les Ouvrages que j'ai publiés (a), mes Mémoires au Ministere dans plusieurs circonstances, & mes services au Public depuis soixante ans, ont suffisamment établi cette vérité. Je ne puis donc pas être suspect de sincérité, ni soupçonné d'antipatriotisme.

J'avoue que je ne suis ni pur, ni élégant dans mon style comme l'Auteur des Doutes; & je ne serois nullement étonné qu'il m'arrivât de faire des Anglicismes; mais je me pique & préfere de penser solidement. Le persifflage & l'ironie ne sont point mes parties favorites. J'en aurois cependant pu prendre le goût sur le sol où j'existe; mais mon caractere & le sé-

(a) La maniere de bien élever les enfans, la Traduction des Statuts des Médecins, &c.

rieux de mon état ne me le permettant pas, je vais tracer naturellement mes idées fur l'état préfent de la Finance avec la même attention & la même bonne foi que je fais une amputation.

On s'efforce de nous dire que l'Etat dans une crife qui intéreffe effentiellement tous les ordres des citoyens ; qu'il éprouve des fecouffes funeftes qui *excitent l'ardeur de ces gens de bien qui veulent le réformer.* Tant que j'aurai des malades, & qu'on me payera, je n'en croirai rien. Cependant examinons fi les remedes qu'on propofe pour ces prétendus maux font praticables & utiles.

Si j'erre dans mes raifonnemens, & que mes réflexions ne foient point goûtées, on les mettra à côté des Doutes. J'aurai au moins le mérite de la bonne volonté, & de n'avoir point trahi ma penfée. Je me nomme pour qu'on n'attribue à perfonne qu'à moi ces réflexions. J'y mettrai même mon portrait gravé (a) ; non par Fleit, comme l'errant Rouffeau veut modeftement que le fien foit fait ; mais par un Artifte peut-être plus habile dans fon art que l'Auteur des Doutes n'eft heureux à fervir fes opulens amis.

Comme Chirurgien on m'accordera peut-être quelques connoiffances de l'Anatomie. Or perfonne n'ignore que la fcience du corps phyfique a beaucoup d'analogie avec celle du corps politique. Voyons fi effectivement je puis aller de l'une à l'autre. En tout cas je ne dois pas craindre que mes idées faffent une difparate complette avec celles de l'Auteur des Doutes,

_____

(a) Un accident furvenu au Graveur ne lui a pas permis de le finir.

puifque plus le choc des opinions eft violent,
plus il en naît de lumieres utiles.

Pour attaquer un fyftême auquel on s'eft ef-
forcé de donner les caractères impofans du vrai
patriotifme, & qui par cette raifon a furpris
le vœu général de la Nation, on ne doit pas,
je le fens, employer les armes trop férieufes
d'un raifonnement jufte, & fans replique. C'eft
le cas de faire ufage d'une plaifanterie amufan-
te, d'une raillerie fine & délicate, où l'on voit
de ces riches épithetes, qui pour être peu
propres, à-la-vérité, dans la bouche d'un Tri-
bun, font quelquefois à propos ; & à l'aide de
quelques objections fpécieufes & d'une folidité
apparente, on confond l'Auteur avec fon cher
projet.

C'eft ce qu'a prudemment exécuté l'Auteur
des Doutes. Obligé par état à foutenir le crédit des anciennes routines confacrées par une
heureufe & longue expérience, il s'eft peu
embarraffé d'analyfer exactement le fyftême des
Richeffes de l'Etat, il a feulement vifé à le
rendre ridicule, ainfi que fon Auteur : perfuadé que cela fuffit *à une nation légere, vaine &
inconféquente* ; mais ô prodige étonnant, & qui
doit déconcerter l'Auteur des Doutes ! Non
feulement l'Auteur du fyftême n'a point quitté
la ville, il occupe conftamment la Tribune ;
mais il eft encore fuivi & écouté avec le même empreffement.

Les vieilles gens comme moi n'aiment pas
la nouveauté. Ils préferent de s'égarer avec
leurs peres, & leurs rêveries prétendues ont
pour eux la force & les avantages de la vérité.

Les fyftêmes modernes font plus l'ouvrage du
charlatanifme (fi en regne aujourd'hui dans tous
les

les ordres) que l'effet d'une découverte utile, je le vois tous les jours dans ma profession ; & auffi je m'éleve vivement contre tous les novateurs.

C'eft dire que je penfe comme l'Auteur des Doutes. En effet pourquoi s'occuper fans-ceffe de vains projets de réforme ? Elle attaque toujours la conftitution d'un Etat ; elle peut même en ébranler les fondemens.

Un individu qui s'eft conduit pendant un certain temps par des principes fages, & qui fur de légers prétextes change tout-à-coup fon régime, ruine fouvent fon tempérament, & court rifque de perdre la vie. En un mot, & j'en attefte nos oracles du jour, quel que puiffe être l'événement d'une maladie, les maximes de l'ancienne Ecole font toujours préférables.

Le plan des *Richeffes de l'Etat*, il faut en convenir, eft préfenté fous des couleurs fi favorables, qu'il n'eft pas étonnant que les citoyens de toutes les claffes l'ayent adopté ; & il faut qu'ils lui foient bien dévoués pour que les Doutes, Ouvrage mixte, férieufement badin, n'ayent pas détruit le preftige & diffipé l'illufion.

Un Grand chez lequel j'avois l'honneur de me trouver hier, & un Grand inftruit, qui penfe, difcouroit fur ce projet comme un citoyen. Parbleu, difoit-il, je ferai réduit à 730 livres pour toute impofition ! J'offre cent piftoles, & plus ; & je m'eftimerai très-heureux.

Ce propos m'effraya. Je compris que le plan prenoit faveur par-tout. Voilà l'enthoufiafme qui fe foutient, & je crains qu'il ne perfévere.

Le vin, les liqueurs, la viande de boucherie,

G

la volaille, le gibier, le poisson, les œufs, le beurre, le fel ; toutes les étoffes & marchandifes à notre ufage ; le bois, la bougie, la chandelle, le foin, la paille, l'avoine, &c. me coûteront un tiers, un quart moins, difoit ce Grand, il y aura une bien plus grande confommation ; l'aifance régnera par-tout ; elle facilitera une utile population, & nous ne verrons plus nos campagnes défertes, dépeuplées, où gémiffent de malheureufes victimes de la rigueur du Partifan réduits fans pain, nuds, n'offrant aux regards du paffant que le fpectacle hideux, effrayant, d'une mifere qui glace l'ame, incroyable dans un Royaume comme la France, & fous le regne du plus hamain des Rois. C'eft, difoit-il, une des qualités diftinctives des Princes de la Maifon de Bourbon ; on le trouve même fort heureufemeut dans le nom, *orbi bonus.*

Quant à l'uniformité de la taxe que l'on veut nous repréfenter comme intéreffant la Nobleffe, en la mettant de niveau avec le peuple, je n'imagine pas qu'il y ait fur cet objet aucune réclamation de fa part.

En Angleterre le Pair du Royaume eft affimilé pour le genre de taxe à l'être de la condition la plus abjecte. S'il y a une forte d'avilliffement, c'eft dans le fens attaché au mot *taille, taillable,* elle ne fubfiftera plus. J'ignore ce qu'en penfera la Magiftrature, mais je la crois fupérieure à une objection vraiment rifible.

Je l'écoutois avec une attention finguliere, je crois même que j'aurois abandonné les Doutes, & toutes les jolies idées qu'on y trouve, s'il eût continué, & cela malgré mes répugnances pour les projets ; mais il paffa dans l'inftant à d'autres objets, les tranfitions fubites font affez familieres aux Grands. Il parla chevaux, voiture, chaffe; & cela me chaffa.

De retour chez moi, je pris les *Richeffes*, & les relus de nouveau pour me prémunir contre tout ce que je venois d'entendre dire d'avantageux.

L'Auteur des Doutes a raifon de dire qu'on veut tout détruire en France, fur-tout ces maifons riantes, le charme des yeux, & les délices des fens, où la volupté réfléchie offre à leurs précieux hôtes le plaifir fous les formes les plus élégantes pour les délaffer d'un faftidieux calcul. Quel défaftre!

Mais entrons férieufement en lice. Comment concevoir que la maffe des Impôts en France, ne mettant dans les coffres du Roi que trois cens millions, on puiffe y en porter aujourd'hui fept cent quarante, & foulager le peuple.

L'Auteur du fyftême n'a pas prévu l'objection, elle m'a frappé; & j'y étois tout entier, lorfqu'il entra chez moi une efpece de Janfenifte à face jaune & fauvage. Après avoir parlé du fujet qui me l'amenoit, connoiffant l'homme pour fe mêler de tout, je le mis fur cet article.

Quelle fut ma furprife, quand je lui entendis dire que l'objection tomboit au réfultat d'un calcul fimple, & qui fe fait fur le bout des doigts. Bon, lui dis-je, vous plaifantez!

Tenez, Monfieur, m'a-t-il dit, mettez en écrit ce que vous achetez chaque jour, tant pour le *victum* que pour le *veftitum* (je laiffe là les chofes fuperflues & de pur agrément) & retranchez fur le total un tiers; l'addition faite, vous connoîtrez ce que vous mince parti-

culier payez au Roi , ou plutôt au Fermier par
an. Vous verrez que fur un écu de dépenfe,
il y a quarante-cinq fols de droits. Je ne parle ni de Capitation , ni de Vingtiemes , &c.
comme vous entendez.

Supputez enfuite l'objet immenfe que tous
ces droits doivent produire pour tout le Royaume.

Il eft vrai que dans les villages feulement les
feules denrées qui proviennent du crû font
exemptes d'Impôts ; mais on y paye la Taille,
le Taillon, l'Induftrie , les Vingtiemes , &c.
cela revient à - peu - près au même.

Par exemple, me dit mon Janfénifte , vous
bûvez comme bien des hommes , & nombre
de femmes , votre bouteille de vin tous les
jours. Oui. Vous la payez douze fols ; c'eft
encore vrai. Eh bien ! ôtez quatre fols de droits
par bouteille, vous trouverez net quatre-vingt
livres que vous payez chaque année au Roi *rien*
que pour le vin.

On diroit que vous auriez raifon , dis-je à
mon Janfénifte ; mais comme je vous en crois
pour protéger le fyftême des Richeffes , per-
mettez-moi de douter encore. D'ailleurs
j'abhorre les changemens. Cependant fur votre démonftration, je me déterminerois volontiers à foufcrire pour cent cinquante livres par
an. Mon pere ayant facrifié un beau bien à
l'attachement qu'il avoit pour fon Souverain,
Catholique & allié de la France, je n'ai pour
vivre que le produit de ma profeffion ; je l'é-
value à douze cent livres. Je ferai affranchi
de tout Impôt quelconque ; je me taxe de bonne foi.

Eh bien, me répondit le fombre calculateur!
combien y a-t-il dans le Royaume de gens à

douze cent livres de revenu ? Cela eſt vraî.
Donc que le ſyſtême n'eſt pas une viſion , &
que ce n'eſt rien moins qu'une folie.

Il faut convenir que ſon digne Auteur a jetté
ſon idée toute brute ſur le papier ; mais quoique ce ne ſoit qu'un ſimple croquis, on y découvre un projet ſage , heureux , très-pratica-
ble, & dont l'exécution, en faiſant le bien de
la France , ramèneroit ſur ſon heureux ſol l'âge
d'Or , & le regne d'Aſtrée.

La marche de ſon plan n'eſt pas bien juſte ,
& l'Auteur en convient lui-même. Comme il y
a infiniment plus de pauvres que de gens aiſés
& riches, il faut, à mon avis , quadrupler la
premiere claſſe, tripler la ſeconde , doubler la
troiſieme, & rendre l'échelle des gradations plus
ſenſible ; rien n'eſt plus facile.

L'Auteur des Doutes , continua-t-il , avance
d'un ton modeſte que de bon compte il a trouvé deux abſurdités dans le nouveau ſyſtême.

La premiere eſt détruite, comme vous avez
vu, par la ſupputation de tous les droits que
paye chaque particulier , & dont le réſultat eſt
immenſe.   Il n'en rentre de net que trois cent
millions dans les coffres du Roi. C'eſt la ſuite
fâcheuſe d'une perception infidelle dont l'Etat
ſouffre.

En Angleterre les Impôts , les Charges publiques en un mot, ſont bien plus conſidéra-
bles qu'en France ; & le peuple y eſt à ſon aiſe.
C'eſt que la répartition des taxes ſe fait avec une
telle égalité, que perſonne ne paye au-delà de
ſes forces ; c'eſt qu'il n'y a point de Fermiers-
Généraux pour la perception des Droits , &
qu'ils vont directement à leur deſtination.

Pour la ſeconde abſurdité, je demande à

G 3

l'Auteur des Doutes comment il ne veut pas trouver dans les loix de la circulation la réponse à son objection.

Si suivant le célebre Harvei, elle est le principe de l'Existence animale, on peut dire avec l'immortel Montesquieu, qu'elle l'est également du Corps politique. Plus elle est libre & facile dans l'une & l'autre, plus ces Corps sont animés & vivifiés dans toutes leurs parties.

En admettant, pour lui plaire, qu'il n'y a actuellement en France qu'environ quinze cent millions d'espèces d'or & d'argent, quelle difficulté voit-il à en faire entrer tous les ans la moitié dans les coffres du Roi? en France surtout où l'argent passe rapidement de main en main.

Si les 740 millions étoient portés le même jour au Trésor Royal, n'en restant que la moitié pour circuler, car tout ne peut pas être en mouvement, le raisonnement de l'Auteur des Doutes pourroit être reçu; mais la somme des taxes parvient graduellement au Roi, à mesure qu'elle est perçue, par terme. De sorte que lorsque je fais le dernier payement de mon imposition, l'argent du premier me rentre.

Monsieur, me dit encore mon Raisonneur, j'ai un peu étudié le systême; la matiere m'est assez familiere. Depuis l'incroyable chûte de nos puissans Adversaires, qui m'a fait tomber la plume des mains, j'ai tourné mon attention sur l'économie politique. Car avec eux se sont évanouïes nos disputes de parti; & à vous parler franchement, nous sommes peu flattés d'un triomphe qui nous ruine à jamais.

C'est donc en homme instruit, si je pouvois croire l'Auteur des Doutes sincere dans ses

pinions, que je démontrerois les fommes immenfes qu'enleve au Roi l'économie actuelle
de la Finance: fomme bien plus confidérable
que celles que leur accorde leur modefte Dé-
fenfeur ; je fais mon calcul , fi mon homme
contefte le fait, & je lui permettrai de jouir
de toute ma confufion , fi mon opération eft
fauffe.

Mais je me flatte qu'il m'accordera au moins,
quoiqu'apôtre de la geftion actuelle , que les
peuples font inquiétés , chagrinés & tourmen-
tés fans ceffe pour la perception des Impôts.

En voilà fuffifamment, me dit le Janfénifte.
Adieu, Monfieur, je vous fouhaite le bonjour.
Je vais voir une de nos plus zélées fectatrices,
la Comteffe de . . . . qui pour s'être livrée à
une joie exceffive fur le banniffement de la Société, a prefque imité un certain Pape qui mou-
rut de joie.

Quelque bonnes que fuffent les chofes que
ce Janfénifte venoit de me dire, je trouvai qu'il
lui étoit échappé des obfervations affez inté-
reffantes.

Par exemple: l'Auteur des Doutes me per-
mettra-t-il de lui demander fi c'eft comme Dé-
fenfeur de la Ferme, qu'il avance qu'on crie fans
ceffe *contre le defpotifme des Miniftres, & l'abus
du Pouvoir.*

Avoit-il befoin de cette jolie phrafe pour é-
tayer le charmant édifice de fes Doutes, &
pour tourner les regards du Public fur le Miniftere, lorfqu'il ne voit que le Traitant comme l'auteur de fon mal-être ?

Je fuis autant & plus répandu que cet Auteur. Les miferes humaines m'appellent par-
tout; & je vois que le luxe immodéré du Fi-

nancier, ſes brillans établiſſemens, ſes galantes
profuſions pour l'objet chéri de ſon amuſement
paſſager, mis en regard avec les beſoins du
Peuple, révoltent l'humanité. D'ailleurs nos
Miniſtres ont pour Maître un Roi dont les ſou-
cis éternels ont toujours eu pour principe de
faire jouir ſes Sujets d'un bonheur qui dépend
d'une adminiſtration fidelle.

Elle a trop de branches en France, pour
qu'elle le ſoit par-tout, ſuivant le plan qui a
lieu.

Il y a des abus dans toutes les parties du
Gouvernement. Les têtes ſont bonnes, éclairées, judicieuſes, & remplies des bonnes intentions du Souverain; mais le ſous-ordre eſt
vicié, & la ſévérité inconnue.

Mais, encore une fois, je tiens aux vieux
établiſſemens; & quand, en tâtant le pouls au
crédit, il me paroîtroit en danger, je n'en verrois
pas encore la néceſſité d'innover.

Nos célebres Médecins feroient bien en
état de prononcer à cet égard. Le taĉt du
pouls eſt preſque la ſeule connoiſſance qu'ils
poſſedent en Médecine. Les excurſions que ces
Meſſieurs ſe permettent dans toutes les Sciences, & qui ſont devenues leurs parties principales, les rendent très-intéreſſans, hormis dans
la leur. Bien différens en cela des Médecins
Anglois.

Je les attends avec la plus vive impatience
ſur l'important avis qu'ils vont donner au ſujet
de l'Inoculation. On va voir le ſavant Comité
déchirant le bandeau myſtérieux de la Nature,
approfondir ſes ſecrets, & porter un jugement
dont la forme ſur-tout ſe ſentira de leur élé-
gante élocution.

En ma qualité de Chirurgien je vois sur tout un mal qui m'affecte sensiblement. C'est la dépopulation des campagnes . dont le besoin, la misere est certainement le principe.

A peine les enfans sont nés qu'ils sont livrés à un travail au-dessus de leurs forces, de sorte qu'ils sont épuisés avant d'être formés. Une nourriture grossiere dépourvue de tout suc qui les soutient à peine, les laisse perpétuellement dans un état de souffrance. On voit avec douleur la nature arrêtée dans la marche de sa plus chere production, par le défaut d'une substance nutritive.

Des légumes, un morceau de lard dans leur pot tous les huit jours au plus ; jamais de viandes ; un pain noir & pesant, semblable à du mortier, une insipide boisson ou de l'eau. Voilà exactement les alimens de la plus grande partie des paysans du Royaume, cette portion si précieuse de l'Etat.

Ce n'est pas pour eux qu'ils moissonnent, qu'ils font la vendange, & qu'ils élevent des troupeaux. Ils n'ont de toutes ces richesses que le plus vil rebut. Tout ce qui peut produire est vendu pour payer les impositions. *Sic vos, non vobis*, &c.

Or je prie instamment l'Auteur des Doutes de mettre cette vie en parallele, je ne dis pas avec celle d'un Fermier-Général, la proposition seroit révoltante. C'est une espece d'être dont la condition est fort supérieure à celle des hommes ordinaires, mais avec la vie du dernier de ses suppôts ; & je lui demande si ce tableau, ce spectacle touchant est capable de porter les enfans de tous ces malheureux au mariage.

G 5

Bien loin de-là, ils conçoivent une forte d'horreur pour le plus aimable des liens; de forte qu'on pourroit dire que n'ayant pas le moyen d'être de fages habitans, ils font contraints d'être libertins.

De-là cette dépopulation d'autant plus affligeante, que nous fortons d'une guerre deftructive qui a fi fort diminué l'efpece.

En admettant le fyftême il eft vrai qu'on trouveroit cent mille hommes dont les travaux utiles devroient enrichir l'Etat, & qui font employés à fa charge.

Il y a telle Province dans le Royaume, dit-on, où les frais de dépenfes l'emportent fur les droits qu'on perçoit. Eft-il donc fi doux de rendre les hommes malheureux, que les Fermiers-Généraux achettent ce droit de leur propre argent?

Tandis que tout le fang fe concentre au cœur, il faut néceffairement que le corps politique languiffe & fe deffeche.

Ce ne font pas les fortunes opulentes & rapides qui font l'étonnement de la Nation. L'Angleterre & la Hollande fourniffent d'auffi riches Particuliers que la France, avec cette différence que dans les deux premiers Etats, on y eft riche aux dépens des autres Nations avec qui l'on commerce; au-lieu qu'en France c'eft aux dépens du National, & de l'efpece la plus digne d'égards que le Fermier s'enrichit.

L'Etat le plus parfait, à mon gré, eft celui qui, dans fon régime, reffemble le mieux au Gouvernement des fpheres céleftes. Ce qui en fait la beauté, c'eft la fimplicité des loix aux-quelles leurs mouvemens font affujettis. C'eft

le modele qu'on devroit fuivre dans la perception des revenus.

Quoi qu'il en foit de ces différentes réflexions, individuellement je fouffrirois de la fuppreffion de ces Meffieurs; j'en ai quelques-
uns au nombre de mes tributaires : mais je
les abandonne volontiers fi le bien de l'Etat
l'exige.

Au refte perfonne ne voit le trouble ni le
découragement dont parle l'Auteur des Doutes; & s'il y en a eu, ainfi que des craintes
qui ayent donné lieu à des difcours hazardés
& téméraires, propres à altérer la confiance,
& à troubler le bon ordre ; ce n'eft affurément que dans la bouche de ces Actionnaires
avides, dont l'ame inquiere & tremblante eft
fans ceffe occupée du fort de fon porte-
feuille.

Il y auroit donc, ce me femble, de l'injuftice à prêter des vues auffi dangereufes à l'Auteur du fyftême des *Richeffes de l'Etat.*

Mais quel bruit vient m'interrompre dans
mes profondes réflexions! L'air retentit de
tous côtés de ces mots, *Entendons-nous.* Ah
vraiment, c'eft la production d'un vieux rado-
teur comme moi, qui, les lunettes fur le nez,
écrit encore en jeune homme! Mais où je m'at-
trifte des maux publics, mon cher contempo-
rain s'amufe à plaifanter.

Ce que notre grand Pope difoit de l'Univers, que *tout y eft bien,* mon badin Philofo-
phe croit pouvoir le dire de la France. Je ne
combattrai pas fon opinion qui me paroît vraie
à bien des égards. Ne feroit-il pas dans l'o-
pulence ? C'eft affez l'ordinaire d'un Notaire
vétéran. Il eft fi aifé, quand on eft foi-même

heureux, de voir le bonheur répandu par-tout!
C'eſt une intelligence qui malheureuſement n'eſt
donnée qu'aux heureux du ſiecle.

Si tout eſt bien pour lui, il l'eſt auſſi pour
moi. Je ſouhaite qu'il le ſoit également pour
le peuple, que les ſeuls Philoſophes de mon
pays, ſi j'en crois le célebre Hume, eſti-
ment aſſez pour s'occuper de ſon bonheur.

RESOLUTION

DES

DOUTES MODESTES,

Sur la possibilité du Systéme établi par l'Ecrit intitulé la Richesse de l'Etat.

MONSIEUR,

J'ai lu les Doutes Modestes que vous expo-
sez au Public. J'y ai admiré la modestie qu'annonce le titre, c'est une vertu qui convient fort
aux Ecrivains de ce tems; vous & moi avons
besoin de cette égide pour nous mettre à couvert des traits peut-être d'une juste critique.
Nous ne sommes ni réformateurs, ni personnes
préposées pour instruire le Public; mais puisque
la matiere des Impôts est livrée aux raisonnemens de tout le monde, je prendrai la liberté de résoudre vos doutes, non en stile ironi-
que & par dialogues ; je le ferai comme un
vrai Patriote qui desireroit cooperer en quelque
chose au bien général. Vous dites très-judi-
cieusement après Montagne, que c'est du choc
des opinions qu'étincelle la vérité ; je dirai é-
galement après lui, frottons nos cervelles les
unes contre les autres, & voyons si nous ne
pourrons pas en exprimer quelques gouttes de
bons-sens, & former un systême aujourd'hui
devenu intéressant, qui fournisse les moyens
de lever en France des Impôts sans avoir besoin de cette multitude de Fermiers & Gens

d'affaires, qui néceffairement font le mal, parce qu'il eft comme impoffible de réprimer la fraude à laquelle le Peuple eft enclin; qu'il faut toujours militer contre lui pour le contenir dans les limites de la fujettion. Ces Fermiers, contre lefquels on crie fi univerfellement, né font que ce qu'ils doivent être. L'honnête homme en cet état n'offre rien de perfonnel à la critique; ils n'ont que leur profeffion, néceffairement réprimante; d'ailleurs la plupart des difcours que l'on publie contre eux font dictés par la jaloufie que leur opulence infpire. Regardons-les comme de véritables & bons citoyens au fecours defquels nous devons venir; tâchons de les décharger, s'il fe peut, d'un état qui leur attire tant de jaloux, & qui leur devient par-là un fardeau.

Vous avez lu, Monfieur, le petit Écrit intitulé la Richeffe de l'Etat, avec des yeux bien différens des miens; vous l'avez confidéré comme un être de raifon, un jeu de l'imagination, qu'une tête échauffée par le calcul envifage, impoffible dans l'exécution. Moi je l'ai regardé comme les premiers fondemens d'un fyftême qu'on peut, en le travaillant, conduire à la réalité; c'eft le bloc de marbre propofé à l'Artifte; prenons le cifeau & le marteau, ôtons-en l'inutile & le trop, & vous verrez que nous développerons un fyftême réglé, fage, dont les refforts bien combinés joueront d'eux-mêmes, & qui, s'il eft reçu, produira une tranquillité dans la fociété, renouvellera les loix fomptuaires, raprochera les fortunes, doublera pour ainfi dire le nombre des citoyens, en rendant à l'Etat tant de gens employés à la perception des droits. Eh vous tombez, direz-vous, dans des phrafes populai-

fes & redites tant de fois ? oui, Monfieur, c'eft
parce qu'on l'a dit qu'on le répete tous les
jours, que c'eft une vérité fenfible, conftante,
que tout le monde fent, que ce fera une richeffe de plus dans l'Etat que de lui rendre
tant de Sujets qui deviendront inutiles. Alors,
que feront-ils, me répondrez-vous ? ils ne
favent que veiller aux portes, vifiter les har-
des, faire la petite guerre ; d'autres ont blan-
chi à étudier les Edits, Déclarations, à obtenir des Arrêts qui leur donnent une extenfion,
enfin qui les appliquent à tous les cas ; c'eft un
Code qui fait toute leur fcience, qui leur a
coûté vingt ans d'étude, qu'il faut qu'ils ou-
blient. Moins pitoyable que l'Auteur de l'E-
crit de *la Richeffe de l'Etat*, je vous répondrai
par un paffage de Terence, *Magifter artis ven-
ter*, la néceffité leur donnera de l'induftrie :
qu'ils travaillent, ils n'ont pas plus de privilege que le refte des citoyens ; peut-on s'allarmer pour eux, quand on voit tant de braves
Officiers réformés ? Revenons à notre but principal, dont nous nous éloignons ; il s'agit en
fuivant l'efprit de l'Ecrit intitulé *la Richeffe
de l'Etat*, de former un fyftême qui foulage les
Peuples & enrichiffe le Roi ; qui foit facile à
l'exécution ; c'eft ce qu'il faut faire. Je commence. Pofons des principes inconteftables qui
fervent de fondement aux propofitions que je
vais avancer, & fur lefquelles tout mon fyftême fera appuyé.

On doit à l'Etat en raifon de ce que l'on
poffede en cet Etat, & en raifon de fa perfonne ; nous contractons cette dette, parce que
l'Etat veille à la confervation de nos biens &
à la fûreté de nos perfonnes. Cette dette eft
le revenu de l'Etat, & eft plus ou moins forte

felon fes befoins. Or comme ils ne font pas toujours les mêmes, qu'ils augmentent dans des circonftances fâcheufes, on ne peut les fixer au jufte; mais comme d'eux dépend la dette d'un chacun, prenons un terme de proportion qui établiffe ce que chaque particulier doit payer felon le plus & le moins. Suppofons donc que l'Etat ait befoin de 300 millions. Il faut repartir cette fomme de forte que les biens & les perfonnes payent dans la proportion de la quantité du bien & de la qualité. Faifons cette diftribution, commençons par les biens.

Il eft prefque impoffible de donner une valeur jufte aux biens, fi on veut confidérer ce que chacun rapporte. Son revenu fe tire tant du principal que de l'acceffoire; comme ce dernier eft le fruit du travail & de l'induftrie, qu'il change fuivant les circonftances, je ne le confidérerai point. D'ailleurs ce n'eft point proprement un bien qui appartienne à l'Etat, il eft tout perfonnel; c'eft le gain, c'eft le fruit raifonné du cultivateur, du fujet. Je n'établirai donc le droit que fur la fuperficie utile que chacun poffede dans l'Etat; raifonnement qui me conduit à une Regle générale, qui en fait de Gouvernement, eft la feule qui décide.

Je n'ajouterai rien de trop en confidérant la fuperficie de la France comme un quarré long qui a deux cent lieues de longueur fur cent-cinquante de largeur, c'eft une approximation dont vous ne pouvez pas dire que j'abufe. Suivant ce calcul, la France a 30 mille lieues quarrées, je mets la lieue de 3000 toifes; en prenant la lieue de 3000 toifes & l'arpent de Paris de 900 toifes quarrées, la lieue quarrée con-

contient 10000 arpens. Il en réfulte que la France a 300 millions d'arpens.

J'ai exprès fuppofé des nombres ronds pour rendre le calcul plus aifé au lecteur ; c'eft un petit facrifice que mon fyftême fait à fa commodité, & vous ne pouvez en difconvenir, Monfieur ; car à la rigueur j'en trouverois davantage.

De ces 300 millions d'arpens, pour éviter toutes conteftations, j'en retranche 100 millions le tiers, pour les rivieres, montagnes, grands chemins, refte de bon compte 200 millions d'arpens qui font en valeur.

De ces 200 millions d'arpens, j'en fuppofe les trois quarts, 150 millions femés en bleds & menus grains, bois, &c. Je les taxe à cinq fols l'arpent, & ils me donnent 37 millions 500 mille livres, cy 3750000

Il refte 50 millions d'arpens qui font en prez, vignes, jardins, fuperficie de maifons que je taxe à 3 livres l'arpent, eux feuls me donnent 150 millions, cy 150000000

Je vois que vous vous révoltez contre ma taxe ; & quelle raifon vous engage à impofer fur les arpens de prez, vignes, fuperficie de jardins & maifons 3 livres, quand vous n'impofez que 5 fols fur les arpens femés en grains ? Cette raifon découle de mes principes & de l'avantage du particulier combiné avec celui de l'Etat.

I. Il eft intéreffant pour l'Etat que la plus grande partie des terres foient enfemencées ; le particulier qui fe prête à fes intérêts entre plus dans fes vues : il paye donc en cela quel-que chofe à l'Etat, il lui doit moins confé-quemment.

2. Celui qui poffede des prez, n'y met rien de fon induftrie, c'eft un arpent multiple en valeur qu'il a dans l'Etat ; il doit donc payer proportionnellement à cette valeur, qui ne pro-vient point de fon travail.

3. Celui qui plante des vignes s'éloigne de la premiere vue de l'Etat, qui eft principale-ment de recueillir des bleds, nourriture né-ceffaire des habitans, il paye en cela la permif-fion de planter des vignes ; permiffion que fous les Empereurs Romains on accordoit difficile-ment. Nos Ordonnances y font conformes.

Enfin les emplacemens de maifons, jardins, & autres lieux deftinés à l'agrément, payeront davantage, parce que cet emplacement inculte dérobe à l'Etat les fruits qu'il en auroit re-tirés.

Faites attention, Monfieur, que je ne com-prends point pour valeur les maifons, qu'en raifon de la fuperficie qu'elles occupent ; parce qu'elles ne rapportent jamais leur denier, que c'eft un acceffoire qui exige un entretien con-tinuel, un rénouvellement tous les cent ans ; que d'ailleurs, fuivant nos premiers principes, c'eft un bien qui n'appartient point à l'Etat qui eft perfonnel.

Les biens fuivant ce calcul nous donnent 187 millions, 500 mille livres, cy 187500000

Le Dixieme a-t-il jamais produit cette fom-me. Je me frotte la tête ; je repaffe mes chif-fres ; je crois cependant ne pas me tromper. Revenons actuellement aux perfonnes.

En adoptant le calcul univerſellement reçu, de Mr. de Vauban, la France contient 20 millions d'ames.

De ces 20 millions, j'en retranche un cinquieme pour les enfans au-deſſous de dix ans. Je les regarde comme des rejettons de pépiniere qui ne ſont point encore placés, qui ne rapportent encore aucun fruit, reſte 16 millions.

C'eſt ſur ces 16 millions qu'il faut répartir la taxe proportionellement aux âges, aux ſexes & aux qualités.

Vous ſerez peut-être ſurpris, Monſieur, de me voir mettre une Capitation ſur la tête des femmes, ſur la tête des enfans ; l'un & l'autre, me direz-vous, ſont ſous la tutelle du Mari & du Pere ; ils n'ont rien , ils ne poſſedent rien que par lui.

Ne confondons point , Monſieur, les loix du Droit Civil avec les loix du Droit National. Une femme ne peut pas contracter de dettes civiles ; mais par ſa naiſſance, ſon établiſſement dans l'Etat, ſa concitoyenneté, elle acquiert un droit dans l'Etat, elle en eſt copropriétaire ; en cette qualité elle doit, non pour ſes biens, car elle n'en eſt pas maîtreſſe, ſon mari qui en a la jouiſſance paye pour elle ; elle doit pour ſa perſonne ; & ſon mari doit payer pour elle, le pere également pour ſes enfans. L'Etat veille à la ſûreté des uns & des autres.

Partageons à préſent ces 16 millions de citoyens en cinq claſſes différentes, à qui nous attribuerons des qualités diſtinctives , des honneurs, des privileges ; car enfin ils ſont dûs de droit. Si Pierre paye plus que Jaques, Pierre doit avoir la préféance dans l'Etat ; il paye en raiſon de ſes biens, de ſes dignités ; c'eſt ce qui augmente ſa dette : il a donc davantage dans l'Etat, fa voix prépondere à plufieurs, & jufqu'à la fomme qu'il faut des autres pour faire équilibre à fa taxe.

D'après ces conféquences & ces fuppofitions, opérons.

Je compofe ma premiere claffe des Soldats, des Moines, des Prêtres, des Religieux, des Payfans, Domeftiques, Ouvriers, gens fubordonnés, & qui gagnent leur vie en travaillant à la journée, & je l'eftime de 12 millions d'ames.

Ces douze millions feront compofés de trois millions d'hommes que je taxe à 4 liv. par an, ils me donneront douze millions, cy . . . 12000000

Trois millions de femmes à quarante fols, elles me donneront fix millions, cy 6000000

Trois millions de garçons au-deffus de dix ans à vingt fols, ils me donneront trois millions, cy . . . 3000000

Trois millions de filles à dix fols, elles donneront quinze cent mille livres, cy 1500000

Je comprends parmi les hommes tous les garçons jouiffant de leurs biens, ou travaillant pour leur compte.

De même que parmi les femmes je comprends toutes les filles jouiffant de leur droit & travaillant pour elles.

Cette premiere claffe ne pourra avoir de domeftiques demeurant chez eux, hors les Religieux & les Prêtres; ils pourront avoir des gens de journées; ils ne pourront porter la foie, & dès-lors qu'ils auront en propriété 3000 liv. de fonds, ils feront compris dans la feconde claffe. Elle me produit 22 millions 500 mille livres, cy 22500000

Je compofe la feconde claffe d'Artifans, Maîtres poffédant maîtrife, fermiers de campagne, petits bourgeois poffédant au-deffus de 3000 livres de fonds. Je l'eftime compofer deux millions d'ames que je taxe à 30 liv. & fuivant la diftribution de la premiere claffe.

500 mille hommes à 30 liv. donneront quinze millions, cy . . . 15000000
500 mille femmes à 15 liv. donneront fept millions 500 mille livres, cy 7500000
500 mille garçons à 7 liv. 10 f. donneront 3 millions fept cent cinquante mille livres, cy 3750000
500 mille filles à 3 liv. 15 fols donneront 1875 mille liv. cy . . . 1875000
Cette claffe aura droit de bourgeoifie dans les villes, pourra porter la foie, non la dorure ; & quand le claffique poffédera 20 mille francs de fonds, il entrera dans la troifieme. Elle fournira pour fa part 28 millions 125 mille livres, cy... 28125000

La troifieme claffe fera compofée de Bourgeois, Marchands, Procureurs, Juges dans les Provinces, Notaires & perfonnes poffédant des biens en fonds au-deffus de 20 mille livres, je l'eftime compofée de 12 cent mille ames.

SAVOIR.

300 mille hommes à 100 liv. & qui donneront 30 millions, cy .   30000000

300 mille femmes à 50 liv. qui donneront 15 millions, cy . .   15000000

300 mille garçons à 25 liv. & qui donneront 7 millions 500 mille livres, cy   7500000

300 mille filles à 12 l. 10 f. qui donneront 3 millions 750 mille livres, cy   3750000

Cette claffe aura droit de porter foie & dorure ; les bourgeois qui la compofent , d'être élus Echevins , & poffléder les charges de Villes, leurs enfans d'acheter les charges de Judicature & autres. Elle fournit pour fa part 56 millions 250 mille livres, cy . . .   56250000

La quatrieme claffe fera compofée de la Nobleffe & haute Bourgeoifie, vivant noblement, Magiftrats de Cours Souveraines, & qui poffléderont 100 mille livres de bien, je l'eftime de 600 mille perfonnes

150 mille hommes à 250 liv. donnent 37 millions 500 mille livres, cy   37500000

150 mille femmes à 125 liv. donneront 18 millions 750 mille livres, cy   18750000

150 mille garçons à 62 liv. 10 f. donnent 9 millions 375 mille livres, cy   9375000

150 mille filles à 31 l. 5 f. donneront 4 millions fix cent quatre-vingt-fept mille 500 livres, cy . 4687500

Cette claffe aura feule le droit de porter les armes, d'aller à la chaffe, & tous ceux qui pofféderont 100 mille liv de bien y feront compris. Elle fournit 70 millions 312 mille 500 livres, cy . . . 70312500

Enfin la cinquieme claffe fera compofée des Princes, Ducs, Comtes, Marquis &c. & de toutes les perfonnes à qui on accordera le privilege d'y entrer. Je l'eftime compofée de 200 mille ames.

SAVOIR.

50 mille hommes qui payeront 500 liv. & donneront . . . 25000000

50 mille femmes à 250 liv. & donneront 12 millions 500 mille livres, cy 12500000

50 mille garçons à 125 liv. ils donneront 6 millions 250 mille livres, cy 6250000

50 mille filles à 125 livres, elles donneront 3 millions 125 mille livres, cy 3125000

Cette claffe feule aura le droit d'armoirie, d'avoir caroffe; ceux qui voudront l'avoir, feront obligés de s'y faire infcrire, & cette obligation eft prife dans l'équité; car il eft jufte que celui qui occupe à fon luxe au moins deux citoyens & des bêtes inutiles à l'Etat, lui

H 4

paye le tort qu'il lui fait; cette claſſe produit 46875000

Faiſons le calcul de ce que nous rend cette échelle de contribution.

Terres enſemencées, & bois,	37500000
Prez, vignes, emplacement de maiſons,	150000000
Premiere claſſe,	22500000
Deuxieme claſſe,	28125000
Troiſieme claſſe,	56250000
Quatrieme claſſe,	70312500
Cinquieme claſſe,	46875000
Total,	411562500

Il y a une obſervation à faire, c'eſt qu'en faveur de la population, un pere ne pourra payer pour lui, ſa femme, & tel nombre d'enfans qu'il ait, au delà du double de ſa claſſe; par exemple, s'il paye 4 liv. il ne pourra payer au-delà de 8 liv. s'il paye 500 liv. il ne payera que 1000 liv. cette exception n'eſt pas conſidérable, & dérange peu notre calcul.

Vous voyez, Monſieur, que ſans trop charger les biens & les perſonnes, je trouve quatre cent onze millions cinq cent ſoixante & deux mille cinq cent livres, & que la propoſition de l'Auteur de la *Richeſſe de l'Etat* n'eſt pas ſi déraiſonnable; il a ſeulement manqué en ce qu'il fait payer à deux millions, ce que ſeize millions doivent contribuer; que dans la progreſſion qu'il a faite, le premier & dernier terme l'ont ébloui, & qu'il n'a pas fait attention aux termes intermédiaires; mais la propoſition qu'il a avancée, n'eſt pas moins conſtante, que facilement & par une diſtribution raiſonnée, on peut lever une impoſition au profit du Roi au-delà de ce qu'il perçoit, & ce en foulageant fes peuples. Par-là vous trouvez la réponfe à votre Dilemme. Je léverai fur le peuple autant que je retirois, & je le foulagerai, parce qu'il lui en coûtera de moins les frais pour le lever. Si j'augmente fa capitation, je lui rends davantage, je fupprime la Gabelle, les Entrées de Vin, la Ferme du Tabac, le Droit de Controlle; enfin tout ce qui dénote l'impôt, & donne des entraves au commerce. La ferme des Poftes je la mets au rabais au profit du Public, & je l'adjuge au fermier qui tranfportera les lettres à meilleur marché. J'en agis de même pour toutes les voitures particulieres, conceffions fouvent furprifes, & qui font un impôt réel fur le Public en faveur d'un particulier; ce qui en fait de gouvernement d'un peuple libre, eft un monftre. Loin de mettre des droits fur la fortie des marchandifes, fi la Nation étoit affez riche, elle devroit plutôt récompenfer ceux qui en exportent; à la bonne heure pour celles qui viennent dé dehors, quand le fol du Royaume produit les mêmes, ou que l'induftrie des habitans les fournit, afin d'en empêcher ou rendre plus difpendieufe l'importation. Quand le François fera attention à la liberté qu'il récupérera tant dans le commerce que dans le fruit de fes biens, il ne trouvera pas le tableau que je préfente trop chargé. D'ailleurs, je donne cent millions de marge pour les fuppofitions que j'ai peut-être pouffées trop loin; de plus, je ne fuis pas affez téméraire pour fixer arbitrairement cette taxe; c'eft un modele que je trace, auquel on peut ajouter, retrancher, & refondre même entiérement. Avant de répondre aux difficultés que vous pourriez me faire, voyons fi je parviendrai à faire

le cadaſtre des biens , & l'enregiſtrement de
mes cinq claſſes ; car je penſe, ainſi que vous,
qu'il ne ſuffit pas de tracer un beau plan, ſi
l'on ne donne en même tems les moyens de
l'exécuter.

Vous conviendrez avec moi, que plus la loi
eſt aiſée à enfreindre , & plus elle doit être
ſtricte , févere & ſans exception. Qu'il ſoit
publié qu'avant le premier Octobre prochain,
tout citoyen François ait à ſe faire inſcrire au
lieu principal de ſon habitation , lui, ſa femme
& ſes enfans dans la claſſe où il crôit devoir
être , qu'il choiſiſſe ; déclarant s'il entre dans
la premiere claſſe, qu'il ne poſſede pas dans
le Royaume 3000 livres de fonds. S'il choi-
ſit la feconde, qu'il ne poſſede pas 20000 liv.
Dans la troiſieme, 100000 livres, avec ſoumiſſion de ſe reſtreindre aux ſeuls privileges de la
claſſe dans laquelle il s'inſcrit ; alors la fermen-
tation commencera , le cahos ſe débrouillera,
chaque élément ſe ſéparera, chaque partie ira
prendre ſa place , il ſe formera aux yeux du
ſpectateur un tout ordonné. Oui , Monſieur,
chacun ſe taxera lui-même, fera ſon juge,
mais en même tems fera ſa loi ; ſon choix fait,
il doit s'y conformer, la déclaration de ce qu'il
poſſede doit être vraie ; s'il en impoſe à l'E-
tat, il fera puni ſuivant la gravité de l'offenſe,
par la confiſcation du plus qu'il n'a pas déclaré. Vous dites ne pas poſſéder 3000 liv. de
fonds , vous poſſédez davantage ; voilà vos
3000 liv. le reſte ne vous appartient plus, ce
n'eſt point ici une peine comminatoire, c'eſt
un vol que vous avez voulu faire à la Nation,
voilà le ſtricte, la févérité de la loi que je demande.

Vous vous inſcrivez dans la premiere claſſe,

quittez toute dorure, toute soie, c'est un privilege de la seconde classe de porter de la soie, il ne vous appartient pas. Par votre déclaration, vous êtes réputé manœuvre, homme gagnant votre vie, serviteur, domestique, vous êtes inscrit dans l'état sous ce titre, vous devez vous y conformer.

La seconde classe abandonnera de même la dorure à la troisieme, vous contribuez davantage que la premiere classe, vous êtes artisans, bourgeois, jouissez du privilege distinctif qui vous est accordé ; mais tenez votre rang, vous vous l'êtes prescrit par votre choix, votre cotisation est de 30 livres, vos facultés ne vous permettent pas de donner davantage, soyez d'accord avec vous-même ; il ne vous convient pas de porter de la dorure, c'est une distinction qui ne vous est point donnée ; elle appartient à la troisieme classe qui paye plus à l'Etat ; c'est un degré auquel il vous est toujours permis de monter. La quatrieme classe possédera seule les charges tant de Judicature, que les autres ; elle aura les vrais droits de la Noblesse, qui sont de porter les armes, l'épée, le fusil, d'aller à la chasse, d'être Seigneurs de Paroisse, &c. elle pourra porter soie, dorure.

Enfin la cinquieme que je regarde comme les *Primates populi*, auront seuls le privilege d'avoir carosse, armoirie, livrée. On s'est trop relâché sur ces hautes distinctions qui sont l'appanage de la vraie noblesse, il suffit de nos jours d'avoir de l'argent pour charger un écusson des pieces principales qui, ajoutées & concédées, faisoient autrefois la récompense d'une action glorieuse ; concession qui s'anéantit dans la confusion ; avec de l'argent on cou-

vre fes domeftiques de la couleur qui plait, on
les chamare de galons, le goût décide. C'eft
ainfi qu'un difpenfateur trop facile ou peu vigi-
lant, perd des richeffes qui n'ont d'autres réalités
que dans la diftinction. Le Roi eft maître de
les recouvrer quand il voudra, qu'il les donne
privativement à ma cinquieme claffe : quand
j'ai dit que tout particulier qui voudroit avoir
équipage feroit obligé de s'infcrire dans la cinquieme claffe, je ne lui adjuge pas pour cela
tous les privileges, il n'acquiert que celui
d'avoir un caroffe, d'avoir une livrée marquée,
comme par exemple trois boutonnieres en galons;
la grande livrée appartient aux gens titrés, aux
grandes Maifons. Que l'on tienne la main à
ces diftinctions privatives, qu'on les regarde
comme un bien de chaque claffe, comme les
conditions volontaires d'un contrat fait avec la
Nation à qui l'on paye le tribut qu'on s'eft impofé foi-méme, & que cette privation à laquelle on s'eft foumis, eft une partie du tribut.

Vous riez peut-être, Mr. d'une propofition
qui eft très-férieufe, & que les Romains dans
les premiers fiecles de la République ont adoptée. Tel étoit Chevalier Romain quand il pof-
fédoit une certaine fomme jugée fuffifante pour
fon entretien & celui de fon cheval. Tel avoit
droit de porter la dorure, & fa femme des
colliers & des bracelets, il falloit être Confulaire
pour procurer à fon époufe le droit de fe faire
traîner fur un char dans les rues de Rome; en
France tout eft confondu, l'artifan, le bourgeois, le Magiftrat, le Militaire, fi on reconnoît ce dernier, ce n'eft qu'à fon uniforme &
non à fes armes; le laquais même après avoir
habillé le matin fon maître, vient dans les

affemblées, les promenades, les fpectacles, fe placer auprès de lui ; il ofe, comme lui, porter l'épée, cet honorable privilege de la Noblefle & du Militaire. Vous regarderez peut-être cet informe mêlange comme les marques d'une heureufe liberté qui regne actuellement dans toute l'Europe ; mais ne vous faites pas illufion. La confufion ne repréfente point la liberté, comme la liberté n'eft point détruite par les loix d'ordre & de bienféance ; libre & affujetti, ne font pas deux termes abfolument contradictoires. On eft libre en vivant fuivant les loix connues, qui font des conventions faites au profit de la fociété dont on eft membre. Dans l'époque préfente, on ne perdra rien de fa liberté en s'affujettiffant à la diftinction de la claffe qu'on fe fera choifie. Si vous vous croyez en état de porter la dorure, infcrivez-vous dans la claffe qui a ce privilege ; voulez-vous porter les armes, être Chevalier Romain, infcrivez-vous dans celle qui donne ce droit, votre choix conftitue votre liberté.

Oui, Monfieur, j'ofe l'affurer, qu'il foit ordonné que chaque François & habitant la France ait à s'infcrire dans la claffe que lui permettent fes facultés, déterminées comme il a été dit, qu'il faffe fon choix avant le premier Octobre prochain, & qu'il porte en même tems la moitié de fon impofition pour fournir & remplacer au Roi les fommes que la fuppreffion générale des Impôts fera perdre à Sa Majefté. Je préfume affez de mes compatriotes pour croire qu'avant ce tems il entrera dans les coffres du Roi près de cent millions ; ce fera une concurrence patriotique, un effort univerfel ; vous verrez que de feize cent millions monnoyés que vous eftimez être en France,

il ne s'en trouvera que trop pour le commerce & le payement de l'impofition.. Quand
même cette fomme de feize cent millions feroit réduite à moitié, elle fuffiroit ; parce que
quand dans l'écoulement qui fe fait de l'efpece, aucun coffre particulier n'en intercepte
point quelque partie dans fon cours, que tout
va fans altération, fans interruption à la maffe,
cette maffe qui ne la reçoit que pour la répan-
dre, en rend le jeu aifé, renouvelle l'écoulement.

Je juge votre objection ; elle eft naturelle,
bien du monde moins zélé & fcrupuleux que
nous, ne feront point de déclarations. Outre
qu'il eft des moyens de les connoître par les
Rôles des Villes & Paroiffes ; par ceux des
Corps & Métiers, qu'il foit fait une loi générale que nul citoyen ne pourra faire aucun contrat, partage, mariage, aucun acte judiciaire
qu'il n'y foit fpécifié qu'il eft infcrit dans telle claffe, & qu'il en a payé l'impofition. La
quittance qu'il fera obligé d'exhiber fera fon
titre de concitoyenneté qui lui donne un degré, une place dans l'Etat. Comme cette
quittance fera infcrite dans les Regiftres publics & numérotée, il fera facile à chacun, en
cas de perte, de la renouveller. Je pourrois
donner à cette formalité plus d'extenfion, qui
deviendroit très-néceffaire dans la police générale du Royaume ; mais ce feroit une digref-
fion qui nous méneroit trop loin. De plus le
tems & la régie de cette partie apprendront
les moyens néceffaires pour parer à toutes les
fraudes.

Voyons fi le cadrafte des biens fera auffi facile dans fon exécution.

Qu'il foit ordonné qu'avant le premier Jan-

vier prochain, chacun faffe par provifion, fauf
plus exacte vérification, déclaration de la quantité d'arpens, mefure de Paris, qu'il poffede,
tant en terres labourables, bois, prez, vignes, jardins, enplacemens de maifon, même
terres en friches; fuivant laquelle déclaration
il payera la taxe impofée, fauf à payer le furplus de ce qui fe trouvera excéder.

Vous n'attendez pas, Monfieur, que cette
premiere déclaration foit exacte. J'avoue que
l'eftime de chaque particulier fera probablement
au-deffous de fa quantité réelle; mais ce qui
ne fe peut faire en un an, peut s'opérer en
cinq, dix ans; & comme ce cadaftre doit fervir toute la durée de l'Empire François que
nous envifageons très-longue, la difficulté eft
un foible obftacle, ou fi elle en eft un, ce
n'eft que pour des gens médiocres qui ignorent
ce que c'eft que de travailler.

La modicité de l'impofition, la franchife
que l'on acquerra fur fa denrée, la liberté de
fon exportation en tous les endroits de la Terre, doivent conduire le citoyen à donner exactement cette mefure. Elle ne fe demande pas
pour mettre une taxe arbitraire, c'eft une cotifation réglée de bonne foi, une dette de l'E-
tat dont perfonne n'eft exempt; c'eft la ferme
légere pour ainfi dire de fa poffeffion.

Le tout confidéré en lui-même paroît effrayant, parce que l'efprit comme la vue dans
une immenfe collection de chofes, ne voit rien.
Qu'on entre dans le détail, tout fe parcourt,
tout fe diftingue, on compte jufqu'aux fibres.
Effayons ce détail qui vous furprend; que les
premiers de chaque Paroiffe donnent la fuperficie
en général de leur Paroiffe, combien elle contient d'arpens, que leur eftimation foit con-

frontée avec la déclaration de chaque habitant, que par-deſſus cela il ſoit choiſi des Arpenteurs habiles pour meſurer tels & tels cantons, en comparant le travail des trois, on découvrira d'où procede l'erreur, s'il y en a. Cette meſure qui devient ſacrée, qui eſt le papier terrier de l'Etat, doit comprendre tout, même les Domaines du Roi, qui payeront également la taxe ; c'eſt verſer, je l'avoue, d'une main dans une autre ; mais ces Domaines par des conceſſions, des ventes, des échanges paſſent tout les jours dans les mains des particuliers ; leur impoſition, leur taxe alors ſera conſtatée ; c'eſt une loi *in æternum*. Vous voyez à préſent que ce travail n'eſt pas, comme dit le proverbe, de *la magie noire* ; que l'on compoſe une Chambre de gens capables, intégres qui rougiroient de pécher par ignorance ou relâchement, qui outre leur probité ſoient convaincus que c'eſt à la Nation préſente & à ſa poſtérité qu'ils doivent leurs déciſions, que tôt ou tard ils ſeront jugés ſuivant l'intégrité & l'attention qui les auront guidés, que devant ce Bureau les opérations ſoient rapportées, & je vous réponds d'un cadaſtre exact, complet, & qui produira au-deſſus de la ſomme d'arpens en valeur que j'ai ſuppoſée.

Par ce ſyſtême, dans les beſoins preſſans d'une dépenſe extraordinaire & non prévue, d'une guerre diſpendieuſe, le Roi trouvera des reſſources aiſées ; il lui ſuffira d'augmenter d'un ſol, deux ſols, quatre ſols, cinq ſols même pour livre, l'impoſition des trois dernieres claſſes, qui ſeules lui fourniront 50 millions d'extraordinaire. Car la premiere claſſe ne doit jamais être impoſée à une plus forte taxe, elle n'a que ſon néceſſaire pour vivre, qui dans des
tems

tems fâcheux diminue au lieu d'augmenter. La seconde ne doit également fournir que dans des circonstances très-extraordinaires ; pour les trois dernieres qui possedent les trois quarts du Royaume, qui ont au-delà de leur nécessaire, elles sont les plus intéressées à la conservation de l'Etat. Leur cotisation doit répondre à cet intérêt. Je ne toucherois pas également aux terres labourables ; elles produisent l'aliment nécessaire du riche & du pauvre : il n'en est pas de même des autres terres ; je pense que l'on pourroit aussi augmenter leur taxe suivant le besoin. S'il faut donner au Roi sur le champ le produit de cette augmentation de taxe, la loterie offre une voie simple pour trouver l'argent; mais il faut que les billets & les lots soient remboursés aussi-tôt du surcroît de cette taxe; que ces fonds y soient hipothéqués, afin de ne jamais charger une année de la dépense de la précédente, parce que *sufficit diei malitia sua*; c'est le vice actuel des Etats de l'Europe, trop suivi par les particuliers. On mange d'avance ; les particuliers ont bientôt dissipé leur fonds, ils n'ont pas tant de ressources que les Etats ; mais ces derniers se chargeront tant qu'à la fin ils succomberont.

Je ne puis prévoir les objections que vous me ferez ; je vais répondre d'avance à celles qui se présentent naturellement. Je reviens sur mes pas, & je commence par les biens.

Vous ne détaillez qu'une sorte de biens, me direz-vous, vous n'y comprenez les maisons qu'en raison de la superficie qu'elles occupent, parce qu'elles font un accessoire à la superficie, le fruit du travail, de l'industrie. Soit ; mais les charges, les contrats ne sont-ils pas des biens ? les meubles par eux, j'entends les fonds

confidérables qu'a le Commerçant que l'on ne
peut évaluer avec fageffe qu'en le faifant payer
fur l'eftimation de fon commerce & de fon induftrie.

Difcutons chaque objection féparément ; les
contrats. Premiérement, je ne connois point
d'Actes plus contraires à l'efprit du contrat fo-
cial que la création des rentes que le Roi dans
des circonftances malheureufes a été forcé de
faire. J'en prouve le vice.

Regardons les François dans le premier inftant de leur union ; ils s'affocient, forment un
Corps, une Nation, & choififfent un Maître pour
les gouverner. Si les commencemens de la
Nation n'ont pas été tels, dans le raifonnement
on peut les fuppofer tels ; alors dans cette affociation chaque partie y met fa force, fon favoir, fon induftrie ; chacun eft redevable à l'E-
tat de ces trois chofes dans fon entier. Par-là
tout le monde doit travailler fuivant fa capaci-
té, fes forces, fon rang. Le Noble, le Guer-
rier le défend ; le Magiftrat le Juge, fait ref-
pecter les loix ; l'Eccléfiaftique l'inftruit, l'é-
claire ; l'Artifan, le Marchand fournit à fon
entretien ; le Payfan laboure les terres, les fait
fructifier ; les Ducs, les Princes travaillent en
contenant les Peuples, le Roi lui-même en
commandant. S'il eft quelque frelon inutile,
il convient de le chaffer, il n'eft propre qu'à
confommer le miel que la laborieufe abeille recueille : or eft-il un moyen plus capable de
multiplier ces frelons, ces fainéans, dont toute l'occupation eft de vivre de leur revenu,
que ces contrats qui leur affurent des rentes
fans travailler ; ce parchemin onéreux à la Nation, qui fans peines, fans foins rapporte plus
que les terres qui font le bien effentiel de l'E-

tat. C'eft ce vice qui me détermine à ne point
comprendre pour biens ces contrats dans mon
projet, parce que le Roi ne peut trop tôt travailler à les éteindre. Jufqu'à ce tems, on peut
leur faire payer le dixieme du revenu au moins ;
mais le Roi a donné fa parole, ce feroit y manquer que de les impofer à aucune taxe : par-là
il perdroit fon crédit ; dans d'autres occafions
l'Etranger ne vous prêtera plus ; dans ces raifons, je n'en apperçois qu'une qui eft la parole facrée du Prince qui doit être intacte ; mais
vous qui poffédez ces contrats, fi vous êtes
citoyens, vous refuferez-vous de vous prêter
à cette néceffité, & pouvez-crier à l'injuftice? cotifez-vous comme nous pour détruire
ce bien fictif qui déprife les effentiels. A l'é-
gard du difcrédit que cette démarche feroit à
ces emprunts, il feroit un bien s'il procuroit
l'impoffibilité de jamais en faire d'autres.

Secondement, les charges, ou elles ont un
travail, ou elles font honoraires.

Celles qui ont un travail ne doivent rien du
fruit de ce travail ; mais elles ont une finance qui, indépendamment de ce travail, rapporte. Voilà la feule occafion où les contrats
foient permis ; un citoyen eft uniquement occupé du bien général, il vaque aux affaires
de la fociété, il y donne fon tems, il ne peut
foigner celles qui le regardent ; alors pour l'en
récompenfer l'Etat prend fon argent, le fait
valoir, peut même fans ufure en marquer le
profit à un plus haut denier, parce qu'il eft à
fuppofer que fon induftrie dont il n'a pu faire
ufage, l'eût porté-là ; voilà les feuls contrats
permis ; la finance des charges ; mais de ce
qu'ils font une récompenfe ils doivent être in-
tacts ; c'eft un privilege qui leur eft dû.

Si les charges sont honoraires, elles doivent être réduites au plus bas denier. Par exemple, deux pour cent; les titulaires ont l'honneur, la distinction, le rang, il les ont mérité de l'Etat par le prêt qu'ils ont fait de leur argent à un denier modique; en ce cas, ces titres sont une récompense de l'Etat; cette dette alors n'est pas susceptible d'imposition, *non bis in idem.*

Il y a d'autres charges qui ont une finance sans revenu, qui ne procurent qu'un droit de travail, comme Procureurs, Huissiers. Je regarde ces charges comme des droits de Maîtrise, qui ne doivent rien.

A l'égard des charges de la Maison du Roi, elles le concernent seul; il peut y mettre les conditions qu'il juge à propos, en cela il est un particulier qui dispose de son bien à sa fantaisie.

Pour ce qui est des fonds que le Marchand possede, ils ne doivent rien, parce qu'ils n'appartiennent pas à l'Etat. C'est le fruit de son industrie, dont il n'est point comptable, & qu'il peut transporter même hors de l'Etat.

Il y a une autre difficulté plus sérieuse sur les biens, l'Eglise possede près du tiers des terres du Royaume, elle a ses Immunités; votre imposition ne peut tomber sur elles. Voilà votre calcul dérangé.

C'est une grande question, de savoir si les Rois ont pu exempter les terres de l'Eglise des charges qu'elles doivent à l'Etat, que je n'entreprends pas de décider. Mais en revenant toujours au contrat primitif que la Nation est supposée avoir fait, je dirois que tous les membres doivent à l'Etat, selon le terrein qu'ils possedent, selon leurs qualités; que tous dans le même efprit, forment un corps, afin d'en multiplier les forces, lui donner une folidité qui réfifte aux Puiffances voifines; que les Eccléfiaftiques font compris dans cette affociation. J'avoue que le Roi en eft le chef, qu'il en remue les refforts, qu'il a la difpofition des revenus de l'Etat, qu'il gouverne & juge felon les loix dictées en fon nom, reçues & écrites dans les Archives de la Nation : mais a-t-il été le maître d'en déranger le contrat ? ce raifonnement me conduiroit à la négative.

Au refte cette queftion eft inutile ici, le Roi, comme fils ainé de l'Eglife, a eu pour elle le refpect que l'on doit à fa mere, il lui a laiffé l'apréciation de ce qu'elle jugeoit devoir, en conféquence de ce qu'elle poffede; il a pouffé plus loin fa complaifance filiale, il a reçu d'elle comme préfent, ce qu'il en pouvoit exiger; de fon côté, l'Eglife a donné à fon fils tous les fecours que fa prudente œconomie lui a permis. L'amour a changé la dette en don gratuit, ce nom a plus d'énergie de mere à fils, mais ce don gratuit a un terme certain, auquel elle ne manque jamais; par cette conduite, n'avoue-t-elle pas qu'elle paye fon tribut national auquel elle fatisfait, en y mettant le fentiment.

Ainfi, quand il s'agira d'un arrangement utile à l'Etat, cette mere de paix toujours humble, mais jaloufe de fa dignité, pour peu qu'on caractérife d'un titre honorable fa démarche, fera la premiere à donner fa part de la contribution générale : exempte de Décimes, de tous Impôts, elle jouira plus pleinement de fon revenu. A l'égard des dettes du Clergé, il eft un préalable que Sa Majefté pourroit prendre,

c'eft de permettre à chaque particulier de rembourfer les rentes dûes à l'Eglife, en réfervant
toutefois la rente au titulaire jufqu'à fa mort,
& les fonds qui en proviendront, être affectés
aux rembourfemens des emprunts du Clergé;
par-là beaucoup de biens déviendroient libres,
& rentreroient dans le commerce.

Voilà, je crois, les difficultés qui fe préfentent à l'égard des biens; applaniffons celles que
fourniffent les perfonnes.

Les Prêtres, les Religieux font exempts de
toute taxe perfonnelle; ils ne fe réfoudront jamais à être compris dans aucune claffe. Il en
eft de même du foldat; d'ailleurs a-t-il le moyen de payer?

Je réponds à l'article des Religieux & des
Prêtres, les mêmes raifons que j'ai expofées
pour l'immunité de l'Eglife. L'Etat ne veille-
t-il pas à la fûreté de leur vie comme à celle
des autres fujets? qu'ils faffent attention à ce
qu'ils payoient pour le Sel, le Tabac, les Entrées des Denrées, ils connoîtront qu'en payant
4 livres, leur condition eft plus favorable, ils
ne fe croiront pas deshonorés pour payer par
tête. Cette capitation n'eft pas une marque
d'efclavage, c'eft la cotte part du citoyen que
payent les Ducs, les Princes, le Roi même;
car le maître eft auffi (a) citoyen, & à ce titre
il doit fa part. Mais comme il eft le difpenfateur du total, on ne lui a pas encore demandé, cela n'empêche pas qu'il ne la doive
réellement.

A l'égard du foldat, j'avoue que la modicité
de fa paye ne lui permet guere d'en retrancher

(a) C'eft dans cet efprit qu'Henri IV. fe difoit le premier Bourgeois de Paris.

quelque chose ; mais ne seroit-il pas juste, plus profitable à l'Etat de rendre la profession du soldat plus heureuse. Je gémis quand je vois ce généreux défenseur de la patrie réduit à vivre avec 5 f. c'est bien peu apprécier son sang ; j'ai vu, disoit M. de Voltaire jadis en revenant de Flandre, j'ai vu cent mille Césars à cinq sols par jour. Dans mon hypothese où le Roi recevra plus de 300 millions, car le surplus, je l'affecte au remboursement des dettes de l'Etat, & des contrats ; le Roi peut dépenser cent millions pour le militaire, & dans ce cas donner 10 sols par jour au soldat ; il en résulteroit ce bien, qu'ayant de quoi vivre à son aise, il ne déserteroit point, que l'intérêt de son Etat le rendroit plus citoyen, lui donneroit un esprit de propriété dans la Nation, esprit qui a toujours doublé le cœur du républicain ; il vieilliroit sous le harnois, & par-là formeroit un corps bien discipliné, toujours zélé, & qui auroit l'habitude de combattre.

Pour décider les hommes à faire des actions au-dessus de l'humanité, il faut faire jouer les passions les plus fortes : l'émulation, la gloire animent l'Officier ; la crainte, l'intérêt, remuent le soldat. La colere, le dépit, la rage, passions du moment, l'élevent quelquefois à des actions où il semble que la seule grandeur d'ame puisse atteindre ; mais l'intérêt est une passion permanente, elle influe sur toutes les actions, & à chaque instant. Pourquoi négliger ce ressort du cœur humain, & ne pas en tirer profit ? une paye plus forte, un Etat où l'on vit un peu à son aise, suffira.

Convenez à présent, Monsieur, que l'Ecrit intitulé *la Richesse de l'Etat*, n'est plus une rêverie, un être imaginaire ; qu'en en développant l'idée, on peut en tirer ce fyftême tant defiré qui foulage en même temps les peuples, & enrichiffe le Roi ; il faut, il eft vrai, bien des changemens, une réforme univerfelle ; mais les grandes chofes ne s'operent pas fans mouvemens, les grands maux demandent de grands remedes ; & pour me fervir de votre comparaifon, on ne doit pas craindre d'abbattre un bâtiment quand il n'eft plus fufceptible d'être racommodé ; il faut le détruire pour en élever un autre mieux diftribué, & pofé fur des fondemens plus folides. Mais qui fera cet architecte ? Celui qui brûlant du zele patriotique, le fouet à la main, chaffera du Temple les Marchands & les Banquiers qui le profanent ; qui, fecond Licurgue, pour mettre la réforme, facrifiera fa Royauté à l'intérêt général. S'il en étoit queftion, cet homme fe trouveroit dans le Miniftere.

ENTENDONS-NOUS,

OU

LE RADOTAGE

DU VIEUX NOTAIRE,

Sur la Richesse de l'Etat.

JE suis trop vieux pour faire des projets. Je n'en verrois pas l'exécution; je n'ai plus affez de poulmons pour difputer: mais à l'aide de mes lunettes je lis encore; malgré ma furdité, on vient quelquefois me confulter: &, puifque tout le monde s'en mêle, je veux auffi donner mon radotage.

Mes confreres, qui ont cent fois plus d'efprit que moi, m'ont fait bien des queftions, auxquelles je veux répondre avec ordre. Ils m'ont communiqué les allarmes du peuple: s'ils ne m'avoient parlé que de fon chagrin, j'aurois dit: patience mes enfans; mais ils m'ont parlé de fes terreurs, & je me fuis mis à rire.

Ami lecteur, vous m'allez croire très-jovial, & vous en conclurez que je paye très-peu de vingtiemes: pardonnez-moi. J'ai une maifon à la Rapée, & deux bonnes fermes en Brie. Je fuis auffi écrafé qu'un autre. Ainfi, ce n'eft pas de ma fituation que je ris; ce n'eft pas non plus de la vôtre, foyez-en fûr; c'eft de vos allarmes. Ecoutez-moi: je vois ici un mal très-réel, ce font les Impôts: mais ne crions que du mal qu'on nous fait, & ne cherchons point

I 5

à nous en faire à nous-mêmes. En un mot entendons-nous ; car la peur ne guérit de rien.

Il y a fix femaines que tout Paris craignoit que le Roi ne lui fît banqueroute, aujourd'hui tout Paris meurt de peur que le Roi ne le rembourfe ; il y a même des gens qui craignent l'un & l'autre à la fois ; & vous ne voulez pas que je trouve cela ridicule ?

Le Parlement dit : mettez ordre aux mangeries : diminuez les dépenfes, faites valoir les domaines de la Couronne : fimplifiez les Impôts, ou leur perception. Il dit encore : le peuple eft foulé : le malheureux payfan manque du néceffaire, & eft vexé par le collecteur : les grands font trop faftueux, le Roi trop bon, les Miniftres trop prodigues. Le Parlement a raifon.

Le Roi dit : mon Etat eft chargé de dettes ; j'ai emprunté de mes Sujets : il faut que je leur rende : le comble du deshonneur eft d'être injufte. Le Roi n'a pas tort.

Il faut convenir que c'eft une vilaine chofe que cette guerre. Les Anglois ont acquis bien du pays, & gagné plufieurs batailles. Eh bien ! ils doivent beaucoup plus que la France. Tous ces Milords, qui font à Paris, vous le diront comme moi. On ne tient pas chez eux de Lit de Juftice, mais le peuple y eft encore moins foulagé qu'il ne l'eft ici ; car, depuis la Paix, on a non feulement laiffé fubfifter les anciens Impôts, on en a établi de nouveaux.

Je conviens qu'en France il eft dur de payer beaucoup, & de n'avoir rien gagné. J'en ferois inconfolable, fi je n'avois que trente ans ; mais j'en ai foixante-treize, & je fuis pour qu'on mette de l'ordre à fes affaires, & pour que l'on paye fes dettes. Mes amis, nous aurons enco-

re plus de reffources que l'Angleterre, fi de ce
que nous fommes mal, nous ne concluons pas
habilement, que ce n'eft pas la peine de travailler à être mieux.

Partons de notre état actuel: car, ma foi,
nous ne le rendrons pas meilleur par nos criail-
leries: ne perdons pas le peu qui nous refte de
tête, & raifonnons.

J'étois le Notaire & l'ami de ce pauvre M.
Desforts: &, quand je pris congé du Public,
on pouvoit déjà faire un affez honnête déta-
chement de ceux qui avoient remplacé M. Orry.
Sur mon honneur, je les avois tous plaints, &
ce n'étoit pas lorfqu'ils avoient quitté. Le cruel
métier! encore s'il y avoit à cela un peu de
gloire! Mais ces gens-là ne font jamais vus que
du mauvais côté. Je n'ai garde de prendre le
parti de celui que nous voyons à leur place;
& je dirai, s'il le faut, avec tout le monde: *La
belle befogne qu'il a faite*! mais comme il s'en
faut bien que cette *befogne* foit devenue plus facile, je fuis fouvent tenté d'avoir pitié de celui
qui en eft chargé.

On lui dit: Vous avez à la fois deux grandes chofes à exécuter: il faut payer les dettes
du Roi, & foulager fon peuple. C'eft lui dire
en d'autres termes: Faites des miracles. Or,
à préfent, les fuccelleurs mêmes des Apôtres
n'en font plus.

Les dettes exiftent: elles font immenfes. Eft-
ce fa faute? Non; mais nous payons en France toutes les fottifes de nos peres. Paffe pour
le péché originel, mais il faut convenir que
c'étoit bien affez.

Que l'on me permette les digreffions. Je fuis
vieux & j'aime à jafer. On dira que je m'é-

earte, mais qu'importe, fi je dis de bonnes
chofes ?

Je voudrois qu'en exacte juftice chaque géné-
ration portât fes fautes. Pourquoi faut-il que
je fois ruiné, parce que M. de Louvois aura
été mauvais ménager ? En partant de-là, dès
qu'il plait aux nations de s'entr'égorger, ce qui
ne peut plus fe faire aujourd'hui qu'à grands
frais, je voudrois qu'elles payaffent comptant
toute la dépenfe qu'il leur en coûte pour donner ce beau fpectacle à l'Univers. Ainfi, au
moment de la guerre mettez des Impôts effro-
yables, que les riches fuppriment les trois quarts
de leur dépenfe, que tout le monde foit réduit
à l'étroit néceffaire, on fouffrira encore moins
que le malheureux peuple, dont le champ n'eft
engraiffé que de fang, & dont on détruit les
maifons pour chauffer le foldat : & de-là réful-
teront quatre avantages. 1. On recommencera
moins fouvent ce maudit métier, & on s'en
ennuyera plutôt. 2. Les publications de Paix feront bien autrement joyeufes ; car on ne fera
que fecouer fes épaules, & tout le monde ren-
trera franc & quitte dans la jouiffance de fon
patrimoine. 3. Chaque fiecle portera fa charge, & ne la donnera point à porter au fuivant.
4. Ou nos ennemis fuivront notre exemple, ce
qui leur fera fort difficile ; auquel cas ils ne
feront pas plus curieux de querelles que nous :
ou ils ne le fuivront pas, auquel cas nous fau-
rons bien réparer pendant la paix, à leurs dépens, tout le mal qu'ils nous auront fait pendant la guerre.

Au-lieu de cela, nos grands-peres, qui vouloient jouir & guerroyer, difoient: Emprun-
tons, & nos enfans payeront s'ils le peuvent.

Ils l'ont tant répété, qu'à la fin la pauvre famille n'en peut plus. Mais encore une fois est-ce la faute des Ministres actuels? est-ce à eux qu'on doit jetter des pierres, ou à Messieurs leurs arriere-prédécesseurs, qui dorment en paix?

Revenons donc. La dette existe : c'est elle qui est la charge, & non pas l'Impôt : & la preuve, c'est qu'il ne vient qu'à son secours, & qu'elle seroit bien autrement lourde sans lui.

En effet, dès que l'Etat a emprunté, il faut que l'Etat paye, ou qu'il fasse banqueroute.

Or, mes amis, qu'est-ce que faire banqueroute? C'est donner tout à porter aux créanciers: ils sont comme nous Sujets du Roi; &, quand ils lui ont donné de quoi faire la guerre, ils n'ont pas compté qu'elle ne se feroit qu'à leurs dépens.

Si la charge doit être partagée, il faut donc que vous & moi nous en payions quelque chose. Or elle doit être partagée: donc il ne faut pas faire banqueroute. Presque tout le monde en convient. Mes amis, un moment de patience, & vous verrez qu'on s'entendra.

S'il faut payer les dettes du Roi, je n'ai plus qu'une chose à demander. Ses revenus suffisent-ils pour cela? Tout le monde convient qu'il s'en faut de beaucoup. Mais voici ce que l'on dit.

1. S'ils étoient bien administrés, & si Sa Majesté réformoit une partie de ses dépenses , le supplément qu'il faudroit trouver dans les Impôts seroit beaucoup moindre.

2. Dans ces Impôts mêmes il faudroit du choix, & il y a bien peu d'esprit dans ceux qu'on a été six mois à produire.

Avançons par ordre, & examinons d'abord

l'adminiftration. Je ne fai pas pourquoi on a fait un grand art de la finance? entre le fils de famille qui emprunte , & l'ufurier qui prête; entre le diffipateur qui vend trois années du revenu de fa terre, & le fermier qui l'achette en Juif, il y a fans-doute un art & un favoir-faire ; mais je n'en connois point entre l'honnête pere de famille qui jouit, & fes colons qui le payent, ou fes domeftiques qui reçoivent leurs gages : je crois donc que l'art de la finance eft né de la ruine, & l'a enfanté à fon tour.

En bonne finance, je ne fai qu'un talent; c'eft de compter fon revenu, de le recevoir aux moindres frais qu'il eft poffible, de régler fa dépenfe fur fon produit, & de payer exactement fes dettes, fans en contracter de nouvelles, fi l'on n'y eft forcé par des circonftances, dont il faut fe garder autant qu'on peut.

Voulez-vous que la finance continue d'être la fcience la plus ruineufe & la plus funefte à la France? Laiffez le Royaume dans l'état où il eft; car comme il faudra toujours recourir aux expédiens, l'herbe fera bien courte, s'il ne refte encore à brouter pour quelques petits traitans honteux, jufqu'à ce qu'au premier coup de tambour, vous les voyez tous accourir au bruit de nouveaux Edits : & Dieu me préferve d'avoir jamais toute la fcience à laquelle il faudra alors avoir recours, pour achever de ruiner le Roi & fes Sujets.

Voulez-vous prévenir ce malheur? Compofez au Roi un revenu fixe. Faites face aux dépenfes & aux intérêts : amortiffez chaque année une portion des capitaux. Je vous ai dit tout mon fecret.

Mais comment compofer ce revenu? voilà le

difficile : mais l'impoſſible eſt de le former ſans qu'on puiſſe ſe plaindre. Je le donnerois aujourd'hui en dix à feu M. Colbert : car par-tout où il y a quelqu'un qui reçoit, il faut qu'il y ait quelqu'un qui paye, & celui-ci criera ſi fort, même avant qu'on l'écorche, qu'il fera crier avec lui tous ceux que l'on n'écorchera pas.

Premiérement, je conviens que c'eſt en diminuant ſes dépenſes, qu'il faudroit d'abord améliorer ſa fortune : c'eſt par où je commençai quand je perdis ma femme : car je me ſouvenois d'avoir lu au Collège dans Tite-Live :

Coërcendo cupidines, vectigalia porriges.

Je ne ſuis pas étonné que nous crions contre la dépenſe. 1. C'eſt que ce n'eſt pas nous qui la faiſons. 2. C'eſt qu'il ne nous en revient rien. 3. C'eſt que ceux qui gagnent à cette dépenſe ſont trop magnifiques & ont l'air de ne pas nous compter pour beaucoup. 4. Enfin, c'eſt qu'à la longue cela ruine.

Le Parlement a fait là-deſſus un bel article de remontrances, & il fera bien de le répéter ſouvent. Au fond, on dit que le Roi ne demande pas mieux que de retrancher ſes dépenſes, & que, de bonne foi, il a donné ſur cela des ordres qu'il veut faire exécuter : mais il eſt comme moi, du temps de ma pauvre femme : je ſavois bien qu'on me voloit, mais je ne pouvois me réſoudre à chaſſer le pauvre diable qui s'aidoit un peu de mon revenu. Je le diſois à ma femme, & quand la pitié la prenoit auſſi, nous pouſſions le temps par l'épaule, & nous penſions avoir tout fait quand nous avions grondé quelquefois : je l'avoue, il y a pourtant des choſes que je n'aurois jamais

souffertes : je n'aurois pas aimé à acheter mes
melons de la Rapée, plus cher que ceux que
l'on vendoit au marché. Entre nous, pourquoi
faut-il que, parce qu'il est Roi, il paye six
fois plus cher que nous les plaisirs les plus naturels ? Pourquoi est-il de l'étiquette, qu'il les
paye ici le double de ce qu'il les achette-là ? Demandez aux Anglois & aux Prussiens si l'on fait
chez eux cet honneur à la Royauté. La chasse,
la table, la promenade, ne font-ce pas là des
amusemens que nous avons comme les Rois,
& que nous sentons quelquefois mieux qu'eux ?
Qu'ils soient magnifiques, cela doit être : mais
qu'ils ne payent qu'en raison de leur magnificence : qu'ils consument plus de choses, mais
qu'ils ne le payent que leur prix : voilà ce que
dit le Parlement ; (car c'est précisément aux
bons maîtres que les bons serviteurs doivent
souvent prêcher le ménage), & il a bien raison.
Mais croyez-vous de bonne foi, qu'un Ministre
des finances ait le moindre intérêt à s'y oppo-
ser ? Croyez-vous que là-dessus il ne fasse pas
aussi lui-même ses remontrances ? Croyez-vous
que, lorsqu'il en parle au Roi, il ait quelque
peine à le persuader ? De bonne foi, qui est-ce
qui aime à être volé ? Quel est le maître qui
aime que sa maison soit composée de financiers ?
On demande des retranchemens, le Roi les a
promis : on est donc aussi d'accord sur cet article. Encore une fois entendons-nous, & at-
tendons, pour nous désespérer, qu'il soit avéré
que rien ne se fera.

Après la réforme des dépenses vient l'amélioration des revenus. Or c'est ici, j'en conviens, le plus difficile de la besogne. Car il
n'est pas seulement question de s'armer contre
la bonté présente, mais de revenir sur des
bien-

bienfaits paſſés. Si j'en crois le peu d'hiſtoire
que j'ai lu, nos Maîtres vivoient autrefois de
leurs domaines, & étoient les plus magnifiques
Rois de l'Europe. Que ſont devenus tous ces
revenus-là ? Demandez-le à ceux qui crient le
plus fort ; & examinez les titres de ce qu'ils regardent comme leur patrimoine. J'ai paſſé bien
des contrats de mariage en ma vie, & j'ai vu
le Roi donner des domaines, comme on donne une tabatiere en préſent de noces ; je n'ai
garde d'y trouver à redire : ces bienfaits pou-
voient être bien placés, & ſont aujourd'hui ſa-
crés : mais ce qui me pique le plus, c'eſt d'entendre ces gens-là déclamer aujourd'hui contre
la diſſipation : j'ai vu de très-honnêtes grands
Seigneurs très-mécontens des Miniſtres, parce
que ceux-ci ne regardoient pas comme une raiſon ſuffiſante de leur donner le patrimoine de
la Couronne, l'aveu candide qu'ils faiſoient d'a-
voir mangé le leur. Mais ne critiquons perſonne, & venons au fait.

Le Roi, grace aux bontés de ſes prédécef-
ſeurs, eſt un très-grand Seigneur, à qui l'on a
tout pris : & on lui dit : payez, avec ce qui
vous reſte, votre maiſon & vos dépenſes. C'eſt
lui dire, en bon François : reprenez ce que vous
avez donné ; & il faut convenir qu'il en a le
droit. Mais veut-on qu'il l'exerce dès aujour-
d'hui, & par un trait de plume ? Veut-on qu'il
ſe remette en poſſeſſion, & qu'il diſe à ceux
qui ont acheté à vil prix : repréſentez-moi vos
titres ; & je vous ferai rendre votre argent, ou
je vous en ferai la rente ? quant à ceux à qui
j'ai donné, je tâcherai de les dédommager,
quand je ſerai quitte de mes dettes ? Je n'imagine pas qu'on le ſupplie avec beaucoup d'in-
ſtances de pouſſer juſqués-là la réforme. Auſſi

K

ne veut-il pas le faire, & fur cela tout le mon, de eft également d'accord.

On prétend que l'on travaille actuellement à des Projets de réforme fur cette partie: que les Magiftrats ont été ou feront confultés, & que l'on doit indiquer au Roi un plan d'opéra, tion, par lequel, fans trop charger les poffef, feurs actuels des domaines, on lui reftituera au moins une partie confidérable de ce produit é, clypfé : mais c'eft une opération ; & quelque jufte qu'elle foit, je vous prédis que tous ceux qui y perdront quelque chofe, la trouveront une abominable injuftice ; ainfi elle n'eft pas encore faite. Dieu la faffe profpérer ! mais en attendant, il faut payer. Donc il faut en re, venir ou aux Impôts, ou à la banqueroute ; & nous fommes convenus qu'il falloit écarter cel, le - ci.

Une preuve que fur cela tout le monde s'en, tend affez, c'eft la quantité de fyftêmes que l'on débite dans le Public. Tout le monde à fa maniere d'augmenter les revenus du Roi ; mais tout le monde convient qu'il faut néceffairement les porter plus haut qu'ils n'étoient avant la guerre.

Pour moi, qui, comme je l'ai dit, n'ai ni l'efprit ni le tems de faire des projets, je ré, duis mon petit fyftême à trois ou quatre regles. Je veux que l'Impôt foit payé par tout le mon, de, fans cependant anéantir les privileges : car il y en a, & je n'ai pas encore vu prouvé qu'il faille les détruire : je veux qu'il foit payé dans la proportion de l'aifance des contribuables : je veux qu'il foit payé avec le moins de frais qu'il fera poffible : je veux qu'il puiffe fournir aux charges, & qu'il décroiffe avec elles.

Quand je confidere l'édifice de notre Finance

Françoise, je crois voir une machine extrêmement compliquée, & composée d'un grand nombre de pieces, entre lesquelles doit régner une
espece d'équilibre. Un homme est-là, qui doit
toujours avoir les yeux sur la machine, tantôt
pour diminuer un poids trop fort, tantôt pour
en augmenter un trop foible. Mais savez-vous
ce qui arrive ? Tandis qu'une partie est écrasée
par une masse énorme, une autre partie n'aura
pas même un fil pour y suspendre le poids d'un
denier. Je conviens qu'il y a là bien des choses à réformer.

Pour moi, voici les plus grands défauts que
j'y trouve. Nous avons en France deux Nations,
& Dieu merci j'ai assez vécu avec l'une & avec
l'autre pour les connoître toutes les deux. Le
peuple des rentiers est un vampire qui suce le
peuple des propriétaires des terres : car tandis
que celui-ci cultive, sue & maigrit, l'autre jouit,
s'amuse & s'engraisse. Le faix des Impôts, les
non-valeurs, les accidens, les réparations sont
à la charge de celui qui travaille. L'autre a sa
terre dans son porte-feuille ; &, si ses contrats
sont sur le Roi, il ne paye presque rien. Premier défaut. Il est dans l'inégalité des poids.

Second défaut que je vais trouver dans l'inu-
tilité de quelques-uns. Pourquoi faut-il qu'il y
ait des Impôts qui coûtent au peuple en frais
de perception, presque autant qu'il entre dans
les coffres du Roi en produit. Je pourrois citer
les Aydes : êtes-vous content ? Et pour un ra-
doteur à lunettes, trouvez-vous, ami lecteur,
que je dise des choses assez sensées ? Hé bien!
je gage que sur ce point - là il ne tiendra qu'à
tout le monde de s'entendre.

Je m'apperçois depuis que je suis en train,
que je raisonne un peu plus que je ne le faisois

d'abord : à ce métier-là comme aux autres, je
fens qu'il n'y a qu'à s'y remettre. Ecoutez
donc mes principes. Je regarde l'Etat comme
une famille : le Roi en eft le pere : vous êtes
tous fes enfans : il s'eft chargé de la dépenfe,
il s'eft endetté, il a droit de dire, contribuez;
il a même celui de vous fixer la fomme : vous
devez donc vous en rapporter à lui, & tout le
monde convient que ce qu'il vous demande
aujourd'hui, n'excede pas la dépenfe à laquelle
il eft obligé pour vous : vous avez auffi le droit
de demander qu'il vous en coûte le moins
qu'il eft poffible, pour lui faire cette fomme:
au fond, cela eft très-égal au Roi, qui vous
aime mieux qu'il n'aime les Financiers, & qui
n'a aucun intérêt à les enrichir à vos dépens:
fur cela je me réferve de dire ce que je penfe
dans un autre moment; mais avant que de venir à vous, parlons du Roi.

Il vous ôte la moitié des Impôts qui avoient
été établis pour le tems de la guerre, & en
cela vous êtes mieux traités que les Anglois,
dont le fardeau a été augmenté depuis la Paix.

Il refte donc encore à payer la moitié des
charges extraordinaires, & je conviens que c'eft
un mal très-réel : encore une fois, je veux
bien qu'on le fente, qu'on s'en plaigne même;
mais il me paroît inutile de fe l'exagérer.

Et d'abord c'eft un point convenu, que la
fomme à laquelle montera le furplus des Impôts ne furpaffera pas le montant des dépenfes
néceffaires : donc, quoique la charge foit forte, quoiqu'elle foit pénible, elle n'eft point
injufte, eu égard au gros de la Nation.

Refte donc à examiner s'il y a injuftice dans
la répartition ou augmentation dans les frais de
recouvrement

Or, je ne vois dans tout ce que nous conti-
nuerons de payer, que des Impôts déjà subsi-
stans, ou des droits additionnels, ou une petite charge imposée sur ce qui jusqu'ici ne payoit rien du tout.

De-là je conclus, que s'il y avoit inégalité
dans la répartition, cette inégalité ne seroit pas
l'effet des nouveaux Edits ; car la proportion
étoit déjà faite & connue. 2. Qu'il ne peut y
avoir augmentation dans les frais, parce qu'il
n'en coûte pas plus au Roi pour faire recevoir
six sols que pour en toucher cinq. Voilà donc
deux inconvéniens évités.

J'achéverai, puisque j'ai commencé, & je dirai bonnement ce que je pense sur ces Edits,
qui sont devenus l'épouvantail du Public, & le
texte de mille commentaires.

Des gens de beaucoup d'esprit prétendent
que la meilleure maniere d'asseoir l'Impôt, c'est
de le mettre à la racine des revenus. Ils sou-
tiennent que le propriétaire des fruits doit toujours faire à l'Etat l'avance du secours qui lui
est nécessaire, & qu'il s'en fait nécessairement
rembourser par le consommateur, dont il tire
son revenu en argent. Je n'ai pas le tems d'e-
xaminer, si le propriétaire est toujours en état
de faire une si terrible avance ; mais soit que
ce système soit vrai, soit qu'il soit faux, il est
à souhaiter, dans l'un & l'autre cas, que les
propriétaires des fonds ne contribuent qu'au
prorata de la valeur de leurs possessions. La
taille, cet Impôt formidable au peuple, & souvent l'instrument des petites vengeances des
paysans, où de la domination des subdélégués,
ne seroit-elle pas infiniment plus supportable,
si elle avoit une regle fixe & certaine, sur laquelle les taillables pussent se juger eux - mê-

K 3

mes ? C'eft ce que j'ai ouï dire dans tous les
tems : dès ma tendre jeuneffe j'ai entendu van-
ter la taille réelle ; j'ai ouï crier contre l'affiette des Collecteurs, & les Cours des Aydes
retentir des plaintes des malheureux. On vous
propofe de remédier à tous ces inconvéniens ;
de vous accorder ce que vous avez demandé
tant de fois ; de compofer des cadaftres qui
contiendront des évaluations les plus exactes
de tous les fonds, & je vous entends murmurer !

Mais fe plaint-on de ce qui eft dans l'Edit ?
Non : on y ajoute, on le change : on fe fait
à foi-même un phantôme, & puis on en a peur.
Qu'eft-ce qu'un cadaftre ? C'eft un tableau des
fonds eftimés chacun à leur jufte valeur : par
qui fera-t-il fait ? Par les Communautés elles-
mêmes. L'Art. V. de l'Edit l'annonce, & le
Roi a fait promettre au Lit de Juftice, qu'elles
nommeroient leurs experts : cependant écoutez
les propos du Public. Le cadaftre ne fera autre chofe que la vérification des rôles du vingtieme : les Contrôleurs feront cette opération :
elle n'aura pour but que de faire augmenter
les déclarations, & par conféquent d'ajouter
au produit des vingtiemes. Je demande où
l'on a vu cela.

Mais ce n'eft pas affez de voir ce qui n'eft
pas, on voit encore le contraire de ce qui eft :
car l'Art. V. dit formellement, que *lorfque les
Communautés auront parachevé les cadaftres, elles
répartiront elles-mêmes auffi-tôt après, fur le
pied dudit dénombrement & leurs tailles, & la*
fomme à laquelle monteront leurs vingtiemes,
& deux fols pour livre du dixieme, *fans qu'au-
dit cas cette fomme puiffe être augmentée pour quelque caufe & fous quelque prétexte que ce puiffe*

tre. Et puis, ami lecteur, vous ne voulez pas
que je rie de vos terreurs : je n'ai pas befoin
de vous répondre : il me fuffit de vous prêter
mes lunettes : lifez.

Mais tâchons même de prendre un téléfco-
pe, & voyons, s'il fe peut, dans l'avenir.
Tout le monde veut mettre la France en Pays
d'Etat : on dit qu'à la Cour il y a des voix pour
cela ; & ce qui m'a paru fingulier, j'entends dire
que quelques Parlemens le demandent : pour
moi j'y confens ; & je laiffe aux Politiques à
décider jufqu'à quel point ce changement alté-
reroit ce qu'on appelle la conftitution (Dieu me
pardonne fi je prononce ce mot dans ce fens-
là, pour la premiere fois de ma vie.) Ce que
je fais, c'eft que de pareils changemens ne
doivent point être entrepris fans y avoir mû-
rement réfléchi. Or je fuppofe que l'on trouve beaucoup de difficultés à celui-ci, & que
les Parlemens, qui dans tous les tems ont été
les plus zélés partifans de l'autorité du Roi,
regardent ce bouleverfement comme impraticable. Ne feroit-ce rien pour un Miniftre d'avoir
préparé les voies à un fyftême, qui auroit pour
les finances tous les avantages de l'adminiftration municipale, fans avoir les inconvéniens
que les Parlemens peuvent prévoir ?

D'après cela, je fuppofe les cadaftres faits
dans tout le Royaume : qui empêche alors de
réduire à des fommes fixes les fecours que le
Roi demandera à chaque province ; de répartir
ces fommes par Elections & par Paroiffes ; de
laiffer enfuite les Communautés elles-mêmes
maîtreffes de l'affiette & de la perception ? Elles profiteront par-là des frais du recouvrement,
elles les épargneront autant qu'elles voudront :
les contribuables feront leurs propres juges.

Plus de procès aux Elections fur l'inégalité &
l'injuftice de la taxe, & la machine, une fois
montée, ira toute feule.

Veut-on aller plus loin ? Je foutiens que ceci
mene à tout : car comme on fe trouvera bien
fans doute de cette adminiftration municipale,
peu-à-peu elle attirera à elle toutes les autres
perceptions : car qui empêcheroit par là fuite de
confier aux villes le recouvrement d'une partie
des Impôts fur les confommations, ou même
de tous, fi vous voulez ?

Je parlois il n'y a qu'un moment des Aydes;
J'entends dire qu'elles coûtent au peuple prefque le double de ce que le Roi en tire ; de-là
je conclus qu'en en réduifant le produit à une
fomme certaine, & en la répartiffant fur les Provinces & fur les Communautés, on pourroit
laiffer à celles-ci la liberté d'en affeoir le montant de la maniere qui leur feroit le plus commode, & à raifon, foit des fruits qu'elles re-
cueillent, foit de ceux qu'elles confomment. Je
crois, quoi qu'en difent ceux qui veulent que
l'Impôt foit placé à la racine, que l'on charge-
roit beaucoup trop les propriétaires des vignes,
fi aux frais de culture, qui leur coûtent déjà
tant, on joignoit l'avance de tous les droits,
dont ils ne feroient rembourfés que peu-à-peu
par les confommateurs ; mais la répartition par
paroiffes me paroîtroit jufte, & pour cela il faut
qu'il y ait un cadaftre. Remarquez même que
l'on a ordonné qu'on y comprendroit les fonds,
& du Domaine, & des Nobles, & des Eccléfiaftiques. Pourquoi cela ? Une impofition ne
fera-t-elle que pour les roturiers ? Elle fe ré-
partira au marc la livre, fur la valeur de leurs
fonds. Devra-t-elle être générale ? Il ne faudra
qu'entendre la répartition : mais la regle fera

toute faite. Ami lecteur, vous qui voyez le mal avec tant de facilité où il n'est pas, tâchez donc de voir aussi le bien où il peut être : la supposition de l'arbitraire, un chemin ouvert à la regle, n'est-ce pas-là ce que le Parlement a toujours demandé ? On vous présente tout cela : donc tout le monde sera d'accord, aussi-tôt qu'on voudra s'entendre.

J'avoue, pour moi, que si quelque chose pouvoit me consoler des vingtiemes, ce seroit l'espérance du cadastre, & de cette administration municipale, qui casseroit le col à la finance actuelle, & qui donneroit de belles & bonnes entraves à Nosseigneurs les Contrôleurs-Généraux. Si Dieu me prête vie, & que j'aye à me plaindre, ce ne sera pas de l'Edit qui nous a promis un cadastre ; mais du ministere, s'il ne nous tient pas sa parole. Pourquoi donc s'est-on contenté de murmurer contre les vingtiemes, & a-t-on tant critiqué le projet du dénombrement & des évaluations ? C'est que ceux-là ne font qu'une charge qui gêne, & celui ci une opération nouvelle qui prête au raisonnement, & sur laquelle l'imagination peut s'exercer. Quand on se plaint, tout est dit dans le moment ; mais il y a tant de plaisir à fronder ! cela fournit si fort à l'éloquence !

Ainsi, ami Lecteur, je ne vous dirai rien ni des vingtiemes ; ni du Don gratuit, ni du sol pour livre ; tout cela est aussi dur pour vous que pour moi. Mon objet n'est pas de faire l'apologie de cette mauvaise marchandise, mais d'arrêter votre imagination dans la belle carriere qu'elle se donne pour vous tourmenter.

Elle a fait, par exemple, un beau chemin sur le centieme denier. J'ai entendu les plaintes de mes confreres ; le commerce est à bas, plus,

K 5

de circulation, plus de confiance, tout eſt perdu. Pourquoi ? Parce qu'une nature de biens
qui ne payoit preſque rien au Roi, payera très-
peu de choſe. Je veux laiſſer à tout le monde
la liberté de crier, mais je n'aime pas que l'on
crie aujourd'hui pour le blanc, & demain pour
le noir.

Ecoutez les propriétaires des fonds : écoutez
même ceux des honnêtes-gens, qui, ſans oublier tout-à-fait leur fortune, ne laiſſent pas que
de s'occuper de celle de l'Etat ; tous vous diront que les terres ſont écraſées, que tout
porte ſur elles, & que l'on n'y peut plus tenir. Qu'en conclure ? qu'il faut les ſoulager.
Mais le Roi le peut-il aujourd'hui autant qu'ils
en auroient beſoin ? Tout le monde convient
que cela n'eſt pas poſſible, à moins que l'on
ne rejette une petite partie du fardeau ſur un
autre genre de poſſeſſions, qui juſqu'ici a été
extrêmement ménagé. Bien des gens même
ont été juſqu'à ſoutenir, il y a quelques mois,
qu'il ſeroit juſte d'aſſujettir aux vingtiemes toutes les rentes ſur le Roi & ſur les Etats, ainſi
que tous les intérêts des papiers publics : mais
ce qui eſt raiſonnable ſous un point de vue,
me paroîtroit aſſez injuſte ſous l'autre ; car il
ne ſuffit pas que nous ſoyons tous à peu près
traités de la même maniere dans le partage des
charges, il faut que le Roi ſoit fidele à ſes pro-
meſſes ; & ſur cela, en vieux Notaire, je ne
blâmerai jamais qu'il ſoit exact juſqu'au ſcru-
pule.

Or de tous les François, le Roi eſt le ſeul à
qui de bonnes loix enregiſtrées aient permis
d'emprunter à uſure. A-t-il bien fait de ſe lier
par de tels engagemens ? Je n'ai qu'un mot à
répondre, *la néceſſité n'a point de loi.* Pour moi,

fi forcé d'emprunter, j'avois promis des intérêts ufuraires, je permettrois volontiers à mon
créancier de m'en faire grace; mais s'il les exi-
geoit, je me croirois obligé en honneur de les
lui payer.

A cela, mon voifin le Jurifconfulte me répondit hier: plaifante fidélité vis-à-vis de gens
qui n'en valent gueres la peine, tandis que l'on
oublie la promeffe faite au pauvre peuple, de
lui remettre le fecond vingtieme, auffi-tôt après
la Paix! Je lui ripoftai par un argument *ad ho-
minem*, qui demeura fans replique: Mon voifin,
combien de fois m'avez-vous promis de me payer, à tel jour nommé, les cent piftoles que
vous me devez par un bon billet figné de vous,
& combien de fois n'en avez-vous rien fait?
Je n'ai pas dit pour cela que vous fuffiez un
fripon, mais vous l'auriez été fi vous m'euffiez
dit: je ne vous dois rien, ou je vous dois moins
que ne porte le billet, fur lequel je n'ai encore
rien payé. En général, la promeffe eft faite
de bonne-foi quand elle exprime une réfolution
fincere: mais elle eft un contrat dès qu'elle a
une caufe, & qu'elle produit un engagement réciproque. N'eft-ce pas là de la Jurifprudence
toute pure? Le Roi a promis de remettre le fecond vingtieme; cela fignifie qu'il le vouloit de
bonne-foi, & par conféquent il difoit vrai; mais
ce n'eft pas en vertu de cette promeffe que vous
le lui avez payé, & il n'y a point eu de contrat entre vous & lui: au-lieu que quand il a
emprunté de vous, vous étiez le maître de ne
lui pas prêter; c'eft donc fur la foi dûe à fa
parole, que vous lui avez porté votre argent,
& il y a eu convention réciproque, dont il exifte
minute ou chez moi ou chez mes confreres:
Or, vous voulez que dans la néceffité où le Roi

se trouve de manquer ou à sa résolution ou à son engagement, il sacrifie celui-ci à celle-là! Mon ami, vous ne donnerez jamais de telles consultations à vos cliens.

Je reviens où j'en étois, quand le souvenir de mon voisin m'a détourné; mais si je tenois encore, j'achéverois contre lui l'argument. Car s'il vouloit qu'on fît le plus, pourquoi trouveroit-il mauvais qu'on ait fait le moins? Il n'y auroit pas de mal, en bonne justice, que tous les rentiers, les actionnaires, les gens à porte-feuille, payassent deux vingtiemes de leurs effets, & que les propriétaires des fonds n'en payassent plus qu'un : & on se fâche de ce que les acquéreurs de rentes, ou d'offices, payeront le centieme denier!

Savez-vous, ami lecteur, ce qui perd tout en France, ce qui décourage l'Agriculture; ce qui ruine les grandes Maisons, ce qui a causé l'aliénation de toutes les belles Terres; ce qui a fait ensuite de tous nos grands Seigneurs de si petits Messieurs? Ce sont les ravages des intérêts; c'est le besoin que nous avons eu des prêteurs; les ménagemens qu'il a fallu avoir pour des gens, qui, après avoir fourni à votre luxe & à votre dissipation, prélevent toute leur vie le plus clair de votre revenu, & ne vous laissent presque que la peine de le recevoir pour eux. Ces gens-là sont devenus les plus riches de l'Etat; & s'il y a dans une maison deux tables de jeu, à coup sûr ce sont les rentiers qui font la grosse partie : la petite est pour quelques gens de condition qui ont encore un peu de terre. Vous le dirai-je enfin? Les rentes en France forment un revenu de quatre cent millions. Calculez après cela ce qui reste aux cultivateurs.

Pour moi, quand je vois le faste de ces gens qui comptent le matin, & qui se divertissent l'après-midi; je suis fâché que cette machine, dont je vous parlois tantôt, soit si imparfaite; & je dis en moi-même, combien il seroit juste d'attacher-là un gros poids, & de diminuer de moitié celui qui entraîne ces pauvres agriculteurs! Et ce que je dis tout bas, il y a un mois que vous entendiez tout le monde le dire tout haut.

Le directeur de la machine a voulu jetter de ce côté-là un poids d'un gros tout au plus, & on s'est fâché comme si tout étoit perdu. Je le plains de n'avoir pu en faire davantage, & on le blâme d'en avoir trop fait. Si j'avois été Ministre (Dieu m'en garde), j'aurois laissé dire tous ces Messieurs, & les papiers auroient payé le centieme denier comme les rentes. Vous croyez que j'y aurois été embarrassé? Point du tout; car ma façon de le lever n'auroit pas même gêné la circulation. J'aurois dit aux gens à porte-feuille: Messieurs, vos papiers sont vos fonds; ils vous produisent un revenu bien mieux payé que celui des terres; n'est-il pas vrai? Vous êtes fort heureux, que le Roi vous ait promis de ne point exiger de vous les vingtiemes que lui payent les terres: il ne vous les demande point, mais il ne vous a exemptés que de cet Impôt. Et pourquoi seriez-vous affranchis des autres, auxquels sont sujets les fonds réels de son Royaume? Or, une terre dont le revenu paie déjà les vingtiemes, si elle est vendue, paie encore le centieme denier; pourquoi une action qui a un dividende ne le payeroit-elle pas? Ah! Monseigneur; mais la circulation, la facilité du commerce, les mutations qui se font dix fois par jour.... Atten-

dez ; vous avez raifon ; il ne faut point vous
gêner. Je ne fuppofe qu'une mutation en vingt
ans, jugez combien il y en a dont je vous fais
grace ; donc tous les vingt ans vous devriez,
en bonne regle, payer le centieme denier de
votre capital. Or il y a un moyen pour cela,
c'eft que toutes les années le Roi vous retienne
le centieme de l'intérêt de vos papiers. Prenez-y garde, ce centieme n'aüroit pas coûté
un fol pour les frais de perception, n'auroit
nullement embarraffé le commerce, & m'auroit
produit une fomme que fur le champ j'aurois
retranchée fur les tailles du pauvre peuple. Elle eût été modique, mais j'aurois du moins attaché le petit contre-poids, & je ne l'aurois
plus perdu de vue.

Mais fi on n'a pas fait tout ce que l'on auroit
pu, du-moins n'a-t-on pas fait une injuftice en
affujettiffant & les rentes & les offices à un petit Impôt, que paient les terres. Cela gênera
les tranfports de propriété ? Pas plus, ou plutôt beaucoup moins que le centieme denier des
terres ne gêne les ventes des fonds réels. Il
n'y a pas d'Impôts fans inconvéniens ; mais il
faut payer nos dettes, j'en reviens toujours-là ;
& je crois que les rentiers doivent y contribuer
comme les autres ; car il y a un milieu entre
leur faire banqueroute & les affranchir de tout.

Ce que j'admire moi, ce font les vifions du
peuple : car je gage que tout ce que je dis-là,
lui paroîtra très-fenfé, & cependant il conti-
nuera toujours de voir les fucceffions troublées
par des inventaires, il verra arriver des commis pour faire mettre des fcellés, il les verra
fouiller dans les regiftres des Commerçans, que
ne verra-t-il pas ? Mes confreres, croyez-en
un homme qui a été longtems votre Doyen, fi

vous donnez vous-mêmes dans toutes ces chimeres, il faut que vous ayez perdu l'esprit. Quoi ! on cite & on confirme la Déclaration du 27 Mars 1748, qui exempte du centieme denier même les mobiliers des successions collatérales, & vous voulez absolument qu'il y soit assujetti ? Lisez donc.

Je veux avec vous que l'article eût dû être expliqué un peu plus clairement ; selon vous, il falloit tout écrire, & rappeller en gros caracteres plus de trente réglemens, qui contiennent des exceptions à la loi du centieme denier ; mais si vous faites des commentaires, encore ne devroient-ils pas toujours être au desavantage du Public ; & si vous croyez devoir des explications à une disposition que vous craignez que l'on n'entende pas, je voudrois que vous les prissiez ou dans les réglemens qui sont écrits, ou dans l'usage qui s'est observé pendant les deux ans que le centieme denier a été levé. Or de tous ces réglemens, je vous défie de m'en citer un, qui autorise les commis à demander un inventaire ; & dans le fait, je vous défie également de me prouver, qu'aucun d'eux ait seulement osé le proposer. Ainsi, sur le droit tout le monde est d'accord ; pour les imaginations, je ne chercherai à les accorder entr'elles, que lorsque j'en connoîtrai quelqu'une qui ait seulement pu être d'accord avec elle-même.

Vous croyez être quitte de mes dissertations : vous n'y êtes pas ; & quoique j'en sois déjà aussi ennuyé que vous, il me reste à traiter le grand objet de la consultation de mes confreres : c'est l'article de ces formidables remboursemens, qui font trembler tout Paris, & qui communiquent l'allarme jusques dans les pro-

vincès. Auroit on crié davantage, fi le Roi
fe fût donné quittance à lui-même? Je fouhaite
de ne jamais voir cette rumeur, mais je penfe
qu'elle reffembleroit affez à celle-ci.

On dit, ami lecteur, qu'il n'eft pas poffible
de guérir de la peur. Quant à moi cependant,
fi le Roi me devoit 10000 livres de rente, &
vouloit bien dès demain me donner 200000 livres, je crois que je cefferois d'avoir peur de
les perdre.

La France eft le pays des enchantemens. On
prétend que la caiffe des amortiffemens eft pil-
lée, que tous les fonds en font divertis, qu'elle
n'a pas fait un feul remboursement; on ajoute,
& l'on prédit très-affirmativement, qu'il en fera
de même dans tous les tems; mais, tremblez
malheureux, une Fée maligne va, pour vous
faire tous enrager, porter des milliards dans
une autre caiffe; dès demain on va fouhaiter le
bon foir à tous les créanciers de l'Etat, en leur
rendant leur argent; & voilà les pauvres gens
à la beface.

Eh bien! Meffieurs les concitoyens, qui craignez également la banqueroute & le rembourfement, tâchez de revenir de votre frayeur. On
ne vous fera point le premier de ces deux
maux; & quant au fecond, fi vous êtes jamais
obligés de le fouffrir, vous aurez eu le tems de
vous aguerrir contre l'horreur qu'il vous caufe
aujourd'hui, & de vous convaincre qu'après
tout on pouvoit vous faire pis.

Mais, après vous être un peu raffurés, dai-
gnez, fi cela fe peut, raifonner tranquillement
avec moi; j'ai lu cet horrible Edit des rembourfemens. Voici ce que j'ai conçu.

Les dettes que le Roi doit payer font de
deux fortes. Il y en a d'anciennes & de très-
ancien-

anciennes, dont le remboursement n'a jamais
été promis, & ne peut être exigé. C'étoient
des contrats de constitution, & le capital étoit
aliéné. Il y en a d'autres plus nouvelles, qui
viennent d'emprunts faits à rentes tournantes,
c'est-à-dire, avec la promesse & l'indication
d'un remboursement successif des capitaux, &
l'assignation des fonds qui y doivent être employés. Cette nouvelle maniere d'emprunter
est bien plus raisonnable que l'autre, car au
moins elle annonce un plan de libération ; si on
s'en écarte, le peuple juge le Ministre, & avec
raison. Je ne dis pas qu'un remboursement dif-
féré fût dans ce cas-là une infidélité ; car, puisque l'on vous paye les intérêts il est juste que
le débiteur ne puisse être contraint d'amortir,
mais il est sage qu'il le fasse ; &, s'il manque
à ces époques fixées, on est pour le moins en
droit de se défier, ou de lui, ou de ses affaires.

Quoi qu'il en soit, le remboursement des
nouvelles dettes étoit assuré. Il y avoit des
fonds destinés à cet emploi. Pour les anciennes, on n'y pensoit plus. Le Roi n'avoit pas
promis de les rembourser : ce qu'il y a même
d'étrange, c'est que très-anciennement quelques-
unes même avoient été stipulées non racheta-
bles, usure qu'aucun Tribunal n'auroit soufferte
entre particuliers. D'ailleurs, toutes ces dettes
étoient de différentes natures, & contractées à
des intérêts & des conditions très-différentes ;
indépendamment de ce que, faisant partie du
patrimoine des familles, plusieurs étoient ou
chargées d'hypotheque, ou grévées de substi-
tutions. Ainsi, avant que de rembourser, il
falloit poser une regle pour les remboursé-
mens.

Ami lecteur, je fens que vous m'allez chicaner ici. Avant que de rembourfer, me direz-vous, il falloit avoir de l'argent: patience, oubliez-vous que je parle à des gens qui voient déja les rembourfemens ouverts, & qui en tremblent?

Mais fi, par hafard, vous étiez déja revenu de votre frayeur, je vous confierois mes foupçons; car j'ai été d'abord étonné comme vous, & j'ai regardé le fecond Edit, non comme inutile, mais comme beaucoup moins preffé.

Cependant, en y faifant réflexion, j'ai trouvé à cet Edit un certain air manchot: foit qu'il ait été mutilé dès fa naiffance, foit qu'il foit deftiné à faire partie d'une plus grande fabrique, il me paroît reffembler à ces bâtimens imparfaits, où l'on voit des pierres d'attente. J'ai été aux éclairciffemens. J'ai oui dire que le Miniftre avoit ofé, pour cette fois-ci, & peut-être fans tirer à conféquence, avoir de grandes vues; qu'il avoit projetté une opération beaucoup meilleure, que celle qui en Angleterre a tant de fois produit des réductions volontaires d'intérêts; que l'on avoit deffein d'établir une caiffe, qui devoit rembourfer d'une main, & reconftituer de l'autre; mais qui ne devoit reconftituer que jufqu'à concurrence du montant des fommes qu'elle auroit remboursées, & toujours à un denier moins fort que celui de l'emprunt amorti: cette caiffe bien adminiftrée ne pouvoit jamais nuire, & fi elle eût pris faveur, elle pouvoit faire des biens immenfes: car le même million qu'elle auroit rembourfé, lui rentrant par une autre voye, pouvoit lui fervir dans une année à réduire, par des rembourfemens fucceffifs, vingt millions de capitaux, du denier vingt au denier vingt-cinq. Or l'intérêt à

quatre pour cent étant encore le plus fort intérêt de l'Europe, ne pouvoit-il pas très-natu-
rellement arriver, que les Etrangers eux-mêmes, en prenant chez nous des contrats à quatre pour cent, nous auroient mis en état de
rembourser la plus grande partie de nos emprunts à cinq, à six & jusqu'à sept & demi?
Pour commencer cette opération, un premier
fonds suffisoit, & l'on dit que le Ministre l'a-
voit trouvé; mais s'il lui a manqué, n'y aura-
t-il pas un moyen, par la suite, de se le procurer? Cela est au moins au nombre des choses
possibles; &, dans ce cas-là, j'avoue que je re-
garderois comme un très-grand homme, un
Ministre, qui, pendant dix ans de paix, auroit
diminué les arrérages que doit l'Etat de 120
millions à 96, indépendamment des remboursemens que pourroit faire, pendant ce tems-là,
la caisse des amortissemens; car par-là, à la
guerre, vous vous trouveriez en état d'emprunter, si vous ne pouviez faire autrement, & si,
ce qui me saigneroit le cœur, vous étiez obligé de suivre le mauvais exemple de nos peres.
Or, dans ce système de remboursemens en-
visagés comme possibles, il étoit donc nécessaire de fixer le pied sur lequel chacun devoit être
fait. Il falloit avoir sa regle toute prête, afin
de ne pas s'entendre dire alors : ou je prétends
que le Roi ne peut pas me rembourser, ou je
prétends qu'il doit le faire de telle ou de telle
maniere.

Mais, parce que cette machine n'est point
encore montée, est-il dit qu'elle ne le sera jamais? Donc la regle doit trouver sa place; &,
comme dès-à-présent il faut commencer à rembourser peu ou beaucoup, elle n'a donc point
été faite hors de propos. Car enfin, en éta-

bliffant la caiffe des amortiffemens, on avoit
bien dit que l'on rembourferoit les dettes anciennes & nouvelles, mais on n'avoit point expliqué fur quel pied ; & par un des articles de
l'Edit, le Roi s'étoit réfervé de régler le fort
& la maniere du rembourfement des anciennes
dettes. C'eft ce qu'il fait aujourd'hui.

Il lui a plû, dans fon Confeil, de dire, *Je
regarderai comme rembourfables toutes mes dettes* :
il n'a point dit, *Je les rembourferai* : car vous
lui auriez répondu, SIRE, *votre Miniftre eft un
Gafcon*. Mais en difant, elles font rembourfables, quel tort vous a-t-il fait ? En lui prêtant
votre argent, aviez-vous cru acquérir une terre ? Je veux même qu'il vous rembourfe, encore une fois quel mal y trouvez-vous ?

Avançons, & cherchons vos griefs, ami
lecteur ; car quand vous aurez raifon, je le dirai tout haut. Je le répete, j'ai foixante-treize
ans, & mon franc parler.

Tout cet Edit des rembourfemens fe réduit
pourtant à mettre en thefe, 1. Que le Roi
pourra fe libérer en toutes fes dettes, & amortir quelque emprunt que ce foit. 2. Qu'il le
pourra, en rembourfant au créancier la fomme
que lui coûte fa créance. Cela me paroît bien
naturel ; cela me paroît également jufte. Ai-
meriez-vous mieux que cela fût encore douteux
comme avant l'Edit ?

Je dis que cela eft jufte : car remarquez qu'il
ne *réduit* pas les capitaux ; il fe contente de *les
liquider*, & il fait ce que l'on fait tous les jours
au Palais. J'appellerois encore ici en témoigna-
ge mon voifin le Jurifconfulte. Quand des biens
font en direction ou faifis réellement ; quand il
y a danger que les derniers créanciers ne perdent leur capital, que fait la Juftice ? Elle

oblige tous ceux qui veulent être payés, d'affirmer qu'ils ont réellement fourni la valeur de la créance. On n'en considere plus le titre ancien, mais on dit au porteur du titre, combien vous a-t-elle coûté ? & si c'est un cessionnaire, il n'est remboursé que de ce qu'il a fourni. Eh bien! mes amis, regardons les biens du Roi comme des biens en direction. Nous sommes tous des créanciers unis ; bornons-nous à demander que l'on épargne les frais, mais ne jettons pas les hauts cris, si on ne nous paye que ce que nous avons donné ; car c'est le moyen de faire en sorte que les fonds ne manquent sur personne.

Lisez après cela, & jugez-vous. Avez-vous entre les mains le titre de vos peres ? Est-ce à leur profit que la rente a été constituée ? Vous ne devez pas perdre un sol, cela seroit injuste; vous serez colloqué pour le tout.

Si moyennant 18 ou 20000 liv. vous avez acheté un contrat sur la ville, qui constitué originairement de 40000 liv. ne produisoit plus quand il aura été vendu que 1000 liv. d'arrérages, seroit-il juste que le Roi vous remboursât le double de votre mise, & rien au créancier qui viendroit après vous ? Je n'ai qu'une question à vous faire : ce contrat combien le vendriez-vous ? Pour combien feroit-il employé dans un lot de partage ? Pour combien même y a-t-il été employé, si c'est votre grand-pere qui en a été le cessionnaire ?

Croyez-vous que par-là je veuille faire l'apologie de ces réductions forcées, & de ces demi banqueroutes que l'on a faites à nos peres ? Fi! mes amis. Dieu veuille le pardonner aux Ministres de ces tems-là ; car il faut le prier même pour ceux qui nous ont fait le plus de mal :

mais aussi faut-il le remercier, de ce que ces belles idées ne viennent plus à leurs successeurs, & de ce qu'ils les rejettent même, quand beaucoup de gens de bien ont la bonté de les leur suggérer.

Je viens à vous, Messieurs les Viagers, & à vous aussi, Messieurs des Tontines. Le Parlement a jugé plus d'une fois, que de pareilles rentes étoient remboursables ; mais je n'imagine pas qu'il eût jamais adopté le bel expédient de M. de Sully, qui en les remboursant, imputa sur le capital les arrérages qui avoient été payés au dessus du denier de l'Ordonnance ; encore moins celui de la Province d'Utrecht, qui, dans la derniere guerre de Louis XIV. se trouvant trop chargée de rentes viageres, s'avisa de convertir en rentes héréditaires à quatre pour cent toutes celles qui étoient dûes à des gens au-dessous de 50 ans. L'Edit ne vous fait point ce tort-là : car, si on vous rembourse, on vous payera la somme entiere, qui aura été portée au Trésor Royal ; &, dans ce cas, le grand mal qui vous sera arrivé, sera d'avoir eu votre argent placé, pendant plusieurs années, à dix ou même à quinze pour cent ; & de pouvoir ensuite le replacer en viager à un denier plus avantageux, puisque vous serez plus âgés. Les pauvres gens ! Ils me font pitié.

Mais, ce qui vous allarme, n'est pas de savoir que ces sortes de rentes sont remboursables, mais de penser qu'elles seront remboursées. Or, sur cela, je veux calmer vos allarmes, & même celles de vos héritiers.

1. Le Roi n'a point dit que vous seriez remboursés ; c'est donc vous qui vous en faites la peur à vous-mêmes.

2. Supposerez-vous que le Roi, qui, dans le

moment préfent, aura tout au plus de quoi faire face à la caiffe des amortiffemens, commencera, pour vous faire enrager, par rembourfer les créances qui lui font le moins onéreufes, & qui s'éteignent chaque jour d'elles-mêmes? Raffurez-vous donc, Meffieurs mes contemporains, & que le défefpoir n'abrege point vos jours.

3. Je fens bien ce qui vous tourmente. Ce font les tontines de 1689 & de 1696. Quelques-uns de vous ont hérité de prefque toute leur divifion, & pour une mife ancienne & très-modique, jouiffent d'un très-gros revenu. Hé bien! mes chers amis, il faut encore vous confoler: fi le Roi qui, par l'article V. de fon Edit, s'eft engagé à ne rembourfer les tontines *que par claffes ou divifions entieres,* veut tirer 300000 liv. de fes coffres pour fe difpenfer de vous payer 20000 liv. de rente pendant deux ou trois ans; car après tout, que faire, fi cette fantaifie prend à fon Miniftre? je n'y fais qu'un expédient, envoyez vos héritiers lui faire des repréfentations.

4. A l'égard des dernieres rentes viageres fur plufieurs têtes, & des tontines plus modernes, il faut convenir qu'elles ont été, prefque toutes, des marchés de moufquetaires; & n'ayez pas peur que j'aille faire l'éloge de celle par laquelle le Miniftre actuel commença fes opérations; j'aimerois autant voir le Seigneur Valere emprunter du Seigneur Harpagon fon pere. Pour celles-là, j'avoue que s'il étoit poffible de les rembourfer, je ne les marchanderois pas; mais encore une fois, fi on rembourfe à ceux dont le revenu eft déjà augmenté, le capital même des défunts qui leur ont laiffé la place vuide, quel tort leur fera-t-on? N'auront-ils pas eu leur argent placé à une ufure énorme? Ma

foi, il eſt permis de crier, mais il faut avoir de
la pudeur; & on ne doit pas venir dire à l'Intendant de la maiſon, vous devez préférer l'intérêt de l'uſurier qui touche tous les ans des
intérêts affreux, à celui du pere de famille que
ces intérêts ruinent.

Ai-je tout dit? je n'en ſai rien : cependant il
me ſemble que j'ai prouvé, 1. Qu'il n'y a point
d'injuſtice dans la regle de rembourſemens que
le Roi s'eſt propoſée. 2. Que de cette regle
aux rembourſemens effectifs il y aura aſſez loin,
pour que le Public revienne de ſa frayeur.

Encore un coup, je n'y conçois rien. Les
effets baiſſent, les négociations languiſſent, on
n'a pas de foi à la caiſſe des amortiſſemens, &
on veut être tout-à-l'heure inondé de rembourſemens. On a bien raiſon de dire que la peur
ne raiſonne pas.

Savez-vous donc ce qui eſt arrivé aux François, & ſur-tout aux François de Paris? Ils é-
toient agités du démon des projets; ils ne rê-
voient qu'à des opérations de finance. Il faut
le leur paſſer : un malade ſe ſent mal à l'aiſe
ſur un côté, il cherche à ſe retourner, ſans
ſavoir s'il ſera mieux. Ils ont vu un Edit qui
ne contenoit aucunes opérations; & ils ont dit,
faiſons-les nous-mêmes : or c'eſt une choſe terrible, que ces opérations dont accouche l'imagination échauffée par la terreur, & à qui la
malignité ſe mêle quelquefois de ſervir de ſage-
femme. Car que n'a-t-on pas vu? que n'a-t-on
pas prédit? que n'a-t-on pas craint? ici c'eſt la
caiſſe des amortiſſemens ſur laquelle tous les
gens de la Cour ſe feront donner des penſions,
pendant que le Roi ſe hâtera de faire rembour-
ſer toutes les tontines & les rentes viageres. Là
c'eſt un deſſein formé de réduire ces mêmes

rentes viageres à cinq pour cent, jufqu'au moment où on les rembourfera. Aujourd'hui c'eft en papier que l'on va tout amortir ; le lendemain on foupçonne que l'on y employera auffi un peu d'argent. Mes confreres, vous ne m'avez pas tout dit ; mais j'ai vu ce Député par lequel vous avez bonnement envoyé demander au Miniftre, s'il voudra bien au moins ne rembourfer que la moitié en billets, c'eft-à-dire ne faire banqueroute que de moitié.

Du papier ! Et quel fervice ce papier rendroit-il au Gouvernement ? Entre les mains du porteur ce n'eft qu'un titre de créance : en auroit-on payé les intérêts ? Il valoit autant laiffer fubfifter les anciens titres. Auroit-on ceffé de les payer ? Ce n'étoit donc pas la peine de fagoter de nouveaux Edits, & il valoit mieux faire, fans papier, banqueroute aux arrérages. Fi ! de l'efcamotage, lorfqu'il n'a pas même l'avantage du preftige.

Eh ! mes amis, faites la critique des Edits, je vous le permets. Mais ne faites pas vous-mêmes des Edits plus terribles que ceux dont on vient de nous embâter. Quoi ! mes confreres, quand vous avez envoyé faire cette belle queftion, fi le Miniftre eût voulu compofer pour le quart en papier, vous auriez donc tranfigé au nom au Public, vous vous feriez chargés de le raflurer ! Dieu nous garde du fuccès de pareilles ambaffades.

Pour moi je vous déclare que je ne fortirai point de mon cabinet : je rirai des rumeurs publiques, mais je braquerai toutes mes lunettes de longue vue fur la caiffe des amortiffemens. J'ai fait le calcul de ce que les Impôts peuvent à-peu-près produire au Roi, & cela me fuffit pour ne pas craindre que les rembourfe-

L 5

mens fe multiplient à l'excès. J'entends d'ici
crier les Arrêts qui font ceffer cette malheureufe fufpenfion de 1759, & r'ouvrent la caiffe
des amortiffemens. Si dès cette année il fort
de celle-ci, comme on me l'a dit, des rembourfemens pour onze à douze millions, je
pardonnerai la petite tricherie du centieme denier, & du fol pour livre, qui feront payés du
jour de la publication des Edits. Cela fera dans
le reffort du Parlement de Paris environ quatre
mois, & dans celui des autres deux mois au
plus d'une mince furcharge, qui ne remplira
pas le vuide que les rembourfemens occafion-
neront fur la totalité du produit; & comptez
que par-là nous n'aurons pas acheté trop cher
la renaiffance du crédit. Il faut bien la remettre en honneur cette caiffe des amortiffemens, & cela dès aujourd'hui, fi cela fe peut,
parce qu'on lui a dit hier beaucoup d'injures;
j'avoue qu'elle les méritoit peu : & fur cela je
me fuis toujours fait un raifonnement auquel je
n'ai point encore entendu répondre. Lorfqu'au
mois d'Octobre 1756, on fut obligé de fufpendre le payement des capitaux auxquels elle
eft obligée, pourquoi auroit-on effrayé le Public par un Arrêt du Confeil, s'il avoit été libre au Miniftre d'y puifer comme dans fon
coffre ? Cet arrêt avoit donc pour objet de fournir une décharge aux Directeurs & aux Tréforiers qui n'aiment pas plus que d'autres à être
pendus : or fçavez-vous qu'ils le feroient, s'il
fe trouvoit le moindre mécompte dans leurs
états, qui font tous les ans examinés par la
Chambre des comptes avec le plus grand fcrupule ? Elle fait ce qui doit entrer dans la caiffe, elle fait ce qui doit en fortir. Elle vérifie
le compte. Elle examine les pieces, & le Tré-

forier reçoit d'elle fa libération. Au-lieu de
tant criailler contre cette caiffe, au-lieu d'allarmer par-là nos créanciers, foit en France, foit
dans les Pays étrangers, il m'auroit paru beaucoup plus fimple d'aller queftionner Meffieurs
des comptes. Ils auroient répondu très-affirmativement, ce que quelques-uns d'eux m'ont dit
à moi-même, que loin qu'on ait jamais détourné un fol de cette caiffe, le Roi y a fait
porter des fommes du Tréfor Royal, lorfque les
affignations dont elle étoit chargée excédoient
le produit du premier vingtieme. Ce font des
faits, & des faits dont on peut fe procurer la
preuve. Pourquoi donc s'allarmer avant que de
s'inftruire ? Mais vous voilà, mes concitoyens;
vous n'êtes jamais affez mal, & vous ne ferez
point contens que l'on ne vous croye ruinés
fans reffource. Mes bons amis, j'en appelle
à vous-mêmes : remettez-vous à l'examen de
votre billet, & dans un an vous m'en direz
des nouvelles.

Ai-je affez radoté ? Mes confreres font-ils
fatisfaits ? Ai-je répondu à toutes queftions ?
Ami lecteur, il ne tient maintenant qu'à vous
de m'impofer filence. Mais fi vous continuez
de me faire entendre la mufique qui m'étourdit
depuis trois femaines, je crierai à tous les
étrangers, & je gage qu'ils répéteront avec
moi : les François font fous, mais ils ne font
pas encore ruinés. Bon foir, car pour aujour-
d'hui j'ai tout dit.

TOUT EST DIT.

LE complément de *la Richesse de l'Etat*, son dernier mot a paru sous le titre de DEVELOP-PEMENT, il en étoit tems ; car ce premier Ouvrage qui en a produit tant d'autres, étoit obscurci par ses Critiques, ou défiguré par ses Commentateurs : TOUT EST DIT : On rend hommage à la vérité dans la feuille nouvelle, & les Parties sont prêtes à transiger ; il n'est question que de réunir sous un même point de vue tous les aveux, & de rassembler tous les faits sur lesquels on est actuellement d'accord ; c'est la seule façon de raisonner solidement, & avec quelqu'espérance de décider pertinemment la question qu'on a soumise au jugement du Public ; il ne faut plus que quelques momens d'attention pour suivre des raisonnemens & des calculs très-abrégés.

On convient enfin dans le DEVELOPPEMENT (a) que l'Impôt unique proposé dans *la Richesse de l'Etat*, est une Capitation réelle. On invoque même les Déclarations du Roi de 1695 & de 1701, pour servir de base & d'assiette à l'Impôt : PREMIERE VERITE'. On convient encore que la répartition qui se fait actuellement de la Capitation, est aussi exacte qu'elle puisse être ; qu'elle n'est point imposée arbitrairement par les Intendans , ,, & qu'elle est réglée ,, (comme on l'a dit aux Auteurs (b) dans les ,, Pays d'Etat par les Syndics & les Députés

(a) Ci-dessus pag. 18.
(b) Développement.

„ ordinaires ; que dans les Pays d'Election le
„ Rôle de la Capitation des Nobles eſt dreſſé
„ par un Gentilhomme choiſi par le Corps de
„ la Nobleſſe ; & le Rôle des Taillables par les
„ Syndics & Collecteurs de chaque Paroiſſe ;
„ qu'à Paris, les Cours ſupérieures s'impoſent
„ elles-mêmes, & impoſent tout ce qui leur
„ eſt ſubordonné ; & qu'il en eſt uſé de même
„ par les Compagnies ſubalternes ; enfin, que
„ les Corps des Arts & Métiers ſe taxent eux-
„ mêmes ſous les yeux du Magiſtrat de Poli-
„ ce, & que le reſte des Habitans, ſimples
„ Bourgeois, eſt taxé par le Prévôt des Mar-
„ chands : SECONDE VERITE' ".

Sur ce principe, on ajoute dans la nouvelle
feuille, que tous ceux qui payent actuellement,
doivent continuer à payer l'Impôt unique. „ Mais
„ on dit encore que les biens - fonds ne ſont
„ pas la ſeule richeſſe de l'Etat qui doive con-
„ tribuer à ſes charges, que les contrats de
„ rente, les effets de commerce, les P O R T E-
„ F E U I L L E S, les magaſins ; ce que nous
„ fournit l'Etranger, les matieres premieres,
„ toutes les valeurs en un mot, réelles ou fic-
„ tives, qui ſe trafiquent ou peuvent s'échan-
„ ger avec de l'argent, doivent ſervir à ac-
„ quitter les dettes de l'Etat : T R O I S I E M E
„ VERITE' ".

D'où il ſuit, 1. (a) „ Que la proportion à
„ impoſer ſur chacun, peut varier ſuivant les
„ différentes (b) NUANCES DES FORTUNES ; 2. (c)
„ que le montant de l'impoſition doit ſe régler
„ ſur les beſoins de l'Etat ; & qu'enfin c'eſt
„ dans les Rôles actuels qu'il faut chercher le

(a) Développement.
(b) Ibid.
(c) Ibid.

,, nombre réel & effectif des Contribuables ;
,, QUATRIEME VERITE''.

,, (a) La maffe totale de chaque Rôle demeu-
,, rera fixe & déterminée ; mais la diftribution
,, de cette impofition entre tous les Contribua-
,, bles d'un même Rôle, fera foumife à leur
,, critique '' ; c'eft-à-dire que fi un Rôle porte en totalité cinq cent mille livres, la répartition en fera faite proportionnellement aux facultés de chaque Contribuable du même Rôle :
CINQUIEME VERITE'.

En portant à fept cent quarante millions
l'Impôt unique, ,, (b) *La Richeffe de l'Etat* n'a-
,, voit prétendu que montrer dans toute fon
,, étendue l'immenfité de cette reffource, don-
,, ner à connoître tout ce qu'on PEUT FAIRE,
,, mais qu'il n'eft pas prudent en ce genre de
,, faire tout CE QU'ON PEUT: SIXIEME VE-
,, RITE '''.

En conféquence, & pour fe mettre à la portée de tout le monde, ,, (c) le Développement
,, réduit à 250 millions l'Impôt de 740 mil-
,, lions du précédent tableau ; & la Capitation
,, univerfelle de deux millions de chefs de fa-
,, mille ne devra plus fe monter qu'à 208 mil-
,, lions ''.

Il eft à propos de joindre à ces vérités re-
connues par les Auteurs de *la Richeffe de l'E-
tat*, d'autres vérités inconteftables, telles, par
exemple, que celles-ci.

L'IMPÔT GE'NE'RAL qui forme la recette de
tous les revenus du Roi, eft de deux fortes :
l'une que nous appellerons l'Impôt forcé, c'eft
la Taille, la Capitation, les Vingtiemes ; il faut

(a) Développement.
(b) Ibid.
(c) Ibid.

les payer EN ARGENT, il faut avoir vendu fes
denrées, recouvré tout ce qui eft dû, liquidé
tous les produits de fon fol, de fon travail &
de fon induftrie pour l'acquitter ; les Contribuables font contraints au payement de cet
Impôt par des voyes de rigueur, le poids en
eft aggravant pour les peuples, tout le monde
fe recrie fur la maniere dont ce genre d'Impôt
eft affis, & tout le monde convient de l'impoffibilité démontrée de porter l'Impôt forcé
au-delà de ce qu'il eft aujourd'hui.

L'AUTRE ESPECE D'IMPÔT eft, pour ainfi
dire, volontaire ; il porte fur les confommations de tous les genres, il fe paye par les
Contribuables infenfiblement, au jour le jour,
au fur & à mefure de leurs befoins, & fuivant
que leur état, leur fortune, leur luxe, & fouvent leur fantaifie les determine à y contribuer.

Une grande Ville, par exemple, paye cent
mille écus de Capitation ou d'Impôt forcé, &
elle en paye peut-être autant en droits de confommation fur les entrées de vin & de beftiaux ;
fur le fel, fur le tabac, &c. Mais il arrive que
les Habitans trouvent la Capitation infupportable, ils ne font occupés toute l'année qu'à préfenter des Requêtes pour obtenir la diminution
de l'Impôt forcé, de la taxe perfonnelle à laquelle chacun d'eux eft impofé : ils s'apperçoi-
vent beaucoup moins de l'Impôt fur les confommations, quoiqu'il foit auffi fort : on n'eft
pas obligé d'avoir recours à des exécutions rigoureufes pour en faire la perception ; les E-
trangers qui paffent dans cette Ville, ou qui
viennent y féjourner, payent également tous
ces droits. Tels font les effets de l'Impôt volontaire & de l'Impôt forcé mis en oppofition :

ces faits étant certains & ces vérités recon-
nues, examinons le nouveau Plan.

Diminue-t-on la fomme de l'impofition, ou
bien la répartit-on fur un plus grand nombre de
Contribuables ? Non, la fomme eft la même,
les Rôles font les mêmes, tout eft égal. Il
n'eft donc plus queftion que de la maniere de
lever l'Impôt unique & général.

LA RICHESSE DE L'ETAT donne la préférence
à la maniere fuivant laquelle on répartit & on
leve actuellement l'Impôt forcé ; on veut rejetter fur lui la fomme que les Peuples payoient
infenfiblement pour l'Impôt volontaire, tout fe
payera à l'avenir par cotte d'impofition ; les
Receveurs des Tailles & les Receveurs-Généraux des Finances feront tout le recouvrement ;
& au lieu d'une fomme de cent millions à laquelle fe monte actuellement l'Impôt forcé en
Taille, Capitation, Vingtieme, Induftrie, &c.
on impofera fur les Peuples deux cent huit
millions ; cela eft très-fimple. Venons à l'opération.

On donnera les ordres à tous ceux qui font
chargés actuellement de la confection des Rôles, d'affeoir le nouvel Impôt, fuivant le Rôle
dernier arrêté, (a) „ & d'impofer chacun, PAR
„ la fomme qu'il paye préfentement, à la
„ fomme qu'il devra payer à l'avenir ", mais
fur une nouvelle combinaifon de fes facultés
univerfelles, même de celles qui ne font que
paffer par fes mains, & dont il payera l'Impôt en proportion de ce qui fera arbitré qu'il
peut lui en être refté : ainfi l'on évaluera tous
les effets de commerce que chacun peut avoir
eu

(a) Développement.

eu en fes mains dans le cours d'une année, pour eftimer le profit qu'il aura pu faire en les échangeant ; on arbitrera les PORTE-FEUILLES, la quantité de marchandifes qu'un Marchand a dans fon magafin ; on calculera ce qu'il en aura vendu, tant au comptant qu'à crédit, ce qui lui en refte invendu, & fon profit net. On faura ce que l'Etranger aura fourni de matieres premieres dans le commerce intérieur, & le profit qu'il aura pu donner à fon Commiffionnaire, afin de le taxer ; les valeurs idéales & fictives feront réalifées figurativement pour être foumifes à l'Impôt ; le profit du Financier, l'induftrie de l'Ouvrier, le travail du Journalier, tout fera fujet à l'appréciation. Cette eftimation arbitraire paroît être d'un détail immenfe ; mais il n'eft queftion que d'entendre le travail, pourfuivons.

La Déclaration de 1695 pour la Capitation, avoit fait une divifion de tous les Contribuables en 22 claffes, fuivant la qualité des perfonnes ; mais on fentit bien-tôt le vice d'une impofition qui dévenoit totalement inégale à caufe des facultés difproportionnées des particuliers de la même claffe. La Déclaration de 1701 ordonna que la Capitation feroit répartie par Rôles, fuivant les facultés.

Ce n'eft donc plus fur la qualité des perfonnes qu'il faut faire les claffes, mais fuivant les facultés, comme le demande le *Développement*, c'eft-à-dire que tous les Cotifés à la même fomme, ou à peu près, feront de la même claffe ; la chofe eft faite par les Rôles de l'Impôt forcé : ainfi les defirs du *Développement* ne demandent aucun nouveau travail, puifqu'il convient que c'eft à ces Rôles qu'il faut s'en tenir ; nous fommes donc d'accord de ne pas faire de nouvelles claffes, & TOUT EST DIT A CET EGARD.

Il n'en eft pas de-même de l'opération néceffaire pour répartir les cent huit millions qu'il faut augmenter fur l'Impôt forcé, lequel fe monte déjà à cent millions. Nous nous fommes donné la liberté de tout eftimer arbitrairement ; convenons avec *la Richeffe de l'Etat* que le meilleur travail poffible eft de foulager les campagnes & les plus malaifés de Contribuables.

Dans ce principe, traitons favorablement tous les bas Cotifés au-deffous de deux cent livres, & ne leur faifons éprouver aucune augmentation du nouvel Impôt de cent huit millions.

Combinons enfuite exactement les NUANCES de toutes les fortunes des hauts Cotifés ; ils font environ le quart des Contribuables, & ils portent entr'eux au moins la moitié de l'Impôt actuel & forcé de cent millions, ce qui fait cinquante millions. Il faudra donc, en pefant toutes leurs facultés, faire porter à ces hauts Contribuables cent cinquante-huit millions, au-lieu de cinquante qu'ils portent actuellement. Par exemple, tel qui paye quatre cent livres de Taille, Capitation, Vingtiemes, &c. payera à l'avenir douze cent foixante livres de tout Impôt, & ainfi des autres ; ils peuvent dès-à-préfent fe juger.

Mais nous les entendons pouffer de grands cris ; on leur répondra que c'eft pour le plus grand bien, pour foulager les campagnes, pour les délivrer des Aydes & Gabelles, en un mot de tous droits incommodes qui fe perçoivent fur la confommation ; on leur démontrera qu'en arbitrant leurs dépenfes, on a trouvé qu'aucun d'entre eux ne payoit moins du triple de leur Impôt forcé, en acquittant insensiblement tous les droits de consommation. Mais on aura beau raisonner avec eux, ils se récrieront toujours sur la dureté d'une imposition arbitraire, forcée, fixe, déterminée, & qui se montera, comme ils offriront de le prouver, fort au-delà de ce qu'ils sont en état de payer.

En vain la plus grande partie de ces hauts Cottisés dira-t-elle qu'elle ne possede pas, à beaucoup près, des biens-fonds & des immeubles en proportion de cette taxe ; on lui prouvera, suivant les maximes invariables que nous ayons recueillis du *Développement*, (premiere & seconde Vérité), qu'un talent quelconque, une ressource, une nouveauté, tout objet d'émulation, toute possession réelle ou imaginaire, pourvu qu'elle puisse s'évaluer dans l'opinion des hommes, ou s'échanger en argent, est sujette à l'Impôt, à l'estimation arbitraire qui en a été & dû être faite ; qu'ainsi ils sont justement imposés.

Enfin on les assurera que si cette estimation étoit faite avec exactitude, ils en devroient payer encore trois fois autant, suivant le Tableau de sept cent quarante millions présenté dans la *Richesse de l'Etat*; qu'on ne l'a réduit à deux cent huit millions, que parce qu'il n'est pas prudent en ce genre de faire tout ce qu'on peut; & qu'ainsi, loin de se plaindre, ils doivent se réjouir de la diminution qu'on leur a faite des deux tiers de l'Impôt qu'on auroit pu leur faire supporter. Cela est conforme à la CINQUIEME VERITE.

Dans les hautes classes, les particuliers qui crieront le plus, seront ceux qui, quoique dans l'aisance, mais moins opulens que les million-

naires, diront: ,, Pourquoi nous faire payer
,, deux fois en-fus le montant de notre Impôt
,, forcé pour tenir lieu de tous autres droits,
,, nous qui en payant cent écus & quatre cent
,, livres de Taille, Vingtiemes, Capitation,
,, n'avons jamais payé douze cent livres ni
,, quinze cent livres de droits de confomma-
,, tion ? Je prenois au grenier, dira l'un, deux
,, minots de fel, fur lefquels l'Impôt pouvoit
,, être de cinquante livres (plus ou moins fui-
,, vant la Providence,) cy . . . . . 50 liv.
,, Le droit fur les boiffons dè tóute
,, ma maifon pouvoit aller à . . . . . 60 liv.
,, Je prenois du tabac pour . . . . 60 liv.
,, Je payois de Capitation, de Tail-
,, le & de Vingtiemes, en tout . . . 400 liv.

570 liv.

,, Tandis que tous les gens riches au-deffus
,, de nous payoient en droit de confommation
,, de toute efpece, pour eux & pour leur mai-
,, fon, pour le luxe de leur table, de leurs é-
,, quipages, de leurs habillemens, & en Im-
,, pôts fur leurs biens, les uns quatre, d'au-
,, tres fix, & jufqu'à 20000 liv. d'impofitions,
,, pourquoi donc alléguer leur fardeau pour
,, nous faire fuccomber fous le poids dont on
,, veut nous furcharger " ?
On connoît les difficultés du recouvrement
ordinaire, & ce qu'il en coûte aux Contribuables eux-mêmes pour retirer cent millions de
l'Impôt forcé; que fera-ce donc, lorfqu'il faudra en retirer au moins le triple des particuliers qui feront compris dans les claffes des
hauts Cottifés? ,, Pourquoi, diront-ils, ne

„ pas charger davantage les pauvres & ceux
„ qui vivent dans la médiocrité ? Ne payent-ils
„ pas à caufe de leur nombre & de leur tra-
„ vail, la plus groffe partie de l'Impôt volon-
„ taire ? Et ce n'eft pas pour eux la charge la
„ plus pefante affurément ".

Allons, il faut céder, on le fent bien. Abandonnons l'idée de favorifer les bas Cotifés ; &
puifque tout ce qui fe pratique actuellement en
matiere d'impofition arbitraire eft conforme à
l'équité, qu'en un mot, tout ce qui eft à cet
égard, eft bien, contentons - nous de doubler
les cottes de tous les Contribuables indifférem-
ment, c'eft-à-dire doublons la Taille, la Capitation, le Vingtieme, l'Induftrie, & TOUT
SERA DIT.

Mais la charge de cet Impôt eft infupportable dans l'état préfent, comment donc parvenir à le doubler fur tous les Contribuables ? C'eft-
là cependant où fe réduit le fyftême de *La Ri-*
cheffe de l'Etat : le nombre des Cotifés doit refter le même, l'eftimation des biens fur lefquels
portent les Impofitions, eft faite par les Contribuables eux-mêmes ; & parce qu'on fe plaint
que les campagnes furchargées voyent leurs
champs ftériles, leurs villages dépeuplés, leurs
biens dévaftés, comme s'ils euffent été au pouvoir de l'ennemi ; parce qu'on attribue tous ces
maux à l'exorbitance de l'Impôt forcé, à la taxe arbitraire, on propofe pour tout remede de
la doubler, en fupprimant, il eft vrai, de l'Impôt général tout ce qui étoit infenfible & volontaire, qui fe payoit en partie par les grandes Villes, & même par les Etrangers. On
conviendra que ce n'étoit pas la peine de produire & de fe faire imprimer (*a*).

(*a*) On ne prétend pas foutenir qu'il n'y ait d'autres

M 3

C'eſt où finit la diſcuſſion des calculs de la nouvelle feuille du *Développement* & des moyens d'en faire uſage; il n'eſt plus queſtion que de relever quelques propoſitions ſingulieres ſemées dans cet Écrit, parce qu'elles forment la baſe des ſophiſmes qui ont cours aujourd'hui. Cela ne ſera pas long.

„ Qu'on ne ſe figure pas, dit l'Auteur du „ *Développement*, que le Roi ſoit mieux trai- „ té par ſes Fermiers qu'un particulier l'eſt „ par les ſiens. Or un particulier retire à pei- „ ne le tiers du produit réel de ſon bien, les „ deux autres tiers ſont conſommés par ſes „ Fermiers en avances ou en frais. Le Roi eſt „ traité de-même: donc le produit net des re- „ venus qui rentrent dans les coffres du Roi, „ n'eſt que le tiers de ce qui ſe perçoit en ſon „ nom ſur ſes Sujets.

„ Ainſi, puiſqu'il eſt conſtant que le Roi re- „ tire net deux cent cinquante millions, il faut „ tripler, & dire que les Peuples payent ſept „ cent cinquante millions, c'eſt-à-dire, cinq „ cent millions de frais ".

Suivant cette propoſition, les frais du recou-vrement devroient ſe monter aux deux tiers en-ſus de l'Impôt: nous avons vu qu'il eſt ou forcé ou volontaire. Les frais de l'Impôt forcé ſont connus: quatre deniers pour livre aux Col-lecteurs, quatre deniers aux Receveurs des Tail-les, quatre deniers au Receveur-Général, ce qui fait un ſol: qu'il y ait un autre ſol en attri-butions extraordinaires, gages de la Finan-ce des charges ou avances, il n'y aura jamais au-delà de deux ſols, qui font dix pour cent,

moyens de répartir l'Impôt volontaire plus également, peut-être, pour les campagnes & pour les villes; mais ce n'eſt pas ici le lieu d'en traiter,

Suppofant donc que l'Impôt forcé fe monte à cent millions, les deux fols pour livre feroient dix millions, mais non pas deux cent millions de frais de recouvrement pour les deux tiers en-fus, que l'Auteur du *Développement* prétend qui font impofés fur les Peuples ; & dans cette partie, le Roi feroit bien mieux fervi que les particuliers, s'il eft vrai qu'il en coûte à ceux-ci les deux tiers en-fus pour les frais d'avance & le recouvrement de leurs revenus.

Mais de cinq cent millions que le *Développement* a paffé pour ces frais, ôtant dix millions pour ceux de recouvrement de l'Impôt forcé, il refte quatre cent quatre-vingt-dix millions que l'Impôt volontaire doit coûter en frais de perception. Or toutes les parties de l'Impôt volontaire étant raffemblées, ne vont pas à plus de cent quarante millions. Suppofons fur ce produit les profits du Fermier à quinze pour cent, ce fera .   .   .   .   .   20 millions.

Les frais des Commis & de la Régie à une fomme pareille de . .   20 millions.

Les avances des Fermiers - Généraux mêmes des Actions des Fermes, 132 millions à fix pour cent .   .   .   .   .   .   7 millions.

_____

47 millions.

Il manqueroit encore pour porter à 500 millions les frais du recouvrement général .   .   .   453 millions.

_____

Total   .   ,   .   .   500 millions.

===

Il fuit de cette démonftration, que fi c'eft dans la vue d'affranchir les Peuples des frais de recouvrement qu'on a voulu rejetter fur

M 4

l'Impôt forcé tout ce qu'ils payent en Impôt volontaire, c'est pour un objet apparent de quarante millions, & non de cinq cent millions d'économie.

Le nœud de ce sophisme est dans la comparaison des revenus du Roi avec les revenus des particuliers : ceux-ci sont tenus des frais de culture, des réparations, & de l'Impôt lui-même qu'on veut doubler. Les revenus du Roi ne peuvent en aucune façon s'y assimiler, & ces deux natures de biens ne se ressemblent pas. Il n'est donc pas vrai que s'il en coûte aux particuliers les deux tiers de leur revenu brut pour en faire le recouvrement, il en coûte les deux tiers au Roi pour faire le sien.

„ Les Directeurs des Fermes, dit-on (a),
„ les Contrôleurs & les Receveurs comptent au
„ Fermier-Général de ce que la Ferme exige
„ d'eux, &c. "

Cela n'est pas clair : la Ferme n'exige de ses Commis que les produits plus ou moins forts de leur perception. Il sembleroit, suivant le *Développement*, que les Fermiers sous-traitent les parties de perception à leurs Commis, qui cachent aux Fermiers leurs profits indirects. Ces profits, dit-on, sont les accommodemens que les Directeurs font avec ceux qui sont tombés dans quelque contravention ; plus, les frais *supposés* qu'on leur fait payer, & qui n'entrent dans aucun compte : d'où l'on conclud
„ que les frais accessoires surpassent le princi-
„ pal, & sont les véritables surcharges des
„ Peuples ; surcharges qui se multiplient en rai-
„ son de la multiplicité des Droits & Impôts".

Un peu plus de connoissance de ce qui se pra-

(a) Développement.

tique à cet égard, ou des informations plus exactes auroient épargné au *Développement* les frais de cette fortie, & le fophifme où elle te conduit.

1. Les Commis comptent de tout aux Fermiers, & ils ne peuvent, fans être pourfuivis extraordinairement pour crime de vol, cacher ni retenir aucune partie de leur recette.

2. Les Commis comptent de-même aux Fermiers de tous les accommodemens que les contraventions occafionnent ; accommodemens qui conviennent mieux fans-doute aux contrevenans, que d'être traités fuivant la rigueur des Ordonnances ; accommodemens qui fe font prefque toujours fuivant les ordres des Fermiers, & en conféquence des avis du Directeur.

Le Commis principal ne garde donc pas pour lui le profit des accommodemens ; & il ne peut le garder, puifqu'il a pour furveillans les Commis qui ont furpris la contravention, ou les Commis du même Bureau, qui donneroient bientôt avis aux Fermiers d'une fi haute prévarication.

Quant aux frais, ils font ordinairement remboursés par celui qui a demandé & qui a fait l'accommodement ; ils fe bornent prefque toujours au procès-verbal qui a découvert la fraude.

(*a*) CONTRAINTE, PROCÈS-VERBAUX, SAISIES, EXECUTIONS. On ne contraint pas avant d'avoir verbalifé ; on verbalife, on faifit & l'on affigne le délinquant pour le faire condamner à la confifcation & à l'amende au payement de laquelle il doit être contraint.

_____

(*a*) Développement.

M 5

Ce font les inconvéniens connus dans toute perception de droits que la cupidité cherche à frauder ; mais en fe récriant fur les formalités que la découverte de ces fraudes occafionne indifpenfablement , le *Développement* n'a pas prétendu fans-doute les excufer ; car la fraude eft auffi nuifible aux Sujets qui payent les droits de bonne-foi, qu'au Fermier qui doit les percevoir ; puifque celui qui fraude les droits, fe procure un moyen de vendre fa denrée ou fa marchandife à meilleur marché que celui qui paye les droits du Roi légitimement. Il rompt par conféquent l'égalité du Commerce, & il intervertit l'ordre de la Société. Cette fraude eft donc puniffable fuivant les Loix ; mais il faut la conftater pour la punir : de-là les procès-verbaux & les formalités légales contre lefquelles on fe récrie fi hautement

3. Le *Développement* affure que ces frais & ces faifies rendent l'exaction des droits infupportable, & furpaffent de beaucoup le principal des droits, d'où il fuivroit que tout le monde feroit la fraude, que perfonne ne payeroit les droits qu'après avoir été furpris en fraude, & après en avoir payé les frais, ou fait un accommodement pour la contravention. Mais au contraire, la plus faine & la plus grande partie des confommateurs paye les droits de bonne-foi ; ils fe plaignent même affez fouvent du défaut de févérité contre ceux qui fraudent les droits, ou qui fe difpenfent, fous différens prétextes, de les payer.

Les accommodemens & les frais des contraventions ne font donc pas des droits impofés fur les Peuples ; ils ne furpaffent donc pas le montant de la perception ; ils ne font donc point faits par les Commis, & ne tournent à leur profit que quand les Fermiers le veulent bien. Enfin, si les frais de la fraude sont insupportables, ce n'est donc que pour ceux qui la font, & qui en sont punis ou par des accommodemens coûteux, ou par condamnation des Tribunaux.

On ne relévera pas d'autres erreurs, ni tous les sophismes qui sont l'essence de ce petit Ouvrage; le Public instruit les voit, & doit être bien las de tant d'Ecrits. Nous ne dirons qu'un mot, en finissant, sur les Epiciers & les Apothicaires de Paris.

„ Qui payera, dit - on (a), *dix millions* de „ droits par année sur leurs marchandises, in- „ dépendamment des autres Impositions "? Mais les droits sur les marchandises de toute espece, tant en entrant qu'en sortant du Royaume, y compris les droits qui se payent dans l'intérieur en passant par de certaines Provinces, n'excedent pas douze à quatorze millions : comment les Epiciers & les Apothicaires de Paris en payeroient-ils eux seuls dix millions? C'est un compte d'Apothicaire, & TOUT EST DIT.

(a) Développement.

TOUT N'EST PAS DIT.

*Réponse de Candide au Docteur Panglosſ
sur son Optimiſme des Finances.*

Caſtigat ridendo mores.

Tout peut être fait, Monſieur ; je ne ſerois pas étonné qu'on ne changeât rien à la forme des Impôts , parce qu'avec de l'or on ſe tire toujours d'affaire , & que les Financiers ſont ſi appuyés qu'ils ne ſauroient périr ; mais le Patriotiſme eſt incorruptible, on le prêche juſques ſur les toits, & rien n'eſt capable de faire taire un bon citoyen quand il s'agit de défendre ſa patrie, & de parler pour le bien public. Cicéron bravoit les ennemis de Rome, il les apôſtrophoit en plein Sénat, il encourageoit les Céſars , & faiſoit échouer Catilina. Je ne ſuis pas un Cicéron, tant s'en faut, mais ſeriez-vous un Caton ? Tous les Financiers ſeroient-ils des Romains ? Sans être auſſi éloquent que ce grand homme, on peut être auſſi bon citoyen, dire d'auſſi bonnes choſes, quoiqu'on ne les rende pas auſſi bien. L'âne de Balaam a prophétiſé ; tout chrétien doit être apôtre, tout citoyen devient ſoldat, & tout homme de plume peut écrire. Il ne faut pas être marguillier pour ſonner le tocſin, il ſuffit de voir le feu & d'avoir des bras. Le cris des oyes a ſauvé le Capitole, & tout le monde peut parler, puiſqu'on en a donné la permiſſion.

On a déjà beaucoup écrit fur les Impôts, mais on n'a pas encore tout dit, la matiere eft inépuifable ; & tant qu'on la laiffera à nos réflexions, on trouvera toujours de nouveaux fujets de fe plaindre de la perception actuelle, & de nouvelles raifons pour réclamer les bontés du Roi. C'eft un abyfme dont on ne fauroit fonder la profondeur ; c'eft un myftere d'iniquité dont on ne peut percer toute l'injuftice ; mais à travers les nuages dont les Fermiers cherchent à l'obfcurcir, on voit toujours un grand défordre, & la plus grande déprédation. On a beau vouloir embrouiller la matiere, il fait encore affez clair pour voir que l'Etat eft volé, & que le Roi ne touche pas la moitié de ce que nous payons. En vain chercheroit-on à nous donner des doutes, & nous affureroit-on que tout eft bien. Nous fommes fûrs du contraire, & nous ne fommes pas à nous appercevoir que tout eft mal : nous ne faurions douter de notre exiftence ; nous fentons notre mal-être, & nous defirerions d'être mieux. Il n'eft pas défendu de chercher fon avantage.

L'homme eft né avec un appétit au bien, rien ne fauroit éteindre cet appétit, les miferes de la vie ne font que l'augmenter ; on meurt avec le defir de vivre, & l'efpérance eft le contre-poids de nos maux. On aime à fe flatter. Pourquoi nous ôter cette efpérance, & vouloir nous priver de faire des repréfentations, de donner des projets ? C'eft bien le moins que de pouvoir fe plaindre. L'agneau crie quand on l'égorge ; les larmes peuvent toucher, au moins adouciffent-elles les maux, & font-elles le réfuge des malheureux. Eft-ce pour nous confoler, Monfieur le Docteur, que

vous nous dites que tout eſt bien, qu'on ne
ſauroit jamais faire mieux, & qu'il eſt inutile
de chercher des remedes à nos maux.

La preuve que tout n'eſt pas bien, c'eſt que
l'Etat doit beaucoup, & qu'on n'a pas de moyen pour s'acquitter. La preuve que tout n'eſt
pas bien, c'eſt qu'il eſt des Officiers qui ont
bien ſervi, & qui n'en ſont pas moins réformés. La preuve que tout n'eſt pas bien, c'eſt
que la Marine eſt détruite, & qu'on ne ſauroit
la relever. La preuve que tout n'eſt pas bien,
c'eſt qu'il pourroit ſurvenir une guerre, & que
nous n'aurions plus de reſſource pour la faire.
La preuve que tout n'eſt pas bien, c'eſt que
les Sujets payent beaucoup, & que le Roi ne
touche preſque rien. La preuve que tout n'eſt
pas bien, c'eſt que le Financier s'engraiſſe, &
que le Peuple meurt de faim. La preuve que
tout n'eſt pas bien, c'eſt qu'il n'y a ni juſtice,
ni proportion dans les Impôts, & que c'eſt le
cultivateur qui paye tout, tandis que l'argent
& le papier ne payent rien. La preuve que
tout n'eſt pas bien, c'eſt que tout le monde
dit que c'eſt mal. La preuve que tout n'eſt pas
bien, c'eſt que chacun ſe plaint, & que perſonne n'eſt content. La preuve que tout n'eſt
pas bien, c'eſt que les plus modérés crient.
La preuve que tout n'eſt pas bien, c'eſt que
les Parlemens ne ceſſent de faire des remontrances, & d'importuner le Roi. La preuve
que tout n'eſt pas bien, c'eſt que le Miniſtere
en convient lui-même, qu'il cherche à corriger les abus, & qu'il y a eſpérance qu'on fera
mieux. La preuve que tout n'eſt pas bien,
c'eſt qu'on nous a donné cette matiere à diſcu-
ter. La preuve que tout n'eſt pas bien, c'eſt
qu'on eſt bien reçu à donner des projets. La

preuve que tout n'eſt pas bien, c'eſt qu'on a ordonné des quadaſtres, & qu'on veut établir un nouvel Impôt. La preuve que tout n'eſt pas bien, c'eſt que.... Ce n'eſt donc pas le moyen de faire la cour au Miniſtere, de dire que tout eſt bien, tandis qu'il le trouve mal; c'eſt plutôt le cenſurer que le louer, & c'eſt ſe deshonorer en pure perte.

La forme actuelle de l'Impôt n'eſt point l'ouvrage du Miniſtere, c'eſt une ſuite d'anciens abus qui ſe ſont perpétués, qui ſe ſont accrus à meſure qu'on a mis de nouveaux Impôts, & qu'on a établi de nouveaux Droits. On a ajouté une roue, une poulie à la machine, à proportion qu'on en a eu beſoin; & elle eſt ſi compliquée aujourd'hui, qu'elle ne produit preſque plus aucun effet. Tout ſe dépenſe pour l'entretien, à peine a-t-on de quoi graiſſer tous les reſſorts, tant ces reſſorts ſont multipliés, & tant le fer dont on s'eſt ſervi eſt mauvais. C'eſt la machine de Marly qui a pu être utile un tems, mais dont on n'a plus beſoin aujourd'hui, parce que les eaux peuvent naturellement couler à Verſailles. On la laiſſe cependant ſubſiſter, parce qu'elle eſt digne de l'attention des Curieux, & mérite l'éloge des Artiſtes. Mais il n'en eſt pas de-même de celle des Financiers; il n'y a rien de merveilleux dans ſa ſtructure; elle devient de plus en plus un ſujet de critique pour les connoiſſeurs; & il n'y a que le Docteur Pangloſſ qui puiſſe la trouver bien.

A ſon avis, tous les Financiers ſont d'honnêtes gens, il répond même des Commis, ſi l'on veut accepter ſa caution. Il en faut à ces Meſſieurs, & celle-ci eſt trop bonne pour la refuſer; auſſi eſt-il ſûr de ſon fait, il veut

tranfiger avec nous ; qu'eft-il befoin de demander les fuffrages , l'Auteur des *Doutes* (a) les a recueillis ; donnons-leur notre procuration , nous
verrons de belle befogne , ils pafferont une
tranfaction , le Public la ratifiera , & tout fera
dit.

Mais pourquoi paffer une tranfaction ? E-
pargnons le papier marqué , entre honnêtes gens
il n'eft pas befoin d'écrire , la parole fuffit. Convenons feulement de nos faits , & nous ferons
bientôt d'accord.

Ces Meffieurs nient que la perception coûte
autant qu'on le prétend , & veulent qu'elle ne
monte qu'à cinquante millions. Ne chicanons
point : je n'aime point la difpute : je veux tout
ce qu'on veut, & je fuis de bonne compofi-
tion. Mais ne coûta-t-elle que cinquante millions ? Pourquoi cette perte dans l'Etat. *Ut quid*
perditio hæc (b). Ne peut-on pas épargner ces
cinquante millions ? Ne peut-on pas du-moins
en ménager quarante ? La perception peut fe
faire pour dix, qu'on emploie le refte aux befoins de l'Etat, qu'on diminue les taxes, qu'on
les partage entre les laboureurs , entre les pauvres. *Potuit enim iftud venumdari multùm , &*
dari pauperibus ? Que de biens n'opéreroit pas
une pareille décharge ! Quel avantage pour les
campagnes !

Si la révocation de l'Edit de Nantes a occafionné tant de tranfmigrations, combien n'en
occafionnent pas les Edits burfaux, fur-tout quand
ce font des Traitans qui les réduifent à exécution ?

Quelle néceffité de fouler tout un peuple,
pour faire plaifir à une poignée de gens : il faut
faire

(a) Voyez ci-deffus p. 85.
(b) Matth. XXVI.

faire un changement en France, quarante millions en valent la peine ; on en fait tous les jours à meilleur marché, je ne vois aucune raison pour laisser subsister un pareil abus. Pourquoi cette sangsue dans l'Etat ? Il est des maux dont il peut revenir un bien. C'est la raison pourquoi j'ai passé au Docteur Pangloss son Optimisme sur la Providence ; le mal physique peut occasionner un bien moral ; mais la perception est non seulement un mal physique, mais même un mal moral ; elle occasionne beaucoup de crimes, & ne peut produire aucune vertu. Laisser subsister les fermes, c'est aimer le mal pour le mal, *Amare malum quatenùs malum.* Or, comme personne ne peut aimer le mal pour le mal, & que le Ministere cherche le bien, il est à présumer que nous en serons enfin délivrés : on en reconnoît l'abus, & je n'en connois point les avantages.

En effet, qu'y gagne-t-on ? qu'en revient-il ? l'Etat y trouve-t-il une ressource ? On n'a que trop éprouvé la dureté des Traitans. Que de peine n'a-t-on pas eu pour leur arracher quelqu'argent, & pour leur faire prêter à usure, tandis qu'on auroit pu les faire restituer à bon droit ! Qu'on nous dise après cela que tout est bien ; on a beau jeu de les soutenir, aussi peu de gens écrivent en leur faveur : tout leur argent ne peut leur faire trouver une plume ; & ils auroient été réduits à se défendre eux-mêmes, s'il n'y avoit eu que de bon citoyens. Comment peut-il se trouver des gens qui ayent l'esprit assez faux, & le cœur assez pervers, pour soutenir que tout est bien ?

Vous en parlez fort à votre aise, Monsieur le Fermier. Tout est au mieux quand vos coffres sont pleins, & que ceux du Roi sont vui-

N

des. Tout eſt au mieux quand vous avez gagné des millions après un bail. Tout eſt au
mieux, quand vous pouvez agioter votre argent,
le faire rapporter le double, & ne rien payer
au Roi. Tout le monde eſt ſain, quand vous
vous portez bien. Il fait beau tems quand il
ne grêle point dans votre caiſſe, & il n'y a d'o-
rage que quand on veut vous la faire ouvrir.
Votre front ſe couvre alors de nuages, il n'a
cependant pas ſué pour amaſſer cet argent; c'eſt
aux dépens de l'Etat que vous vous êtes enrichi, & vous faites difficulté de lui prêter? vous
refuſez de le ſecourir? Que diriez-vous donc,
ſi on vous prenoit tout ce que vous avez, &
qu'on ne vous laiſſât point de quoi vivre? C'eſt
cependant ce qui arrive au cultivateur, & vous
n'avez point pitié de lui; vous inſultez à ſa
miſere : en un mot, vous faites le mal, & vous
dites que tout eſt bien; dites donc pour vous,
non pas pour nous; car je préſume que vous
êtes un de ces Publicains qui ne cherchent qu'à
charger le peuple. Nous ſommes les croche-
teurs, & les balots ſont pour vous : il n'eſt pas
étonnant que vous les trouviez légers.

Je ne ſai ſi mes conjectures ſont juſtes; mais
vous avez bien le ton d'un Financier, peut-être
n'en avez-vous pas le jeu. Tâchez d'avoir un
bon, il ſera bientôt rempli : la ferme vous eſt
redevable, elle vous doit de la reconnoiſſance.
Que n'avez-vous pas fait pour elle? que ne fera-
t-elle pas pour vous? Vous avez été ſon défen-
ſeur, vous ſerez un jour notre perſécuteur.
Gare le pauvre peuple, ſi vous entrez jamais en
charge; car vous me paroiſſez bien affamé. Dieu
nous préſerve de tomber dans vos mains, vous
vous vengeriez bien vîte de ceux qui vouloient
vous étouffer avant que de naître, & qui cher-

choient à abolir la ferme fur laquelle vous aviez
des prétentions.

Elle a auffi fur vous les plus flatteufes efpé-
rances, elle attend tout de votre zele. Que ne
peut-on pas efpérer de quelqu'un qui a d'auffi
bonnes vues ? On eft capable de tout, quand
on a fait les *Doutes* : on peut tout faire, quand
on a avancé que tout étoit dit ; & il n'eft point
de bien qu'on ne doive fe promettre d'un homme qui ne trouve rien de mal.

Au furplus, je pourrois me tromper fur votre
état & fur vos vues, mes foupçons peuvent être
faux, mais ils ne laiffent pas d'être fondés ; ce
n'eft point un jugement téméraire : il n'y a
qu'un Fermier qui puiffe foutenir la ferme, comme il n'y a qu'un Démon qui puiffe trouver que
le mal eft bien.

Je fuis chargé de leurs affaires, me direz-
vous, & on ne vole point l'argent des gens ;
on ne fe charge pas non plus d'une auffi mauvaife caufe ; on mérite d'être admonnêté quand
on plaide pour l'injuftice, & qu'on veut op-
primer les malheureux.

Qu'importe l'admonition, pourvu qu'on s'enrichiffe ; point de fi mauvaife caufe qui ne trouve fes Avocats. Les C. en ont trouvé. Mr. de
L. en a trouvé, comment les Fermiers n'en
trouveroient-ils pas..... Il eft un Avocat (a)
des fermes....: les *Doutes* nous l'ont appris :
auriez-vous, Monfieur, fa furvivance ? c'eft de
bonne-heure, il ne fait qu'entrer en charge:
mais il peut être vieux, fon ftyle nous l'an-

_____

(a) Autre chofe eft l'Avocat des Fermes, autre chofe
eft celui des Finances. Celui des Finances n'eft qu'un
Controlleur-Général, l'autre eft aux Fermiers. L'un
eft connu, & écrit trop bien pour être foupçonné ; l'autre ne l'eft pas, & n'en exifte pas moins.

nonceroit: quoi qu'il en foit, on meurt à tout
âge, & il eft toujours bon d'avoir une expecta-
tive.

Vous la méritez, Monfieur, par votre zèle
pour la ferme: feu votre prédéceffeur n'avoit
donné que des doutes, vous donnez des cer-
titudes; vous êtes de beaucoup au-deffus; il a
fort bien fait de mourir; vous auriez pu le dé-
bufquer, & le remplacer de fon vivant.

Mais prenez garde, ce n'eft pas le moyen
de vivre longtems, que de faire de fi beaux
ouvrages: on ne paffe point à la poftérité, quand
on écrit contre la population. Que n'êtes-vous
feul dans le Monde, peut-être auriez-vous affez
de bien? Mais ceux qui vivent ne veulent pas
encore vous céder la place, & ceux qui font
à naître feront bien aife de voir le jour. Ils
vous en voudront d'avoir voulu éteindre leur
germe, & vous reprocheront peut-être leur
exiftence. Quoi qu'il en foit, nous voulons garder la nôtre, & ne fommes pas curieux de
mourir fans être riche. On peut aimer la vie
courte & bonne. Vous avez raifon, *il vaut
mieux vivre un jour, que cent ans dans l'Hiftoire.*
Pourquoi chercher à fe faire un nom? Il eft plus
doux de s'enrichir, n'importe aux dépens de
qui, on eft toujours riche; &, quelque détefté
qu'on foit, on n'eft pas moins fêté: l'argent
eft votre ami; c'eft le plus folide, il vous tiendra lieu de tout, & rien ne peut le remplacer.

Que fert à Mr. de Mirabeau d'avoir fait de
bons livres? que lui en revient-il? C'eft un bon
citoyen; il a fait la Théorie de l'Impôt, il eft
l'ami des hommes, mais il n'en eft pas moins
l'ennemi de la fortune: il n'a que fa vertu de
refte; que n'écrivoit-il pour la ferme, il auroit

des millions. Vous avez eu bien plus d'esprit: votre ouvrage, quoique beaucoup plus petit, vous produira davantage. Voilà ce que c'est que de choisir sa matiere, & d'avoir affaire à des gens riches. Vous vous êtes attaché au tronc de l'arbre, aussi mangerez-vous des fruits.

Continuez, Monsieur, à bien plaider leur cause, & vous ne pouvez manquer de faire votre chemin. On va loin quand on a autant de mérite. Nous ne sommes point jaloux de vos talens, il falloit un défenseur à la ferme, & nous aimons encore mieux que ce soit vous qu'un autre : jamais les choses ne sont plus claires, que quand elles ont essuyé des contradictions. Il est un Avocat du Diable, & on n'en canonise pas moins les Saints.

On a beau dire contre la *Richesse de l'Etat*, l'Auteur n'en est pas moins un bon citoyen, il a même de l'esprit, & ce n'est pas la seule différence qu'il y ait entre vous & lui. Il seroit malheureux que vous eussiez autant de talent que de mauvaise volonté.

Faites votre métier, Monsieur, défendez votre cause du mieux qu'il vous sera possible, mais ne nous empêchez point de plaider la nôtre. Contentez-vous d'être Avocat (a); c'est une profession trop noble pour la dégrader. Pourquoi vouloir être huissier? on s'enrhume aussi bien à crier paix-là, qu'à faire un beau plaidoyer. D'ailleurs ce n'est qu'au Palais où il y a des huissiers à verge, personne n'est en droit de faire taire le Public; il dit ce qu'il

(a) Que les gens de l'art ne s'offensent point de cette dénomination. J'honore & j'estime leur état, je fais cas de leurs talens, sur-tout quand ils n'en abusent point : mais il est des gens qui en usurpent les fonctions, & on ne sait comment les nommer.

N 3

veut, qui que ce soit ne peut lui impofer filence : & c'eft dans le tems qu'on dira que tout
eft dit, qu'il parlera davantage. Vous lui avez
fourni matiere à converfation ; c'eft à-préfent fur
vôtre compte qu'il parle, & il ne fait pas bon
donner à parler. Laiffons-le dire, il dit quelquefois de bonnes chofes ; & vouloir l'empêcher d'é-
crire, ce feroit vouloir fe priver de fes réflexions. Dès qu'on lui a lâché une fois la bride,
il feroit difficile de le retenir ; c'eft vouloir arrêter un torrent, c'eft vouloir détourner le cours
d'un fleuve. Pourquoi ne pas le laiffer couler,
peut-être roulera-t-il des diamans ? Ce fera le
Nil de la France, dont le limon engraiffera nos
terres, & fertilifera nos champs. On a fouvent
difcuté cette matiere, mais il refte encore des
découvertes à faire : tout n'eft pas dit.

Mr. R. n'a pas cru que tout fût dit, quand il
a fait la *Richeffe de l'Etat*. Mr. P. n'a pas cru
que tout fûtdit, quand il a fait la *Réfolution des
Doutes* (a). M..... n'a pas cru que tout fût
dit, quand il a fait les *Idées* (b). M.... n'a pas cru
que tout fût dit, quand il a fait la *Balance* (c).
Tous ces Meffieurs ont dit de bonnes chofes,
des chofes utiles, il n'y a que vous qui ayez
mal parlé ; &, fi les paroles étoient auffi cri-
minelles que les actions, vous mériteriez d'être
puni ; mais on ne pend point pour avoir mal dit.

Il n'y auroit cependant pas de mal qu'on in-
fligeât une peine contre ceux qui écrivent contre le Bien public. St. Louis faifoit percer la lan-
gue aux blafphémateurs. Nous ne voulons pas
vous priver d'un fi bel inftrument ; mais nous
avons un Salomon, confultons-le (d) ; il fait

(a) Voyez ci-deffus p. 109.
(b) C'eft le Morceau fuivant.
(c) Dans la fuite de ce Volume.
(d) M. le Duc de *** qui a fi bien jugé l'affaire de
Madame de ***.

proportionner la fatisfaction à l'offenfe, & punir l'homme par où il a péché. S'il a condamné Mr. de V. à ne jamais aller en voiture, pas même en brouette, crainte que fes brouetteux n'infultaffent les paffans, ne vous condamneroit-il point au filence pour avoir fi mal parlé, la peine ne feroit pas douce : &, s'il eft cruel à un Financier de ne pouvoir étaler une belle voiture, il eft auffi cruel pour un Auteur de ne pouvoir faire montre de fon efprit.

Tout eft dit pour vous, non pas pour nous, car nous avons encore matiere à converfation ; vos vœux ne feront point exaucés, tout ne fera point dit, c'eft la peur qui vous faifoit parler. Vous auriez voulu que tout fût dit, parce que vous ne vouliez pas qu'on vous répondît. Vous voudriez que tout fût dit, parce que vous voudriez faire bien des chofes. Vous voudriez que tout fût dit, parce que vous n'auriez plus rien à craindre : mais il n'y a pas de mal qu'on vous tienne dans l'incertitude.

Vous faites affez fouffrir les autres, pour qu'on ne prenne pas plaifir à vous tourmenter un peu ; trop heureux fi vous en êtes quittes pour la peur : il vous en coûtera au moins quelques millions ; &, quand on ne tireroit d'autre fruit de nos Ecrits, c'eft toujours beaucoup. Il n'y a pas de mal qu'on vous faffe de tems en tems quelque faignée. Si on n'avoit pas le foin de vous dégraiffer, vous mourriez de gras fondu ; rien n'eft fi contraire à la fanté, que d'être trop replet ; on ne fe porte jamais mieux que quand on eft maigre. On n'a qu'à me voir, je fuis gai, je me porte bien, & je n'ai jamais le fol dans ma poche. Je ne crains ni les voleurs, ni les auteurs. Tous les fyftêmes du monde ne fauroient me faire de tort, & j'en travaille de meilleur cœur au Bien public. Je voudrois être capable de donner des projets, mais j'ai le ventre trop creux pour être profond ; je laisse aux autres le foin de corriger le Gouvernement ; je ne fuis point en état de mieux faire, mais je vois que tout n'eft pas bien, il fuffit d'avoir des yeux pour cela ; & votre Optimifme m'a trop choqué, pour ne pas lui donner une réponfe. J'ai tout dit, mais tout n'eft pas dit, parce que je n'ai pas l'amour-propre de croire qu'il n'y a de l'efprit que dans ma tête, & que dès que je ne vois rien, tous les autres doivent avoir la berlue. Je ne me pique point d'avoir de l'efprit ; mais j'ai le cœur droit, je fuis franc, je fuis vrai, je ne diffimule rien ; en un mot, je fuis Candide, & vous êtes Panglofs.

AVERTISSEMENT.

CE petit Ecrit a été composé en 1760, &
communiqué au Ministre par le canal de
Mr. l'Abbé B***. son frere. Le Premier Commis des Finances fut chargé de l'examiner :
il fit, dans un rapport par écrit, de grands
éloges du zele de l'Auteur, de son style & de
sa théorie; mais il prétendit que l'exécution
étoit sinon impossible, du-moins sujette à beaucoup de difficultés. Sa principale raison fut,
que le Systême proposé renversoit toute l'Administration présente. L'Auteur lui fit une
Réplique, qu'il a refondue dans l'Ouvrage
même; mais il ne pensa point à publier ses
idées. L'éclat que vient de faire l'Ecrit intitulé la Richesse de l'Etat, lui a fait connoître que toute la Nation desiroit ce renversement total de l'Administration présente, qui
avoit effrayé dans son Projet. C'est pourquoi
il a cru pouvoir aussi publier son Ouvrage,
puisque non seulement il tend au même but
que la Richesse de l'Etat & de quelques autres Pieces de ce genre, mais que ces principes sont en même tems tellement développés
dans toutes leurs parties, qu'on peut, ce me
semble, mettre ce Projet en exécution l'année
prochaine, pour l'avantage du Roi & de ses
Sujets.

N 5

IDÉES

D'UN

CITOYEN

SUR L'ADMINISTRATION DES FINANCES

DU ROI.

Confilium dedimus . . . . . & nos
JUVENAL.

AVANT-PROPOS.

LE PARLEMENT de Paris a prouvé fom-
mairement au Roi dans les Remontrances du 19
Mai dernier, que l'Adminiftration de fes Finances eft infectée de trois grands vices, qui
tendent vifiblement à la ruine de l'Etat. L'immenfité des profits intermédiaires fur la perception des deniers publics, le défaut d'ordre &
d'économie dans le payement des dépenfes du
Roi, la furcharge des intérêts qu'il faut acquitter pour la dette nationale, font les trois four-
ces trop fécondes & trop connues des embarras du Gouvernement, de l'aviliffement de la

Nation & de l'épuisement total du Royaume. Trois remedes salutaires sont indiqués par les Magistrats à la sagesse & à la bonté de leur Maître. Simplifier la forme du recouvrement, abolir toute bigarure d'impositions & licencier les légions de Commis, c'est le premier. Faire disparoître l'obscurité trop affectée, les fraudes pernicieuses, les gains immodérés qui gênent le Roi dans ses dépenses personnelles, donnent des entraves au zele & au génie des Ministres, affoiblissent & deshonorent l'Etat, dans le tems même qu'ils ruinent le peuple ; c'est le second. Enfin se libérer avec toute justice & toute décence des dettes contractées jusqu'à ce jour, mais n'en plus faire de nouvelles : c'est le troisieme & dernier remede aux plaies profondes que la mauvaise Administration avoit faites à la Patrie.

Ces grandes vérités sont trop claires & trop touchantes, pour n'avoir pas fait une impression sensible sur l'esprit & le cœur du meilleur des Princes. Ses Ministres ont trop de lumieres, trop de probité, trop de patriotisme pour n'en être pas aussi vivement affectés que tout le reste des Citoyens qui pensent. Mais le Parlement ne pouvoit, dans ses Remontrances, qu'établir des principes & poser les premiers fondemens d'une réforme indispensable, & le Gouvernement ne peut opérer que sur un projet complet, approfondi & combiné jusques dans les derniers détails. Il ne suffit pas d'avoir démontré tous les défauts de cette machine trop compliquée, dont la justice, la raison & la bonne politique exigent la destruction ; il en faut dresser une nouvelle, plus simple & plus solide, toute prête à remplacer l'ancienne dans un instant comme indivisible sans intercepter au-

cun des mouvemens néceſſaires à la marche
du Gouvernement, qui ne peut être interrom-
pue ſans le plus grand danger. Mais ce grand
ouvrage exige qu'on ait ſous les yeux , même
avant de l'entreprendre & de le commencer,
un deſſein entier , une eſquiſſe bien ſenſible,
&, pour ainſi dire, un modele palpable , qui
puiſſe faire ſentir au doigt & à l'œil la forme
& la conſtruction de chaque roue , de chaque
pivot ; ſon engrénure, ſon action, ſa réaction,
l'enſemble de toutes, le réſultat de leurs mouvemens & l'effet de l'opération totale. Ce projet entier, ce deſſein circonſtancié, ce modele
palpable, n'a point encore été fait : à peine en
a-t-on vu des croquis : beaucoup de critiques
très-juſtes & très-ſolides de l'ancien plan, qui
nous écraſe ; beaucoup d'excellentes vues , de
grands principes , des vérités ſublimes qui doivent guider dans la combinaiſon d'un nouveau
ſyſtême , mais point de détails pour la pratique
uſuelle & journaliere : il en faut cependant pour
les opérations générales, particulieres & minu-
cieuſes même , dont la réunion & l'enchaîne-
ment méthodique peuvent ſeuls former en réalité une Adminiſtration des Finances.

    L'étude réfléchie de tous ces détails paroît
d'ordinaire pleine de ſéchereſſe , hériſſée de
difficultés : le ſuccès en eſt toujours douteux,
jamais auſſi brillant que celui des ſpéculations.
Ce rôle, qu'on abandonne communément aux
eſprits médiocres, convient aux Citoyens qui
ſe ſentent comme nous , plus de zele que de
talens. Il feroit injuſte & ridicule d'exiger cette
application de la part des Miniſtres, continuellement occupés des grands intérêts de l'Etat
& des premiers principes de l'Adminiſtration.
Il feroit inutile & dangereux de l'attendre des

fubalternes. Les beaux efprits & les génies dédaigneront auffi de defcendre à ce travail. Il eft des tems néanmoins de s'y livrer : nous ofons tenter d'en donner l'exemple. Le Public patriote, qui s'occupe aujourd'hui finguliére-ment de ce grand objet, décidera du mérite de nos idées. Nous demandons, pour toutes graces, qu'on les juge avec la févérité qui convient aux plus chers intérêts de l'Etat, dont nous avons hafardé de nous occuper.

Dans le plan d'Adminiftration que nous allons tracer avec le plus grand détail, nous nous fommes propofé cinq objets. Premiérement, de procurer au Roi un revenu toujours propor-tionné à fa dépenfe ; fecondement, de délivrer à jamais le Miniftere de l'embarras & de l'o-dieux des nouveaux Edits de Finance ; troifié-mement, d'affranchir tout d'un coup le Gou-vernement de toutes les dettes contractées juf-qu'à ce jour ; quatriémement, de procurer au peuple le plus grand foulagement qu'il foit pof-fible dans la perception & la dépenfe des de-niers royaux, ainfi que dans l'acquittement de la dette nationale ; cinquiémement, afin d'em-ployer à ce bien-être public une partie même des Financiers, en leur confervant un fort hon-nête. Dieu veuille que nous réuffiffions feule-ment à exciter des Politiques plus habiles, à faire leurs efforts pour remplir ces cinq objets. Nous allons traiter en trois Chapitres affez courts. Premiérement, de la perception des deniers royaux, & de là maniere la plus fim-ple, la plus jufte, la plus avantageufe d'en faire le recouvrement. Secondement, de la dépenfe des deniers publics & de la méthode la plus affurée d'y mettre de la clarté, de l'or-dre & de l'économie. Troifiémement, enfin, de la dette nationale & des moyens les plus équitables, les plus décens d'en affranchir le Gouvernement. Nous promettons des détails de pratique, & nous defirons qu'ils foient appréciés fans préjugé, fans pufillanimité, fans motif d'intérêt perfonnel.

CHAPITRE PREMIER.

De la maniere la plus fimple, la plus jufte
& la plus avantageufe de percevoir
les Deniers Royaux.

ARTICLE PREMIER.

Théorie de l'Impofition.

NOus pofons pour premier principe de Finance cet axiome inconteftable : *Chaque année le Roi doit percevoir tout ce qu'il croit néceffaire pour fa dépenfe, en épargnant à fon peuple, autant qu'il eft poffible, les frais de perception.* Dans cette maxime fondamentale font renfermées trois vérités, qui forment toute la théorie de l'impofition, & qui nous paroiffent mériter d'être développées.

Premiérement, *le Roi doit percevoir tout ce qu'il juge néceffaire pour fa dépenfe.* C'eft-à-dire que le Monarque feul, avec fes Miniftres & fon Confeil, eft le Juge Suprême de la néceffité. Nous ne croyons pas qu'aucun bon François nous contefte cette maxime. Quiconque prend pour propofition fondamentale d'un fyftême complet & permanent de l'Adminiftration des Finances: *le Roi peut , où doit avoir tant de millions de revenus fixes*, débute par une erreur grossiere & dangereuse. Le Roi ne doit jamais être censé avoir de revenus fixes; parceque sa dépense varie nécessairement suivant le tems & les circonstances où se trouve l'Etat. Les révolutions de la paix & de la guerre, les entreprises, les réparations, les établissemens relatifs au bon ordre intérieur, à l'agriculture, à l'industrie, au commerce, aux colonies, à la force extérieure de l'Etat, font varier nécessairement le total des sommes que le Prince est obligé de semer pour l'utilité publique. La fixation d'un revenu certain assigné au Monarque, non seulement répugne à l'idée du pouvoir souverain dont il est revêtu, mais encore aux vrais principes d'une sage politique. En la supposant possible dans l'exécution, il faut qu'elle soit nécessairement ou inutile ou pernicieuse. Si la recette est déterminée de maniere qu'elle surpasse la dépense vraiement convenable, c'est une folie manifeste & une vexation pour le peuple: cet excédent ne pouvant être employé qu'en vraies prodigalités, dont l'effet est d'augmenter le luxe, d'animer la cupidité, & de hâter de proche en proche la corruption des mœurs. Si tout au contraire la perception est tellement bornée qu'elle reste au dessous de la dépense vraiement convenable, l'Empire marchera dès lors visiblement à son avilissement & à sa ruine. Il faudroit donc que la loi qui fixeroit les revenus du Maître, mît exactement & toujours la somme de ses revenus de niveau avec les besoins de la Couronne. Si vous supposez de la sagesse, de la justice, de l'économie dans le Gouvernement, la regle devient inutile. Le Prince & ses Ministres l'auroient suivie dans l'impofition de fubfide. Si vous fuppofez au contraire l'efprit de diffipation, de fafte & de dérangement dans les Confeils, la fixation des revenus devient pernicieufe ; puifqne les retranchemens tomberont fur les objets utiles & même néceffaires à l'Etat, & fe multiplieront fans ceffe, à proportion qu'on augmentera les prodigalités du luxe & de la frivolité. Quiconque n'eft pas le maître abfolu de tous les détails d'Adminiftration, ne peut donc jamais, fans folie & fans danger manifefte de tout perdre, entreprendre de régler la quotité des revenus publics : d'autant mieux qu'il eft d'expérience que le prix des denrées, fournitures & ouvrages augmente journellement , dans la même proportion que les richeffes numéraires ou repréfentatives fe multiplient dans un Etat : & cette augmentation, jointe aux autres caufes qui jettent journellement une fi grande variété dans les objets de dépenfe, rend impoffible & chimérique la fixation abfolue d'une fomme invariable à percevoir par le Souverain. La feule regle adoptée par le bon-fens & la juftice dans une Monarchie parfaite comme la France, c'eft que le Roi *ait autant de revenu qu'il doit dépenfer pour le Bien public & la fplendeur du Thrône.* Quant à la queftion ultérieure , *combien le Roi doit-il dépenfer pour le Bien public & la fplendeur du Thrône ?* la folution en dépend abfolument du Monarque , comme étant le réfultat de tous les détails d'Adminiftration , dont il n'eft comptable qu'à Dieu feul. Et cette folution ne peut jamais être fixe, uniforme & invariable par mille & mille raifons différentes, trop faciles à fentir, pour qu'il foit néceffaire de les expliquer davantage. Nous le difons, fans flatterie pour le Prince & pour le Miniftere,

tere, quiconque voudroit méconnoître cette première vérité, renverferoit les premieres Loix de notre Gouvernement. Le Parlement de Paris lui a rendu un hommage authentique dans les objets de fes premieres Remontrances qui ont précédé le Lit de Juftice.

Secondement. *Le Roi doit lever chaque année, fans vains fcrupules & fans ménagemens prétendus, tout ce qu'il juge néceffaire à fa dépenfe de l'année.* Seconde vérité contenue dans notre principe fondamental, & malheureufement trop oubliée depuis le regne du feu Roi. Les expédiens, les emprunts, les créations de Charges, les Confignations de cautionnemens, &c. font des miferes pitoyables en bonne politique. Ces prétendues fubtilités de finance n'aboutiffent qu'à faire payer au pauvre Peuple le double & le triple de ce que le Roi dépenfe, parceque les gros intérêts accumulés égalent ou furpaffent bientôt le capital. Depuis qu'on a mis en vogue le fyftême ruineux des deniers extraordinaires, la Capitale eft infectée d'une race de fangfues qui vendent bien cher au Roi fon propre argent, ou pour mieux dire, celui de fes Sujets utiles, & qui s'engraiffent par ce trafic pernicieux de la plus pure fubftance de l'Etat. Les fortunes rapides & confidérables de ces Marchands d'argent, augmentent le luxe & la diffolution des mœurs. Leurs fuccès funeftes les rendent les maîtres d'une grande partie des richeffes numéraires qu'ils ne ceffent d'engloutir. L'ufure en devient chaque jour plus forte, plus audacieufe & plus deftructive de l'Agriculture, de l'Induftrie & du Commerce. Tout homme raifonnable fent très-facilement que l'intérêt de l'argent eft trop cher en France, pour que nous puiffions jamais efpérer d'en trer en concurrence avec les Négocians & les Manufacturiers des Nations commerçantes qui ne payent que deux & demi, & trois pour cent, à moins que les intérêts ne se réduisent chez nous à-peu-près au même taux. Mais comment peut-on y parvenir, tant que le Roi ne cessera d'emprunter par plusieurs millions ? Ses dettes entassées operent évidemment la ruine intérieure & la foiblesse extérieure de l'Etat, par mille moyens plus funestes les uns que les autres, & si faciles à comprendre, que nous ne nous arrêterons pas à les détailler. Que le Ministere perçoive chaque année ce qu'il voudra dépenser cette année, & qu'il n'emprunte jamais : par ce seul expédient, si simple & si facile, il arrivera que le Peuple ne payera qu'une seule fois la dépense du Roi. Par les prétendues finesses des expédiens, le malheureux Citoyen paye tout de même le capital, & le double ou le triple en intérêts. Ce double, ce triple n'est pas pour le Roi : il est tout entier pour les Marchands d'argent, qui s'enrichissent seuls de la misere publique, & dix ans de paix suffisent à peine pour acquitter les dettes contractées pendant cinq ans de guerre, sous ombre de ménagement ; au-lieu qu'en faisant payer chaque année, on en auroit été quitte pour se gêner un peu plus, mais on jouiroit de dix ans de bien-être ; & cette immensité d'argent levé pour payer les intérêts, que les Marchands d'argent absorbent de plus en plus, aideroit à faire fleurir la Cultivation, les Arts & le Négoce, s'il restoit pendant dix ans entre les mains des bons Citoyens ; au-lieu qu'il ne sert plus qu'à la destruction de tout bien, quand il est une fois tombé dans l'empire de l'usure. Point d'emprunt de la part du Roi : c'est l'opprobre du Gouvernement & la ruine infaillible d'une Monarchie agricole, induſtrieuſe & commerçante.

Troiſiémement, *il faut épargner au Peuple, le plus qu'il eſt poſſible, les frais de perception.* C'eſt la troiſieme vérité contenue dans notre principe fondamental, & bien plus anciennement perdue de vue par le Gouvernement que la précédente. Le ſyſtême actuel des Finances, ce coloſſe monſtrueux qui ſuffoque l'Etat, n'eſt que le réſultat des erreurs des anciens Miniſtres. Le Parlement l'a fait voir dans ſes Remontrances ; on a multiplié les eſpeces d'impoſitions, à meſure qu'on a cru avoir beſoin, & qu'on a pu faire adopter de nouvelles formes d'exactions, & on n'a pas voulu ſentir que cette variété ſeule cauſoit une ſurcharge au pauvre Peuple & de grands préjudices à l'Etat. Les Fermiers, les Régiſſeurs, les Directeurs, les Contrôleurs, les Receveurs-Généraux & Particuliers, les ſimples Employés, Gardes & Copiſtes, forment, ſuivant l'expreſſion du Parlement, une armée toute entiere levée contre les Sujets du Roi & ſoudoyée par eux. Les plus vils des Soldats de cette armée financiere, ſont payés quatre fois plus que les Troupes du Roi ; & les appointemens d'un Directeur ou d'un Receveur de Province, ſont ſouvent audeſſus du traitement que reçoit en campagne un Lieutenant-Général. La nature des Impôts prohibitifs qui gênent la liberté de la conſommation & du Commerce, & la variété des objets aſſujettis aux droits téloniens, exigent qu'on emploie ces légions de Commis, qui ſe font payer ſi cher la peine qu'ils prennent à vexer le Citoyen. Le Roi ne profite en rien des ſommes immenſes qu'ils dévorent chaque année ;

tout au contraire, l'Etat perd certainement le
fruit des travaux qu'auroient fait tous ces gens-
là dans les professions utiles où ils font nés.
Notre Agriculture y perd les bras des Payfans,
qu'ils tirent de nos campagnes pour les transformer en Artifans & en Domeftiques, lorfqu'ils fe font enrichis à leur métier, & qu'ils
le difputent de luxe avec les Princes. Si le
Miniftere avoit toujours obfervé le principe,
auffi fage qu'équitable d'épargner autant qu'il
eft poffible, les frais de perception, il auroit
abfolument rejetté toute cette bigarure de droits
& de prohibitions.

*Chaque année donc le Roi doit percevoir tout ce
qu'il croit néceffaire pour fa dépenfe, en épargnant
à fon Peuple, autant qu'il eft poffible, les frais
de perception.* Point de revenu fixe au Prince:
c'eft une indécence & une abfurdité funefte au
Peuple même: qu'il foit juge de la néceffité de
fa dépenfe, & que la néceffité qu'il a jugée,
foit la feule loi qui regle le fubfide annuel.
Point d'emprunt de la part du Prince : c'eft
l'opprobre du Gouvernement & la ruine de l'E-
tat. Point de profits inutiles fur la perception
des deniers publics: c'eft une cruauté dont le
pauvre Citoyen commence à être la victime
bientôt après tous les Ordres de l'Etat, le Bien
public & le Gouvernement lui-même. Ofons
le dire, fans accufer aucun de nos Concitoyens,
la fituation actuelle du Royaume eft la démonftration la plus palpable de nos maximes.

ARTICLE II.

Pratique de l'Imposition.

§ PREMIER.

De la Répartition du Subside Royal.

NOUS avons établi pour principe fondamental, que le Roi seul avec son Conseil & ses Ministres, peut & doit juger en gros ce qu'il conviendra de dépenser dans une année, par exemple, en 1764. Nous disons qu'il juge, en cavant toujours au plus fort, & en s'assurant une bonne ressource pour le chapitre *des accidens*, (nous parlerons plus bas de cette ressource): en attendant, nous appellerons caver au plus fort, évaluer même en tems de paix la dépense de l'année future à un taux mitoyen entre la paix & la guerre. Si la paix dure, tant mieux: vous vous préparez de loin tout doucement, à la maniere du Duc de Sully, & c'est-là le grand art. Si la guerre survient, vous vous joignez votre réserve destinée au chapitre *des accidens*, & vous vous trouvez de pair. Malheur au Gouvernement qui vit, comme on dit, au jour la journée. Nous appellons encore caver au plus fort, ne pas s'en tenir au strict nécessaire, mais pourvoir amplement à l'utile & même à l'agréable, c'est-à-dire, à une noble aisance dans toutes les parties du Gouvernement. Si vous prenez pour système de ne vous occuper que de l'indispensable nécessité, le moindre oubli, le moindre accident vous fait trouver court: d'ailleurs, le simple utile a son prix, & pour

O 3

le négliger on s'expofe fouvent à de terribles défaftres : ce qui paroît fuperflu même aux efprits bornés, ce qu'on adjuge à l'amélioration, à l'encouragement, aux effais incertains, eft pourtant dans la réalité le feul germe de la profpérité & de l'enrichiffement de la Nation. C'eft fous ce point de vue que tout homme éclairé ne balancera point à dire que les petits ménages du Cardinal de Fleury nous ont caufé de très-grands maux ; fon efprit d'épargne étoit évidemment déplacé : la véritable économie confifte à ne point furcharger, & à n'être point volé : mais il faut multiplier, au-lieu de retrancher, tout ce qui fert à rendre l'Etat plus floriffant au-dedans, plus inébranlable au-dehors : tout ce qui contribue à la Majefté du Souverain, à la dignité de la Nation. Le Parlement appuye dans fes Remontrances fur ce principe d'adminiftration. La France délivrée des Marchands d'argent & des milliers de Commis, eft affez riche ; & d'ailleurs la bonne dépenfe bien faite n'appauvrit point le Peuple, au contraire elle l'enrichit.

Le Roi, avec fes Miniftres & fon Confeil, eft donc cenfé avoir jugé qu'il lui faudra dépenfer tant de millions dans l'année 1764 ; 1. pour fa Maifon ; 2. pour le Militaire ; 3. pour la Marine ; 4. pour les Subfides, Dons, Penfions, Gages & Gratifications ; 5. pour les Edifices & Travaux publics, (nous ne parlons point des dettes, nous en traitons à part, & le Roi n'en feroit plus chargé dans notre plan.) Le total des millions à dépenfer dans les cinq Gouvernemens, formera le taux général du Subfide Royal à répartir dans tout le Royaume pour l'année prochaine. La premiere de toutes les répartitions, doit fe faire au Confeil du Roi entre les trente-deux Généralités, aux unes plus, aux autres moins, suivant leurs forces respectives. En cette premiere opération nous aurons égard, comme dans tout le reste, aux privileges des Pays d'Etats ; mais nous réfervons l'explication des différences pour un Chapitre à part.

La répartition étant faite au Confeil du Roi par Généralités, il appartient à l'Intendant, (dans les Pays qui n'ont point d'Etats.) de répartir le taux de fa Généralité entre les Elections dont elle eft compofée : mais c'eft la feule opération dont il nous paroiffe jufte & avantageux de le laiffer l'arbitre. Le bon-fens & la probité ne connoiffent pas une feule bonne raifon pour donner aux feuls Intendans une plus grande autorité, il y en a mille au contraire pour la leur refufer : les mêmes motifs de fageffe & d'équité défendent abfolument qu'on permette à ces Intendans, fous quelque prétexte que ce puiffe être, d'impofer aucun excédent fur les Elections. La dépenfe entiere doit être abfolument mife à la maffe, en quoi qu'elle puiffe confifter : tous les objets particuliers quelconques y doivent être confondus avant la répartition par Généralités. Si-tôt que le taux général du Royaume eft fixé par le Prince, & que la premiere répartition a déterminé le taux particulier d'une Généralité, il faut que ce foit un crime capital & irrémiffible d'y ajouter une feule obole en répartiffant par l'Elections. Il ne peut naître aucun mal de l'établiffement & de l'obfervation inviolable de cette loi : tout au contraire, la licence des excédens peut être une fource féconde de vexations, de fraudes, de foupçons. Les Intendans eux-mêmes, qui ne veulent que le Bien public, doivent être bien aifes qu'on retranche toutes les facultés

O 4

dont leurs fubalternes peuvent être tentés d'a-
bufer.

Le taux de chaque Election ayant donc été
réglé par l'Intendant, (hors des Pays d'Etats),
nous donnons au Siege même de l'Election en
corps ; le droit de répartir par Claffes, Communautés & Paroiffes , & nous n'empêchons
point que le Tribunal ne foit préfidé par l'Intendant lors de cette opération ; mais nous defirons pour mille caufes, qu'il ne foit que le
Préfident, que tous les Confeillers ayent leur
voix, que la pluralité décide , & qu'avant tout
le Miniftere public foit entendu. Nous appellons Claffes les premieres efpeces des Citoyens,
& nous en comptons trois, celle de la Nobleffe, celle de la Bourgeoifie, celle du Commerce. Nous rangeons dans la Claffe de la Bourgeoifie, tous les Officiers de Juftice, autres
que les Préfidens & Confeillers des Cours Souveraines qui ont rang parmi la Nobleffe : nous
y mettons auffi les Gens d'arts libéraux & de
Facultés : les Communautés font celles des Artifans, claffés fuivant leurs arts.& métiers. Notre plan exige que les Ouvriers domiciliés à la
campagne , faffent corps avec ceux des Villes
de même profeffion, & que les Marchands de
Villages foient pareillement infcrits dans la
Claffe du Commerce de l'Election : la raifon
s'en fera fentir d'elle-même par la fuite. Il
ne nous reftera pour les Paroiffes que les vrais
Agricoles, Fermiers, Laboureurs, Vignerons,
Faucheurs, Bucherons qui travaillent la terre
propriis manibus, hominibus & animalibus,

Le Tribunal de l'Election en Corps, préfidé
par l'Intendant, ayant donc réparti le taux de
l'Election entre les Claffes, Communautés & Paroiffes, fuivant leurs forces & richeffes refpec-

tives, il doit faire tirer au fort les Départemens; chacun des Officiers qui compofent le
Siege, devant avoir un certain nombre de Claffes, Communautés ou Paroiffes pour lefquelles
il fera toute l'année Commiffaire départi. Nous
abandonnons à la loi du fort l'attribution des
Départemens une fois formés, de façon que
les lots foient à-peu-près égaux pour chaque Officier, eu égard au travail & à la difficulté.
Nous regardons les Sieges d'Elections comme
très-importans au bonheur de la Nation, &
nous propofons fans peine de les rendre plus
nombreux. On pourroit à cet effet y faire entrer les Officiers des Greniers à Sel, qu'on
détruiroit par-tout, avec l'odieux & funefte
Impôt de la Gabelle. Dans les Pays qui n'ont
point effuyé ce fléau, d'honnêtes Citoyens re-
cruteroient ces Compagnies, qu'il faut s'attacher à rendre de plus en plus refpeĉtables. Le
Bien public l'exige, & quiconque attaque l'autorité des Sieges d'Election, eft le fauteur de
la vexation & des infidélités.

Nous avons pour chacune des Claffes, Communautés ou Paroiffes, un taux général & un
Commiffaire de l'Election. En préfence de cet
Officier, cinq Membres de la Claffe, Communauté ou Paroiffe font tirés au fort chaque année. Nous donnons à ces cinq Taxateurs le droit
de répartir *par familles* le taux de la Claffe, Communauté ou Paroiffe ; mais nous permettons à
tout Citoyen qui fe croira léfé par les cinq Taxateurs, d'appeller à l'Election en premiere
inftance, & à la Cour des Aydes en feconde.
Ce remede néceffaire de l'appel doit être à portée de tout le monde, il doit être prompt, il
doit être efficace, fans entrer dans un détail de
procédures, de vérifications, de difcuffions re-

butantes, longues & difpendieufes. Nous defirons que dans le mois de l'appel interjetté &
fignifié, fept nouveaux Taxateurs foient tirés
au fort de la même Claffe, Communauté ou
Paroiffe que l'Appellant, les cinq premiers exclus : que les fept nouveaux Taxateurs donnent
leur avis, fi l'Appellant eft trop taxé ou non.
Dans le premier cas, ils arbitreront de combien il doit être déchargé, & fur l'avis des
fept Commiffaires, dans l'efpace du mois fuivant, le Siege de l'Election, les Gens du Roi
& le Commiffaire du Département en ayant
fait leur rapport, l'Appellant fera déchargé, &
les cinq Commiffaires Taxateurs tenus folidairement de bonifier ce qui manquera par cette réduction à fon taux perfonnel. Si les avis des
fept nouveaux Taxateurs font contre l'Appellant, il fera condamné dans le mois à une a-
mende au profit des cinq premiers Taxateurs.
Cette forme de ftatuer fur l'appel, eft fimple,
jufte, & propre à contenir également les Taxateurs, pour les empêcher de commettre des
injuftices criantes; & les Contribuables, pour
qu'ils ne multiplient pas les appels indifcrets.
Si les Parties condamnées à l'Election en veulent appeller à la Cour des Aydes, ils courront
les rifques d'une triple peine : ils n'auront qu'un
mois pour fe pourvoir : alors il leur fera tiré
au fort neuf nouveaux Taxateurs, les précé-
dens exclus. La Cour des Aydes ftatuera dans
le mois fur l'avis de ces neuf derniers Taxateurs, avec triple amende pour le fol appel
des Contribuables, & triple reftitution de la
part des cinq Taxateurs pour le trop impofé.

Cette forme de répartition par familles, nous
paroît auffi fimple & facile dans la pratique,
qu'elle eft jufte & légale. Chacun conferve

fon rang, fon privilege. La Nobleffe, la Bourgeoifie, le Commerce, les Agricoles font taxés
en corps. Chaque Citoyen fait le taux de fa
Claffe, de fa Communauté, de fa Paroiffe.
Quant à fon taux perfonnel, comme chef de
famille, il le voit fixé par fes égaux, ou, comme dit notre ancien Droit, par fes Pairs : le
Gentilhomme par cinq Gentilshommes tirés au
fort, le Commerçant, l'Artifan, l'Agricole, de
même par cinq Taxateurs de fon état, choifis
chaque année par le fort. Vu la reffource des
deux appels, il faudroit que vingt & un Citoyens, pris au hazard, & ayant prêté ferment,
s'accordaffent pour commettre une injuftice, qui
ne dureroit même que l'année, aux rifques
d'en être eux-mêmes les victimes dans le premier ou dans le fecond Tribunal. On a tout
lieu de croire que la facilité de fe pourvoir &
la fimplicité des formes empêcheroient les Taxateurs d'avoir même la tentation d'être inju-
ftes, ou du-moins d'y fuccomber.

Mais pour bien concevoir la nature du Subfide Royal, que nous propofons comme unique
impofition, il faut diftinguer les Claffes & Communautés d'avec les Paroiffes d'Agricoles, &
ranger les Citoyens fous trois points de vue différens. La Nobleffe & la Bourgeoifie qui vivent noblement, fans aucune profeffion lucra-
tive, ne peuvent être taxées qu'à raïfon de l'aifance que lui procurent les biens qu'elles afferm-
ment, ou les rentes qu'elles perçoivent. Nous
ne comptons pas pour biens impofables les gages & penfions que le Roi donne. Il eft abfurde & indécent de foumettre à la taxe les
graces du Prince. C'eft une pure fiction qui ne
fert qu'à enrichir la caiffe des Commis. A quoi
bon me donner en idée 300 liv. que vous le-

vez réellément fur le Peuple pour me retenir trente livres, lorfque cet argent aura pafé entre les mains de dix Receveurs. Donnez-moi 270 liv. que vous percevrez immédiatement avec le refte de la dépenfe, & que le bienfait du Maître ait, comme il convient, le privilege d'être facré. Les Bourgeois qui exercent des profeffions utiles doivent être impofés comme la Nobleffe & la haute Bourgeoifie, à raifon de leurs fermes & de leurs rentes; mais ils doivent l'être encore à raifon du produit de leur induftrie, ainfi que les Commerçans & les Artifans.

Il eft étonnant que plufieurs Ecrivains modernes fe foient élevés contre la taxe de l'induftrie dans la répartition du fubfide. Plus nous y réfléchiffons, moins nous trouvons de folidité dans leurs prétendues raifons. Il eft indubitable que l'affiette de l'impofition, de quelque maniere qu'elle fe faffe, n'eft à proprement parler qu'une avance au profit du Tréfor Royal, commandée à un Citoyen à compte fur le total des deniers néceffaires au Gouvernement de l'Etat: deniers dûs par tous les Sujets folidairement; avance que les différens fyftêmes font faire par telle ou telle Claffe, fauf à s'en dédommager enfuite. Mettez, par exemple, toute l'Impofition fur les terres, le propriétaire du fonds devra en bonne juftice enchérir fa denrée, proportionnellement, jufqu'à ce qu'il foit rembourfé par ceux qui n'ont point de terres, autrement vous détruifez néceffairement l'Agriculture. Mettez tout l'Impôt fur les Marchands, ils ajouteront au prix de leur facture celui du droit, en vendant aux Particuliers, ou ils feront banqueroute. Ne taxez que les maifons, les Propriétaires les loueront d'autant plus cher, ou ils les démoliront. Vous avez beau combiner, il faudra tôt ou tard que celui qui n'a pour tout revenu que son industrie, paye sa part du subside, quand même vous chargeriez tout autre de l'avancer pour lui au Trésor Royal. S'il veut être nourri, logé, vêtu, &c. il faut qu'il tombe entre les mains de celui que vous aurez fait payer, & c'est alors qu'il sera contraint de rendre: c'est donc une vraie folie de croire qu'on puisse dispenser l'aisance & l'industrie de payer une partie du subside. De quelque maniere que vous imposiez, il se fera de proche en proche, plus ou moins rapidement, une compensation entre les Citoyens, dont l'effet sera que chacun paye. L'unique question est donc de savoir s'il convient, ou non, au Bien public & particulier, d'exiger d'une espece de sujets plutôt que d'une autre, qu'elle fasse au Trésor Royal l'avance du subside, sauf à s'en procurer le dédommagement. Notre avis est premiérement, qu'il est inutile, dangereux & vexatoire d'exiger cette avance; secondement, que dans le cas où l'on pourroit l'exiger, ce seroit plutôt sur les travaux de l'industrie que sur les biens de la terre qu'elle devroit être assise. La raison en est bien simple. Qu'est-ce que le subside? Comment se paye-t-il? Avec de l'argent comptant ou des especes sonnantes. On ne porte point au Trésor Royal des denrées en nature. Il faut donc, si vous avez dessein de vous procurer des avances en monnoie liquide, vous adresser à ceux dont l'état & les travaux leur produisent journellement cet argent dont vous avez besoin. Il y auroit donc de l'injustice & de la folie de s'adresser aux Agricoles; puisque leurs travaux ne leur produisent point, pour premier fruit

des efpeces, comme aux Citoyens commerçans
& induftrieux, mais feulement des denrées. Il
faut à ces Agricoles une feconde opération pour
convertir en deniers comptans les denrées qu'ils
ont recueillies ; & cette opération ne peut fe
faire à point nommé ; fouvent il eft phyfique-
ment impoffible, & toujours exceffivement dangereux de la vouloir forcer.

Nous difons donc qu'il eft bien plus équitable & plus naturel de n'exiger d'aucune Claffe
des Citoyens qu'elle faffe au Tréfor Royal l'a-
vance de tout le fubfide ; mais que l'Impofition premiere doit être portée fur tous, à raifon de leur richeffe premiere ou réelle, de leur
aifance & de leur induftrie. Le tribut étant
payable en efpeces, nous difons qu'il faut faire
tomber l'Impofition fur tout ce qui met entre
les mains des Sujets du Roi ces efpeces
dont une partie doit entrer au Tréfor Royal,
non pour y être engloutie totalement, ou du-
moins long-tems enfévelie ; mais pour en
fortir prefque fur le champ, & repaffer entre
les mains du Peuple. Or les fermes, les rentes, les ventes & reventes, les travaux des
Artifans font certainement des moyens affurés
de faire paffer entre leurs mains des fommes
en argent comptant. Ce font donc des objets
d'impofition en argent. Le jour en plein midi ne nous paroît pas plus clair que cette démonftration.

Quant aux vrais & fimples Agricoles, dont
les travaux ne produifent que ces denrées pré-
cieufes qui font la premiere & la plus folide
Richeffe de l'Etat, nous avons obfervé qu'ils
ont befoin d'une feconde opération, fouvent
très-difficile, pour transformer en efpeces les
fruits de la terre qu'ils ont cultivée. L'intérêt

effentiel du Bien public, c'eft qu'on ne gêne point, qu'on ne force point cette opération. La moindre violence, le moindre préjudice qu'on y caufe, tombent directement fur l'Agriculture, pour peu que des accidens politiques fe joignent aux accidens trop ordinaires de la Nature; une année de malheurs caufe fouvent dix années de langueur ou de ftérilité totale aux fonds les plus fertiles, par le dérangement du Cultivateur. Pleins de cette vérité très-importante, qui nous a paru fondamentale pour la renovation & la perfection de l'Agriculture, nous defirons que le Gouvernement, au-lieu de forcer les Cultivateurs à faire au Tréfor Royal l'avance du fubfide entier en argent qu'ils n'ont point, & qu'ils ne peuvent avoir, prenne foin au contraire de leur faciliter l'acquittement de leur propre taux, & de les mettre à cet égard de niveau avec les autres Citoyens. Il faut leur faciliter, & d'une maniere fimple & avantageufe, la feconde opération qu'ils font obligés de faire pour payer le tribut, & ce moyen confifte à transformer en monnoie le prix de leur travail, qui n'eft pas de l'argent comptant. On voit que la juftice & l'intérêt de l'Etat exigent qu'on ait pour eux cette attention.

Le vrai moyen de concilier en cette partie les intérêts du Roi, qui n'a que de l'argent à demander, avec ceux de l'Agricole, qui n'a que des denrées à donner, c'eft de trouver un fyftême par lequel le Roi perçoive les efpeces dont il a befoin, & que le Peuple cultivateur ne paye que les fruits qui ne lui manquent pas. Ce fyftême eft tout trouvé depuis long-tems par l'Eglife. La dixme eft payable en nature par les Citoyens; elle n'en eft pas moins per-

que en argent par la plus grande partie des
Décimateurs, & cet échange n'est desavanta-
geux, ni au Peuple qui paye en denrées, ni au
Clergé qui reçoit en argent. Aussi dans le
principe, étoit-ce une idée juste, grande &
avantageuse que celle du Maréchal de Vauban,
mais elle avoit besoin d'être corrigée, pour des
raisons très-importantes, qu'on a détaillées mille fois, & que nous ne répéterons point ici.
Mais ce qu'il y a de très-vrai, & qui paroîtra
singulier à ceux qui ne connoîtroient pas le génie de la Nation Françoise, c'est que toutes les
difficultés réelles ne portoient que sur la maniere d'exécuter son plan. On y avoit réellement
trouvé des erreurs & des inconvéniens, qui ne
tomboient point sur les principes ni sur le fonds.
Il en auroit fallu conclure que son Ouvrage a-
voit besoin de réforme. On s'est hâté d'en tirer, à la Françoise, cette belle conséquence,
qu'il devoit être entiérement réprouvé. Nous
osons soutenir hardiment le contraire. Il nous
paroît facile à démontrer que le fonds de son
système est un des plus prompts & des plus
sûrs moyens de rétablir & de perfectionner l'Agriculture. Nous réserverons cette démonstration
pour un Ouvrage dans lequel nous nous proposons de prouver au Gouvernement la nécessité
d'employer des moyens politiques pour la renovation & la perfection de l'Agriculture : nous
nous contenterons d'exposer ici simplement l'e-
xécution de son plan corrigé.

Nous avons établi que le Subside Royal en
argent seroit réparti par le Tribunal de l'Election, par Paroisses d'Agricoles, comme par
Classes & Communautés ; que le taux de la Paroisse seroit réparti entre les chefs de famille,
par les Taxateurs. Cette premiere Imposition
fera

fera réglée felon la richeffe & l'aifance de chacun des Contribuables. Par cette forme de répartition, nous remédions à plufieurs inconvéniens & inégalités qu'on a juftement reprochés
au fyftême de Mr. de Vauban. Nous donnons
aux Agricoles la faculté de payer en denrées la
majeure partie de leur taux perfonnel ; mais
nous leur laiffons à eux feuls l'exercice de ce
droit, fans que nulle autre autorité s'en mêle.
Nous exigeons d'abord, pour plufieurs raifons
graves, & notamment pour empêcher le monopole, que les Paroiffes un peu étendues
foient divifées en cantonnemens, comme il eft
pratiqué par les Décimateurs Eccléfiaftiques qui
entendent leurs intérêts. Chaque année, au
tems prefcrit, feroient publiées & affichées les
adjudications des cantonnemens. Les encheres
feroient reçues pendant trois Dimanches con-
fécutifs, à l'iffue des Meffes Paroiffiales ; tout
Citoyen même d'autres Paroiffes, folvable &
bien cautionné, feroit reçu à enchérir, & l'adjudication feroit adjugée, à la fin du troifieme
jour de Dimanche, par la Paroiffe affemblée,
au plus offrant & dernier enchériffeur. L'Adjudicataire de chaque cantonnement auroit droit
de percevoir fur la place, telle quotité en nature, comme le vingtieme, ou telle autre que
le Roi fixeroit, des grains, fruits, herbes &
bois; & un taux convenu par arpent ou par
perches pour l'équivalent des jardins, parcs &
parterres. Le prix des adjudications feroit payable au Receveur du fubfide, & le total des
fommes payées pour les cantonnemens feroit
déduit au marc la livre, fur le taux général de
la Paroiffe, & particulier de chaque chef de
famille. Suppofons une Paroiffe divifée en trois
cantonnemens, qui produifent mille écus d'ad-

P

judication ; fi le fubfide eft de quatre mille livres, chaque chef de famille eft cenfé avoir
payé les trois quarts de fon taux perfonnel, &
il n'a plus que cinq fols par livre à payer en
argent. Obfervez que nous laiffons l'adjudication à faire à la Paroiffe même, & que nous
ne donnons point ce droit au Gouvernement,
comme l'avoit fait Mr. de Vauban ; ce qui pouvoit faire naître les plus grands abus. Obfervez en outre que le payement en nature, fait
par l'Adjudicataire, n'eft que repréfentatif d'u-
ne partie du fubfide, auparavant réparti entre
les familles par cinq Taxateurs tirés au fort,
& réformables ; enforte que ce n'eft point la
quotité feule des fruits qui regle le taux perfonnel, en quoi il y avoit réellement de l'erreur & de l'injuftice dans le fyftême de Mr. de
Vauban. Obfervez enfin qu'il n'y aura pas à
craindre des Adjudicataires particuliers par cantonnemens, le monopole & la vexation des
fermes générales & fous-fermes, que Mr. de
Vauban avoit fait appréhender. Nous n'en avons
pas moins, ce femble, dans ces adjudications,
le moyen le plus fimple de concilier les interêts
du Roi, qui ne veut que de l'argent, avec
ceux du Cultivateur, qui n'a que des denrées
à donner.

Il fera néceffaire d'établir, pour chacune des
Claffes, Communautés ou Paroiffes, un Receveur, fuffifamment cautionné, qui touche le
taux perfonnel de chaque chef de famille, &
dans les Paroiffes, le prix des adjudications.
Cette recette ne l'empêchant pas de faire tout
autre état, comme nous l'expliquerons à l'article du Recouvrement, il ne doit pas être
payé cher ; mais nous defirons qu'il foit fixe &
en titre. Les premiers Receveurs, ayant ra-

massé les taux personnels de chaque chef de famille, porteroient le taux entier de leurs Classes, Communautés ou Paroisses au Receveur de l'Election qui est en charge aujourd'hui pour les tailles, capitations, &c. Celui-ci porteroit tout le taux de l'Election au Receveur-Général, qui remettroit au Trésor Royal tout le taux de la Généralité. Nous osons établir trois regles, qui nous paroissent on ne peut pas plus utiles ; la première, que tous les Receveurs doivent être taxés à tant de gages fixes par an, jamais aux deniers pour livre ; la seconde, qu'il faut leur prohiber sévérement tout agiotage ou travail d'argent, comme on dit, pour éviter le vrai nom d'usure ; la troisieme, qu'ils ne doivent jamais rien tirer de leur caisse, sous quelque prétexte que ce soit, étant Receveurs & non Payeurs ; ensorte que nous voudrions qu'il ne leur fût pas même permis de retenir leurs propres appointemens. Le Gouvernement pourvoiroit à ce qu'ils fussent bien payés. Mais nous desirerions que toute recette passât, sans diminution quelconque, au Trésor Royal. On ne peut pas mettre trop d'ordre ni de clarté dans les affaires du Roi. La fraude pêche en eau trouble ; nous desirons qu'on fasse un axiome inviolable en Finance de cette proposition : *il faut que tout ce qui sort de la poche du Peuple entre au Trésor du Roi, sans qu'il en soit détourné une seule obole dans les trois caisses intermédiaires* ; on verra dans la pratique les biens infinis qui résulteront de cet arrangement.

Telles sont nos idées sur la forme de la répartition ; nous croyons celle-ci très-simple, très-juste, très-avantageuse pour le Gouvernement & pour le Peuple. Premiérement, pour le Gouvernement : le Roi, avec ses Ministres, se réfervant le droit de fixer chaque année le taux général du Subfide pour tout le Royaume ; il eft le Maître de le proportionner à fes be-foins, *ce qu'il veut dépenfer étant fa feule regle*, il n'eft plus dans le cas des expédiens des Em-prunts, des nouveaux Droits, des Edits de Finance, des Enregiftremens, des Remontran-ces, des Lits de Juftice. Un feul acte de fa volonté fuprême fuffit chaque année, pour ré-partir par Généralités & Pays d'Etats le taux général qu'il a décidé devoir fe monter à tant de millions pour tout le Royaume pendant l'an-née fuivante. Dès là tout eft dit pour le Roi, pour fes Miniftres, pour fon Confeil. Les ré-partitions par Election, par Claffes, Commu-nautés ou Paroiffes, ne font point fujettes aux partialités, ni aux injuftices ; parcequ'on ne fait ni tort ni grace fenfibles à perfonne en par-ticulier : fi on épargne ou fi on vexe tout un Corps, la prédilection d'un Intendant pour une Election, plutôt que pour une autre, celle d'un Siege entier de l'Election pour une Claffe, une Communauté, une Paroiffe, en général eft en-core une chimere. La haine ou l'affection ne s'attache point à ces objets univerfels. Il n'eft pas dans la nature que plufieurs Juges s'accor-dent pour charger trop ou trop peu quatre ou cinq cent perfonnes en corps, au préjudice ou à l'avantage de quatre ou cinq cent autres auffi en corps. C'eft dans la répartition par familles que le jeu des paffions eft à craindre, & jufqu'à préfent on n'a pas pris affez de précautions contr'elles en réglant le taux perfonnel des Im-pofitions qu'on appelle arbitraires, & c'eft ce qui les rend juftement odieufes au Peuple. Notre forme de répartition par familles ne donne lieu ni à la faveur, ni à la vexation de caprice. Quand on a vingt-un Arbitres tirés au fort, deux Tribunaux fixes, & des formes très-fimples pour fe faire rendre la juftice, on peut fe flatter de l'obtenir légalement, promptement, & à peu de frais.

Ce ne fera donc pas feulement fans peine pour le Miniftere, mais encore avec toute efpece d'équité & de fatisfaction pour le Peuple, que fera faite cette répartition : l'équité de la taxe eft le premier avantage que notre plan affure au Citoyen. Point de profits intermédiaires entre lui & le Roi, c'eft le fecond avantage : & combien n'eft-il pas immenfe, fi l'on en croit des calculs qui paroiffent bien appuyés ? Point d'emprunts, & par conféquent point d'intérêts ajoutés aux capitaux, troifieme foulagement. Les appointemens fixes & honnêtes, feulement des Receveurs-Généraux & Particuliers, ne peuvent pas être regardés comme une furcharge : premiérement, il eft impoffible qu'on s'en paffe ; fecondement, nous montrerons plus bas, à l'article de la Caiffe de réferve pour les deniers deftinés aux cas fortuits, le moyen d'en diminuer encore le poids : s'il eft démontré que, par la variété des Impôts & fur-tout des Impôts prohibitifs, par les profits des Fermiers & des Commis, & par l'accumulation des intérêts qu'on paye pour les capitaux empruntés, il fort immenfément plus d'argent de la poche du Peuple, qu'il n'en entre dans les coffres du Roi, comme tout le monde en convient ; il eft donc très-évident que nous foulagerons le Peuple, & que nous enrichirons le Roi, en fupprimant, comme nous croyons l'avoir fait dans notre plan, tous les profits intermédiaires.

Au refte, dans notre plan la machine fi com-

P 3

pliquée de la répartition du subside, se réduit
exactement à quatre roues. Le Roi taxe les
Généralités ; l'Intendant taxe les Elections ; les
Elus taxent les Classes, Communautés ou Paroisses. Les Corps eux-mêmes, par cinq Membres tirés au sort, taxent les chefs de familles,
sauf l'appel. Le soulagement que nous proposons d'accorder aux Paroisses d'Agricoles (pour
les Cultivateurs, non pour la Noblesse & la
Bourgeoisie qui auroient arrenté ou affermé, encore moins pour les Commerçans & Artisans
domiciliés à la campagne). Cette faculté de payer en denrées, lors de la récolte, une grande
partie de leur taux par le moyen des adjudications, nous paroît devoir être aussi utile qu'a-
gréable, sans causer aucun embarras ni préjudice à qui que ce soit, par les conditions que
nous y avons mises, de diviser les grandes
Paroisses en cantonnemens, & de laisser absolument les adjudications annuelles à tout le corps
de la Paroisse : d'un côté, tout le monde étant
intéressé à les faire aux meilleures conditions
possibles pour le Bien public & particulier ; de
l'autre, tout le monde pouvant se rendre adjudicataire d'un cantonnement, qui ne sera qu'un
objet modique ; on peut être assuré que le droit
sera vendu chaque année sa juste valeur : le
profit que fera l'Adjudicataire, par son industrie
à vendre ou à employer à propos les choses ré-
coltées, ne fera point une perte pour chacun
des Contribuables. La nécessité de payer le
subside en argent, la difficulté & l'embarras de
changer ses denrées en argent, auroit coûté à
chaque particulier beaucoup plus que l'Adjudicataire ne gagnera sur la portion de ce même
particulier solitairement prise. Le Fermier du
droit, qui prendra le tems & les moyens, ti-

sera par son adresse trois livres d'une quantité
de grains, de bois, de fourages que le pauvre
Paysan, pressé par sa taille, seroit obligé de
vendre 40 sols au premier venu : si l'Adjudicataire évalue cette mesure 45 sols seulement
dans son marché, le Paysan qui donne à la récolte gagnera cinq sols & sa tranquillité, quoique l'Adjudicataire ait lui-même quinze sols
de bénéfice ; rien n'est plus vrai ni plus sensible : les dixmes Ecclésiastiques en font une preuve palpable & journaliere.

Les adjudications faites chaque année par les
Paroisses, pour en être le prix déduit sur le
taux du subside, operent donc les mêmes effets
qu'on attend des Cadastres, mais elles les o-
perent bien plus promptement, sans embarras,
sans discussions & sans dépenses. Il est indubitable qu'en prenant une quotité des fruits en
nature, les bons fonds payeront plus, les médiocres & les mauvais payeront moins, sans
arpentage & sans Experts : il est encore indubitable que les frais plus ou moins grands de
culture, le nombre d'enfans, les profits du bétail & autres considérations n'en entreront pas
moins en compensation, à charge ou à décharge, lorsqu'il s'agira de répartir le taux de la
Paroisse entre les chefs de famille : l'opération
des Cadastres deviendra donc inutile, & les erreurs ou injustices, inséparables d'un Impôt
purement territorial, seront corrigées d'avance.

On dispute vivement depuis quelque tems si
l'Imposition doit être réelle ou personnelle,
nous sommes d'avis qu'elle ne doit être, à proprement parler, ni l'une ni l'autre : pour lui
donner le vrai nom qui lui convient, elle doit
être pécunielle, c'est-à-dire, que le Trésor

Royal ne pouvant recevoir que de l'argent, cet argent doit être perçu entre les mains des Citoyens, qui ont de l'argent à proportion des moyens qu'il ont de s'en procurer ; aussi demandons - nous de l'argent aux Classes qui ont des fermes & rentes payables en argent, & aux Ouvriers qui font payer leurs travaux en especes ; & comme les Agricoles n'ont de l'argent qu'en vertu d'une seconde opération, qu'il faut faciliter & ne jamais forcer, nous leur facilitons cette opération à - peu - près au *prorata* de l'argent qu'ils doivent payer pour le Subside.

C'est ainsi que nous proposons d'asseoir & de répartir le Subside Royal.

§ II.

Du Recouvrement du Subside Royal.

LA totalité des deniers que le Roi juge à propos d'exiger chaque année de son Peuple, pour subvenir à ses dépenses ordinaires, doit entrer sans *deficit* dans les coffres du Prince. L'ordre exige même qu'il soit versé chaque mois au Trésor Royal des *à-comptes*, formant au bout de trois mois un quartier complet du subside. Toute la difficulté du recouvrement consiste à faire tomber dans la caisse des Receveurs particuliers des Classes, Communautés ou Paroisses, des *à-comptes* formant à la fin du quartier le quart complet des taux imposés. Il est clair que les Receveurs particuliers une fois remplis par le payement exact des chefs de famille, les Receveurs d'Election & de Généralités seront à même de porter de main en main au Trésor

Royal. La perception des deniers néceffaires
au Souverain, ne devant être ni retardée ni
diminuée, la raifon exige que les Concitoyens
des mêmes Claffes, Communautés ou Paroiffes
foient confolidaires entr'eux pour l'acquittement
du Subfide Royal. Rien de plus jufte ni de
plus légal que cette folidarité. En quelle ac-
cafion pourroit-elle être admife, fi elle n'avoit
pas lieu vis-à-vis de l'intérêt le plus effentiel
& le plus preffant de l'Etat ? Mais une fuite
néceffaire, qu'il paroît qu'on a méconnue,
c'eft que le droit de pourfuivre, contraindre
& mulêter les mauvaifes payes, réfide effentiellement dans le corps même de la Claffe, Communauté ou Paroiffe qui répond pour eux, &
paye pour les défaillans. Par l'abus énorme
de l'agiotage introduit dans les partics des Revenus Royaux qui ne font point affermées, les
Receveurs-Généraux font des avances au Tréfor Royal, toujours trop arriéré ; & l'on paye
bien cher les intérêts de ces avances. Demandons pourquoi, de quels deniers & aux dépens
de qui ? S'il régnoit plus d'ordre & d'économie dans la recette & la dépenfe, on n'auroit
nul befoin de recettes anticipées. Quant aux
intérêts payés par le Roi, de quelque façon
qu'on l'entende, c'eft toujours le pauvre Peuple qui les fournit ; mais pour le capital même, c'eft encore lui qui le donne. Un Receveur qui emprunte en débutant, a force d'a-
vancer & d'être bien payé à ufure, fe libere
bientôt vis-à-vis de fes Créanciers : il travaille fur le champ à ramaffer des fommes qu'il
puiffe payer par anticipation, & qui lui font un
revenu confidérable. C'eft donc dans la réalité l'argent du Citoyen qui travaille, comme
on dit en terme de l'art, pour opérer les

P 5

grandes & rapides fortunes de ces Receveurs-
Généraux, qui font parvenus à légitimer en
quelque forte les profits immenfes qu'ils font
à ce trafic. Ce n'eft pas tout, les fimples Receveurs d'Election font auffi des avances, &
ils ont leur bénéfice à proportion. Ce fous-
agiotage eft une feconde furcharge pour le pauvre Citoyen, qui paye de fa poche tous ces bénéfices, très-inutiles à une bonne Adminiftration, qui ne tendent qu'à l'accroiffement de
l'empire de l'ufure & du luxe, & au détriment
vifible du Bien public. Nous defirons affranchir entiérement & pour jamais le recouvrement
du Subfide Royal de cet abus des avances &
des bénéfices qu'on y attache.

Une feconde fource de vexation & de préjudice pour les Citoyens, c'eft la liberté qu'on
laiffe aux Receveurs-Généraux, & plus encore
aux Receveurs particuliers des Elections, de
pourfuivre à leur gré les Contribuable, & de les
mulćter d'une peine pécuniaire, fous le nom
de *contrainte*. La forme & le fond de cette
procédure font également blâmables & nuifibles.
Une foule des gens, dont le moindre vice eft
d'être inutiles, inonde nos campagnes avec le
titre d'Huiffiers aux tailles, & y portent la défolation en papier marqué. Sans vouloir envelopper les innocens dans une accufation générale, nous pouvons dire hardiment que nul Receveur, faifant profeffion d'honneur & de probité, n'ofera nous contefter qu'il feroit très-
facile pour eux d'abufer du miniftere de ces
Huiffiers aux tailles, pour s'enrichir aux dépens
des malheureux, en multipliant les actes de
contrainte, de façon qu'un Huiffier aux tailles,
gagé à raifon de quarante fols par jour, inftru-
mente pour 25 à 30 liv. de frais pour le Re-

ceveur. La deftruction de cette vermine eft
encore un des biens que nous aurions le plus à
cœur de procurer à nos infortunés Concitoyens.
Il faut cependant que le Subfide Royal foit payé,
qu'il le foit exactement, qu'il le foit complet-
tement par quartiers : mais les moyens n'en
fauroient être trop doux, pourvu qu'ils foient
efficaces. Nous croyons pouvoir intéreffer l'honneur & la cupidité des Contribuables à s'acquitter exactement & promptement. Nous mulctons
les mauvais Payeurs, non feulement par la honte, mais par la bourfe : & la peine que nous
leur impofons, devient la récompenfe de ceux
qui payent bien, au-lieu d'être la proie des
fangfues publiques. C'eft par cet artifice que
nous croyons affurer le recouvrement ; voici
notre Syftême.

L'année contenant cinquante-deux femaines,
nous en avons treize par quartier. Nous donnons aux quatre premieres de chaque quartier,
le nom de *femaines de grace*, pendant lefquelles
ceux qui payeront, auront un privilege, que nous
expliquerons tout-à-l'heure. Les quatre fuivantes feront appellées *femaines de juftice*, parce
qu'il n'y aura ni tort ni grace pour ceux qui
payeront leur quartier pendant ces quatre femaines. Les quatre dernieres feront appellées
femaines de rigueur, parce que le payement commencera d'être forcé, quoique fans frais & fans
peine. La treizieme & derniere fe nommera la
femaine d'exécution, parce qu'il y aura une a-
mende pour ceux qui attendront jufques-là pour
payer le quartier : mais leur condamnation fera
prononcée, & même exécutée fans frais, &
l'amende ne fortira point du Corps ; elle tour-
nera prefque toute entiere, comme nous l'expliquerons ci-deffous, à la décharge de ceux qui

auront payé dans les quatre premieres femaines appellées *de grace*.

Le Receveur particulier de chacune des Claffes, Communautés, ou Paroiffes feroit donc tenu, fuivant nos idées, de dreffer des liftes des Contribuables, à mefure qu'ils viendroient payer, fuivant l'époque de leur payement. La premiere feroit intitulée, *lifte de grace*, & contiendroit les Payans des quatre premieres femaines; la feconde feroit intitulée, *lifte de rigueur*; & enfin la troifieme, *lifte d'exécution*. Nous difons que ces liftes feroient certifiées véritables & conformes aux Rôle & Regiftre journal du Receveur, qui répondroit fur fa tête de leur exactitude. Pour plus grande fûreté, elles feroient contrefignées d'un des cinq Taxateurs de l'année. On en feroit trois copies, l'une pour être publiée & affichée, l'autre pour être remife au Confeiller de l'Election Commiffaire du Département; enfin la troifieme, au Receveur de l'Election. Ces liftes feroient donc publiées & affichées à la fin de chaque époque; la premiere *lifte* appellée *de grace*, feroit affichée dans le cours de la cinquieme femaine, pour faire honneur de leur exactitude à ceux qui payeroient leur quartier dans le tems *de grace*, & pour leur faire titre, quant au privilege dont nous parlerons bientôt. La feconde *lifte*, appellée de *rigueur*, feroit publiée & affichée dans le cours de la neuvieme femaine, & des trois fuivantes; elle contiendroit ceux qui n'auroient pas payé dans les quatre de *grace*, ni dans les quatre de *juftice*. Nous avons dit qu'elle feroit la forme de l'authenticité de ces liftes. Quant au lieu des affiches & publications, ce feroit pour les Claffes & Communautés, l'auditoire même de l'Election, l'Audience tenant : pour les Paroiffes, la porte de l'Eglife à l'iffue de la Meffe Paroiffiale. Enfin, la *lifte d'exécutiun* feroit publiée la treizieme femaine.

A la feule confection & publication de ces liftes, fi authentiques, fi fimples, & qui ne coûtent rien, nous propofons de faire attacher par le Souverain une efficacité toujours infaillible. Nous avons dit que *la lifte de rigueur* feroit publiée dans le cours des neuvieme, dixieme, onzieme & douzieme femaine de chaque quartier. Bien entendu qu'à chaque nouvelle publication, on y rayeroit ceux qui fe feroient acquittés depuis la derniere. Notre idée feroit que la *lifte de rigueur* fût une véritable faifie & arrêt de deniers entre les mains de tous débiteurs quelconques des Contribuables qui n'auroient pas payé leur quartier : faifie qu'il ne feroit jamais permis de réputer fimplement comminatoire, fous quelque prétexte que ce fût, mais au contraire, qui feroit fi forte & fi inviolable, que tout Débiteur, payant au Contribuable avant que fon quartier fût acquitté, encourroit lui-même l'amende, & la payeroit de fes propres deniers, fans être autorifé à la répéter contre fon Créancier. La Loi une fois rendue, tout le monde exigeroit aux dernieres femaines de chaque quartier, la quittance du Subfide Royal : fans quoi point de payement, fi ce n'eft entre les mains du Receveur. L'Ordonnance autoriferoit, & même recommanderoit ce payement au Receveur, à l'acquit du Contribuable infcrit fur *la lifte de rigueur*, par tous fes débiteurs, en forte qu'il feroit tenu d'accepter pour argent comptant toute quittance de Subfide acquitté pour lui, tant qu'il négligeroit d'y fatisfaire lui-même. Par la même raifon il feroit fait défenfes à tous Huiffiers d'intenter , pendant les *femaines de rigueur*, aucune demande à la requête des Particuliers qui ne juftifieroient pas de leur exactitude. Enfin on prendroit légalement toutes les précautions poffibles & imaginables ; pour que tous les effets , meubles , rentes , fermes , obligations , falaires , &c. appartenans au Contribuable en retard , fuffent rigoureufement & inviolablement fous la main du Roi & de fon propre corps , jufqu'au parfait payement de fon quartier. Nous avons dit que la *lifte de rigueur* , valant faifie générale, feroit publiée pendant quatre femaines confécutives.

Au commencement de la treizieme du quartier, que nous avons nommée *femaine d'exécution*, feroit publiée la troifieme lifte , contenant le nom de ceux qui n'auroient pas payé dans les trois époques des douze premieres. L'amende réglée par la Loi, feroit encourue par le feul fait, non feulement pour eux, mais encore pour tout Acquéreur & Débiteur qui auroit eu des deniers à leur payer , & qui ne les auroit pas portés au Receveur du Subfide à leur acquit , foit que ces Débiteurs euffent entiérement négligé de fatisfaire , foit qu'ils euffent compté directement à leur créancier , au-lieu de porter au Receveur à fa décharge : l'amende feroit irrémiffible pour tous également , fans répétition du débiteur en faute contre fon créancier. La *lifte d'exécution* contre-fignée , lue , publiée & affichée , feroit le titre en vertu duquel le Receveur feroit autorifé à fe faire payer les amendes. Pour l'indemnifer du travail des liftes , & le rendre attentif à comprendre dans la troifieme tous Débiteurs & Acquéreurs qui violeroient la faifie & arrêt, nous lui adjugeons

le tiers des amendes, réservant les deux autres
tiers pour le privilege de ceux qui auroient
payé dans les *femaines de grace*. On ne nous
demandera pas comment le Receveur connoîtra
les Débiteurs du Contribuable négligent dont il
s'agira de punir la contravention : rien n'est plus
simple. D'abord la nature & la forme de l'impofition exigeant que les contrats de ferme &
de rente foient exactement connus par les Taxateurs, la Loi ordonneroit que dans un regis-
tre *ad hoc* tenu par le Greffier de l'Election,
tous contrats de ferme ou de rente feroient enregistrés par extrait, à peine de nullité & d'a-
mende; lefquelles peines ne feroient jamais ré-
putées comminatoires. Ordre à tous Notaires,
paffant à l'avenir de tels contrats, d'en envoyer l'extrait à ce Greffe, à peine d'amende &
d'interdiction. Pareils ordres pour les obligations par-devant Notaires, ou même pour les
fimples billets contrôlés : & dans les derniers
cas, ce feroit au Contrôleur des actes à faire
paffer l'extrait au Greffe de l'Election, en laquelle fe déclareroit impofé le créancier qui
feroit contrôler. Les Receveurs de chacune des
Claffes, Communautés ou Paroiffes, auroient
copie de ce regiftre d'extraits, en ce qui con-
cerneroit les chefs de famille de leur diftrict
feulement ; & par ce moyen, auffi naturel qu'infaillible, ils feroient en état de convaincre les
débiteurs qui auroient encouru l'amende, dès
que leur dette feroit établie par écrit. Quant
à ceux qui achetteroient des marchandifes, meubles & effets au préjudice de la faifie, ou qui
payeroient le falaire des Ouvriers par eux employés pendant les *femaines de rigueur*, au mépris de leur infcription fur la lifte, le Receveur
n'auroit que la voie de la preuve par témoins.

qu'il n'eft pas difficile d'acquérir en pareil cas ; mais comme il ne feroit ni jufte ni raifonnable de donner à ce Receveur, qui n'eft que partie, ou, fi l'on veut, premier Juge, une autorité abfolue, la Loi doit fans difficulté permettre à tous ceux qu'il comprendroit fur fa lifte d'a- mendes, d'en appeller à l'Election, auquel cas il feroit tenu de prouver par titres ou par té- moins ; mais cette procédure feroit fimple & peu coûteufe, aux frais, rifques, périls & for- tune du Receveur, auquel nous propofons, par ce motif, d'accorder le tiers des amendes.

Les treize femaines du quartier étant expi- rées, le chef de famille, qui n'auroit pas payé fon quart de fubfide, feroit déclaré morte-paye. Son taux particulier feroit verfé fur tous les au- tres Contribuables, au marc la livre. Ceux qui n'auroient acquitté leur quartier précédent que dans les *femaines de juftice, de rigueur* & *d'exé- cution*, payeroient de leur propre poche, cha- cun leur part de la morte-paye, comme fuite néceffaire de la folidarité ; mais ceux qui au- roient payé leur quartier précédent dans les quatre femaines de grace, auroient pour la pa- yer les deux tiers des amendes encourues dans la *femaine d'exécution*. La fomme produite par ces deux tiers leur feroit imputée à payement fur leur quartier fuivant, & partagée entr'eux, au marc la livre de leur fubfide. C'eft par ce privilege de partager les amendes en déduction de leur quartier fuivant, que nous récompen- fons les bons payeurs, & que nous les inté- reffons à procurer la découverte & le paye- ment des amendes. La lifte des mortes-payes feroit publiée très-exactement toutes les quatre premieres femaines du quartier fuivant, fon ef- fet légal & inviolable feroit d'hypothéquer

ipfo

ipso facto au corps qui payeroit le quartier arriéré, tous les effets & biens quelconques appartenans au Contribuables devenus mortes-payes;
enforte que d'acheter, divertir, receler quelques-uns de leurs effets; ou leur payer quelque ferme, rente, dette ou falaire quelconque,
ce ne feroit plus, comme dans les cinq femaines précédentes, une faute amendable; mais
un vrai vol, déclaré tel, & pourfuivi fans ménagement à l'extraordinaire, par la voie d'une
plainte, fur laquelle il feroit enjoint aux Procureurs du Roi des Elections de n'ufer jamais
d'aucune condefcendance: malgré cette faifie,
qui feroit cenfée faire *ipfo facto*, comme *le mort
faifit le vif* en Droit, en vertu de la lifte au-
thentiquement publiée. On laifferoit encore
quatre femaines aux mortes-payes, pendant lefquelles ils pourroient s'acquitter en payant triple amende pour leur ténacité: ce dernier terme expiré, leurs effets mobiliers feroient vendus par un Huiffier quelconque, fans déplacer,
en préfence du Receveur, le prix configné entre fes mains jufqu'à concurrence du fubfide
de toute l'année & de la triple amende; lequel
payé, s'il réftoit des meubles, le Receveur ne
pourroit paffer outre; fauf aux autres créanciers, s'il s'en trouvoit, à faifir & à exécuter
fuivant les formes ordinaires: tout au contraire, fi la vente des effets mobiliers ne fuffifoit
pas à l'acquittement du fubfide, on vendroit
dans la fixieme femaine les contrats des rentes
& autres dettes actives, jufqu'à la concurrence feulement. Cette vente, annoncée pendant
la quatrieme & cinquieme femaine, fe feroit
la fixieme du quartier fuivant, à l'Audience de
l'Election: fi ces deux ventes n'étoient pas fuffifantes, on annonceroit celles des fonds pen-

Q

dant la feptieme, huitieme & neuvieme femaines : les encheres feroient reçues la dixieme & onzieme ; l'adjudication définitive fe feroit la douzieme.

Suivant nos idées, cette procédure fommaire & prefque toute gratuite, ne feroit relative qu'au Subfide Royal, inconteftablement privilégié : le Siege compétent pour ce feul objet, ne connoîtroit point des droits & oppofitions des autres créanciers, comme il n'étendroit point fa jurifdiction fur les effets ou les fonds fitués hors de fon reffort : l'Impofition ne devant porter dans chaque Election que fur ceux du reffort, les autres créanciers des Contribuables, devenus mortes-payes, feroient toujours aftreints à la Juftice ordinaire. Sur le prix des biens vendus la douzieme femaine du quartier fuivant, le Receveur ne prendroit que le fubfide de l'année, la triple amende & les frais très-modiques des annonces & des adjudications : le refte, s'il y en avoit, en quoi qu'il pût confifter, feroit dépofé chez le Receveur des Confignations, s'il y avoit dans l'Election des créanciers qui le requiffent, finon délivré aux Contribuables ; & fur la requifition d'un ou de plufieurs fe prétendant créanciers, le Juge ordinaire prononceroit fuivant les formes accoutumées. Bien entendu que le Receveur une fois rempli du taux perfonnel d'une morte-paye & de la triple amende, les co-folidaires qui auroient avancé le quartier du taux au marc la livre, feroient cenfés avoir payé autant de leur propre taux pour le quartier fuivant, dans lequel les deniers rentrés leur feroient tenus à compte.

Cette procédure contre les mortes-payes, telle que nous venons de la détailler, feroit févere comme il convient, contre ceux qui né-

gligent de s'acquitter d'un devoir auſſi ſacré que
celui du Subſide Royal ; mais dans le fonds elle
ſeroit très rare. Les taux perſonnels de chaque chef de famille ſeroient très-exactement
proportionnés aux facultés , & , par les raiſons
que nous avons déduites , infiniment moindres
qu'ils ne le font aujourd'hui. Les Agricoles
ſur-tout, qui manquent plus communément d'argent, n'en auroient à payer que très-peu par
quartier : les défaillans étant avertis & ſaiſis
très-exactement, quoique ſans frais , pendant
les quatre *ſemaines de rigueur*, ils auroient le
tems de ſe préparer & de payer , pour éviter
l'exécution & l'amende. Un Ouvrier , par
exemple, dont la taxe ne peut jamais monter
par an à dix ſemaines de ſon travail , étant ſaiſi
gratuitement , mais inviolablement pendant cinq
ſemaines , chaque quartier ſeroit forcé de s'acquitter ; les honnêtes-gens qui l'employeroient
pendant les *ſemaines de rigueur*, ne pouvant
payer qu'au Receveur à ſa décharge le prix
même de ſon travail. Tous les Débiteurs du
Contribuable, de quelque état qu'il pût être ,
ſe trouveroient intéreſſés à ſa libération, dans
la crainte d'encourir avec lui l'amende irrémiſ-
ſible. Mais la *ſemaine d'exécution* venue , ce
ſeroit encore pis , par la crainte de la triple
amende & de la vente ſucceſſive de tous les
biens du Citoyen qui ſe rendroit *morte-paye* ;
les amis, les parens, les débiteurs du chef de
famille y ſeroient intéreſſés , ainſi que les co-
ſolidaires même du corps , ſur leſquels retom-
beroit, dans les quartiers ſuivans, le taux de
la *morte-paye*.

Une premiere conſidération de la plus extrê-
me importance, c'eſt que toute la procédure
ſeroit faite ſans frais , quoiqu'avec toute l'au-

thenticité poſſible, & que les amendes impoſées
aux mauvais Payeurs, ne ſortiroient pas de leur
propre corps, mais ſeroient employées, partie
à faire le ſort du Receveur, partie à payer
quelque portion du taux perſonnel de ceux qui
en auroient mérité le privilege, en payant dans
les *ſemaines de grace*. D'où il réſulte évidemment une différence totale entre cette maniere de pourſuivre, contraindre ou mulĉter les
Défaillans, & la forme ruineuſe des contrain
tes, ſaiſies, exécutions faites par les Huiſſiers
aux Tailles, à la pourſuite des Receveurs d'E-
lections. Les frais qui s'accumulent au gré
du Commis intéreſſé à leur multiplication (s'il
en veut faire le trafic, qui n'eſt certainement
pas ſans exemple), ces frais qui écraſent le
Peuple, ſervent à nourrir une bande d'exécu-
teurs, qui vivent du plus pur ſang des pauvres citoyens, & minent l'Etat, qu'ils devroient ſervir dans des profeſſions utiles; &,
par les profits qui naiſſent de leur multiplication, ils augmentent au-delà de ſes juſtes bornes la fortune & le luxe du Receveur. Une
ſeconde conſidération, c'eſt que notre forme
de procéder eſt ſimple, uniforme, & fondée
ſur un principe de juſtice; enſorte qu'elle ſera
très-facilement compriſe par le Peuple, & qu'il
s'y accoutumera tellement, ſans nulle peine,
que la notion des *ſemaines de grace, de juſtice, de rigueur & d'exécution*, lui deviendra
auſſi familiere que celle des jours de la ſemaine & des mois de l'année; ce que nous regardons comme très-avantageux, les Loix qui
ſont de pratique générale & journaliere ne
pouvant jamais être trop claires & trop conformes à la juſtice primitive. La troiſieme conſidération enfin, c'eſt que l'ordre de la pour-

suite ayant des termes irrévocablement réglés par la Loi, seroit bien plus imposant & plus pressant que la fantaisie particuliere d'un Collecteur ou Receveur, & cependant cette procédure légale & univerfelle feroit en même tems moins odieufe au Citoyen, parce qu'elle n'est point arbitraire ni capricieufe, ni vexatoire, & que d'ailleurs elle n'eft point difpendieufe : la peine même de l'amende modérée, qui s'encourroit dans la *femaine d'exécution*, n'étant portée qu'après beaucoup de menaces & de précautions ; afin de forcer le débiteur à fe libérer, pour faire lui-même fon bonheur & fa tranquillité.

Notre procédure, établie légalement, produiroit, ce femble, d'une maniere infaillible, le recouvrement du Subfide Royal, tel qu'on peut le defirer. Chaque mois feroient portés de main en main au Tréfor du Roi des *à comptes*, formant au bout de trois mois un quartier complet. Les chefs des familles, rangés & & attentifs au bien de leurs affaires, payeroient dans les quatre premieres *femaines de grace*, pour avoir l'honneur public de l'exactitude, qui ferviroit beaucoup au crédit, qu'on regarde avec raifon, comme une poffeffion précieufe, & en même tems pour participer au bénéficé des amendes, & s'exempter de la furcharge des *mortes-payes* : voilà le premier envoi ou le premier *à compte*. Les quatre *femaines de juftice* font le fecond ; les quatre *femaines de rigueur* font le troifieme. Le produit de la *femaine d'exécution* feroit joint aux quatre *femaines de grace* du quartier fuivant ; enforte qu'en répartiffant, de quartier en quartier, la mortepaye fur les autres Contribuables au marc la livre, il n'y auroit jamais aucun *deficit*, que

Q 3

les trois premiers mois de la premiere Impofition : paffé ces trois mois, il n'y a plus de
vuide à perpétuité. D'ailleurs nous montrerons, par des raifons très-fimples & très-fen-
fibles, au Chapitre *de la Dépenfe*, que la machine de l'Etat, une fois bien organifée, ne
demandera pas même tant d'exactitude & de
célérité que nous en mettons dans notre Plan.
Le Syftême actuel, qui met tous les deniers
du Roi entre les mains de gens qui font par
état Marchands d'argent, opere néceffairement,
que tout le monde veut toucher le plutôt poffible ce qui doit lui être compté, & payer lui-
même le plus tard que faire fe peut tout ce
qu'il doit débourfer, parcequ'en attendant l'argent travail; & quel travail, bon Dieu! De-là
vient qu'on met tant d'activité dans la perception, & tant de lenteur dans les payemens.
Nous, qui rejettons l'agiotage & l'ufure, nous
defirons que le Roi paye exactement & à tems
ce qu'il doit; qu'il fe faffe payer de même avec
une exactitude correfpondante, fans favorifer
l'infame trafic de fon argent & de celui de fon
Peuple, qui ne peut opérer que des fortunes
indécentes & ruineufes pour l'Etat, d'une part;
de l'autre, l'épuifement du pauvre Peuple, la
ruine de l'Agriculture, des Arts & du Commerce. Il ne faut pas oublier en outre que
notre premier principe a été, que le Miniftere
devoit toujours caver au plus fort pour la dépenfe, enforte qu'un petit *deficit* momentané dans
la perception, ne le fit pas trouver court par
rapport aux chofes néceffaires, qu'il feroit dangereux ou malhonnête de retarder. Enfin, en
cas d'un manquement confidérable, nous avons
la Caiffe des deniers extraordinaires pour le
Chapitre *des Evénemens*: ainfi point de fcrupule

jufte & raifonnable fur la rentrée du Subfide au Tréfor Royal.

Les liftes de grace, *de juftice*, *de rigueur*, *d'exécution & de morte-paye*, dreffées & certi-fiées par le Receveur particulier des Claffes, Communautés & Paroiffes, dont le travail jour-nalier eft fi facile, étant contre-fignées d'un des cinq Taxateurs de l'année, & paraphées par l'Officier de l'Election, Commiffaire du dépar-tement, le Receveur de l'Election en tireroit trois copies ; la premiere, pour régler l'état du Receveur particulier vis-à-vis de lui-même ; la feconde, pour régler fon propre état vis-à-vis du Receveur-Général ; la troifieme enfin, pour régler l'état du Receveur-Général vis-à-vis du Tréfor Royal ; enforte qu'il n'y auroit plus d'obfcurité ni de fraude dans la recette. Ces trois copies feroient certifiées du Commif-faire, & en les comparant aux livres de recet-te, aux quittances & envois des Receveurs, on auroit la preuve la plus prompte & la plus dé-monftrative de la moindre malverfation de la part des Receveurs, qu'on abandonneroit en ce cas à la févérité des Loix.

Nous croyons avoir rempli, par ce fyftême de *Recouvrement*, les objets que nous nous étions propofés, d'affranchir les Sujets du Roi des furcharges affreufes de l'agiotage & des frais, fans cependant troubler en rien l'exactitude & l'ordre de la rentrée du Subfide Royal dans le Tréfor public,

ARTICLE III.

Des Pays d'Etats.

NOUS avons annoncé que notre Plan s'accorderoit même avec les prétendus privileges dont les Pays d'Etats font fi jaloux. Il eft aifé de voir que le Subfide Royal, étant impofé & recouvré de la maniere que nous avons expliquée, l'Affemblée des Etats feroit probablement plus onéreufe que profitable ; quoi qu'il en foit, le Monarque & fes Miniftres étant trop pleins de juftice & de bonté pour vouloir forcer les opinions des Peuples attachés à cette ancienne forme, dont les préjugés mêmes méritent, en quelque forte, d'être refpectés par un Gouvernement auffi doux & auffi fage que le nôtre ; nous avons cru néceffaire d'appliquer en détail aux Pays d'Etats nos principes fondamentaux & nos regles générales : voici les différences que nous admettons entr'eux & les autres Provinces.

Premiérement, le Subfide Royal y garderoit la forme & le nom de Don-gratuit, c'eft-à-dire, qu'au-lieu de la répartition faite de plein droit au Confeil du Roi fur les Généralités, les Etats offriroient, en la maniere accoutumée, telle fomme annuellement, portable au Tréfor du Prince, depuis une Affemblée d'Etats jufqu'à l'autre, obfervant feulement de joindre à leur offre une augmentation pour le cas de guerre, afin d'éviter une Affemblée extraordinaire.

Secondement, la fomme totale, offerte par les Etats en Don-gratuit chaque année, feroit répartie par les Etats mêmes entre les Districts, Diocèses, Bailliages ou Vigueries ; au-lieu que dans les autres, le taux de la Généralité feroit réparti par l'Intendant feul entre les Elections : le Don-gratuit particulier de chaque district feroit donc fixé par l'autorité des Etats.

Troifiémement, à la place des Sieges d'Elections, les Etats formeroient une Commiffion par chaque district, qui fubfifteroit d'une affemblée à l'autre. Cette Commiffion particuliere des districts feroit préfidée par un des Députés, Syndics, ou Elus des Etats, qui repréfenteroit l'Intendant, lorfque cette Commiffion feroit en Corps la répartition du Don-gratuit de fon district entre les Claffes, Communautés ou Paroiffes. Ces Commiffions des districts répartiroient le Don-gratuit au nom & par l'autorité des Etats, au-lieu que les Elections répartiroient le Subfide par l'autorité du Roi. Ces Commiffions feroient, comme les Elections, le partage au fort des départemens des Claffes, Communautés ou Paroiffes.

Quatriémement, la répartition du Don-gratuit d'une Claffe, Communauté ou Paroiffe, fe feroit par familles, dans la même forme que nous avons expliquée, par cinq Taxateurs choifis au fort, fauf l'appel à la Commiffion particuliere, puis à la Commiffion générale formée ad hoc par les Etats.

A ces différences près, nous propoferions aux Pays d'Etats d'adopter notre forme entiere d'Impofition & de Recouvrement. Nous parlerons de même des Dettes contractées jufqu'à préfent par les Etats, lorfque nous traiterons de celles du Roi dans le troifieme chapitre. En attendant, nous obferverons que les frais des Affemblées d'Etats, & le traitement des Commiffai-

Q 5

res nommés aux différens Tribunaux, feroient ajoutés au marc la livre du Don-gratuit. C'eft aux vrais Citoyens des Pays d'Etats, d'examiner fi cette furcharge eft compenfée par leurs privileges, relativement à l'aifance où nous mettrions les Pays d'Election. Nous nous contentons de réduire les Etats à l'heureufe impoffibilité d'emprunter & de multiplier les frais de régie, par la bigarrure des Impôts, ou par les frais de pourfuites.

ARTICLE IV.

De la Caiſſe des Deniers Extraordinaires.

Nous avons annoncé dans plufieurs occafions qu'il entroit dans notre plan de préparer à l'Etat une reffource contre les accidens imprévus, par la formation d'une Caiffe de deniers extraordinaires. Nous laiffons fubfifter à cet effet les Poftes, les Contrôles, le Papier marqué, les Monnoies, les Droits de franc-fief & d'amortiffemens, de plus les Domaines du Roi (dont le Miniftere s'occupe, dit-on, férieufement) & enfin les Dons-gratuits du Clergé, qu'il feroit très-facile de rendre plus avantageux pour l'Etat, & moins onéreux pour lés Eccléfiaftiques, en y faifant mettre l'ordre, l'économie & l'équité de répartition, qui y manquent abfolument. Les emprunts continuels du Clergé, les profufions inconfidérées de fes Affemblées, & le Miniftere des Bureaux trop abfolus, ruinent vifiblement cette branche de l'Etat, fans foulager le Gouvernement, autant qu'elle pourroit & qu'elle devroit dans les circonftances. Ces abus fenfibles & invétérés font dignes de l'attention du Roi & de ses bontés pour les Gens d'Eglise, très-inutilement & très-cruellement vexés par des surcharges absurdes & pernicieuses.

Les droits conservés pour faire le fonds de la Caisse extraordinaire, occuperont une partie des Financiers actuels ; mais pour ne pas multiplier les Employés autant que les emplois, nous ne voyons aucune espece d'inconvénient que les Receveurs de ces *droits conservés*, soient en même tems les Receveurs du Subside Royal pour les Classes, Communautés ou Paroisses, dans les Elections où ils seront placés. Un même homme peut très-bien être Contrôleur des Actes, Distributeur du Papier marqué, Directeur de la Poste & Receveur du Subside d'une Paroisse. Il faudra donc donner à ces Employés la préférence pour les Recettes que nous avons établies, & prendre des arrangemens pour qu'on réunisse à chaque vacance, les emplois divers non-incompatibles sur une même tête. On y trouvera deux avantages sensibles. Premiérement, vous diminuerez d'autant le salaire pour chaque opération, lorsque vous en ferez faire quatre en même tems, par un seul homme, qui ne recevra pour tout que des appointemens fixes & un honnête entretien. Cet homme seul vous coûtera moins que quatre, & n'en sera pas moins bien traité personnellement. Secondement, vous diminuerez d'autant le nombre des Employés, c'est-à-dire, des gens qui sont payés par l'Etat, & qui ne rapportent rien à l'Etat. Vous dépeuplerez d'autant moins les Classes des Citoyens utiles, qui dépérissent chaque jour en France par une progression trop sensible. Enfin, en réduisant les Employés que vous serez obligés de conserver, à l'honnête

médiocrité, vous détruirez le luxe, fils d'une
fauffe & pernicieufe opulence, introduite dans
l'Etat par la malheureufe complication des Finances,

Qu'on nous permette d'appuyer un moment
fur cet objet, que nous efpérons traiter un jour
avec plus d'étendue. Le luxe transforme évidemment nos Payfans en Valets & en Artifans,
nos Artifans, ou du moins leurs fils, en Bourgeois & prefque en Seigneurs. Il faut à de très-
petits Particuliers, enrichis par le maniment &
le trafic des deniers publics, des Hôtels plus
fomptueux que n'étoient au dernier fiecle les
Palais des Princes. Il faut deux ou trois équi-
pages, des meubles magnifiques, des légions
de valets en livrées; il faut des glaces, des
peintures, des dorures, des bijoux, que fais-
je?... Il y a donc à préfent plus de Maçons, de
Charpentiers, de Vitriers, de Peintres, de Ver-
niffeurs, de Doreurs, de Caroffiers, de Selliers,
de Charrons, plus de Fabriquans & de Débitans
de galons, d'étoffes, de modes & de colifi-
chets, & plus de Domeftiques & d'Artifans de
toute efpece, pour nourrir, habiller & fervir
ces gens-là. Mais de quel ordre de Citoyen
tirez-vous chaque jour ces nombreufes recrues?
de l'ordre des Payfans, de cette efpece de Citoyens les plus utiles, qui travaillent à la véritable & primitive *Richeffe de l'Etat*, la feule
prefque dont on ne puiffe fe paffer, & qui foit
indépendante de l'opinion. Le jour en plein
midi n'eft pas plus clair que cette vérité. Vous
aurez beau faire des Académies d'Agriculture,
des Expériences & des Livres, même des Arrêts du Confeil, pour encourager le Cultivateur; à moins que vous ne receviez chaque année de dehors une colonie de Payfans, corref-

pondante au nombre de ceux que vous tranſ-
formerez en Valets & en Artiſans pour l'entretien du luxe, votre Agriculture périra par
le fondement même, par le défaut d'hommes
qui cultivent. Car enfin, les Académies, les Livres & les Arrêts du Conſeil ne font pas des
bras, & c'eſt avec les bras qu'on fait valoir la
terre. Par la même raiſon, toutes les fois que
vous transformez en Financier, en Suppôt de
Juſtice, en Commerçant ou en Artiſan un homme né dans une Claſſe utile, il faut qu'il ſoit
remplacé par quelqu'autre, & de proche en
proche il faut tirer un homme de la charrue.
C'eſt bien pis, quand le Financier s'eſt enrichi
dans ſa profeſſion, il lui faut des Valets avec
tout l'attirail du luxe, & voilà dix ou douze
Payſans qu'il enleve lui ſeul, enſorte que quatre ou cinq petits Commis, qui font une fortune médiocre à leur gré, privent réellement
l'Etat de la valeur d'un Village entier de Cultivateurs. La bonne & ſaine politique veut
donc évidémment qu'on en réduiſe le nombre
le plus qu'il eſt poſſible, & qu'on les retienne
dans une honnête médiocrité. C'eſt pour ces
deux raiſons, & par principe d'une bonne économie ſur les appointemens payés par le Peuple, que nous propoſons de réunir autant qu'il
eſt poſſible les recettes ſur les mêmes têtes.

Les objets réſervés entreroient donc immédiatement dans la Caiſſe des *cas fortuits*, & n'en
ſortiroient que par ordre exprès du Roi & de
ſon Conſeil, pour parer aux événemens imprévus. Cette Caiſſe de réſerve doit être regardée comme le *Palladium* de l'Etat. Le Gouvernement fixeroit la ſomme néceſſaire pour qu'elle fût cenſée complette. Cette fixation arrêtée,
dès que la Caiſſe deviendroit ſurabondante, on

trouveroit très-facilement le moyen d'en ré-
mettre les fonds en circulation pour le bien de
l'Etat, à condition que ces mêmes fonds rentreroient fûrement & facilement dès que le befoin auroit fait puifer dans la Caiffe, & qu'elle fe trouveroit par-là au-deffous de fon complet ; mais jufqu'à ce qu'elle foit parvenue à ce
point fixé de réplétion fuffifante, il faut qu'elle foit regardée comme le plus facré & le plus
inviolable des dépôts. Nous ne craignons point
de le dire, la tranquillité du Roi & de fes Miniftres, l'honneur & la force de la Nation font
attachés au fort de cette Caiffe. Avoir une
reffource prompte & certaine pour le chapitre
des *accidens*, c'eft le grand art des Gouvernemens. Le Parlement a dit, dans fes Remontrances, que tout Etat, dont la dépenfe excede la recette, marche à fa ruine : nous ofons
ajouter, que tout Etat dont la dépenfe ordinaire abforbe en entier la recette, fera tôt ou tard
bouleverfé par des accidens. Qu'on ne craigne
point de furcharger inutilement le Peuple en fe
formant une réferve pour les accidens imprévus ; c'eft au contraire le moyen le plus affuré de le ménager toujours, & de n'être jamais forcé de recourir aux expédiens qui le
ruinent.

Nous n'avons réfervé pour la Caiffe extraordinaire que les Poftes, Contrôles, Papiers mar-
qués, Francs-Fiefs, Amortiffemens, Domaines,
& Dons du Clergé ; parce que ces droits font
plus utiles qu'onéreux, tant pour le fonds que
pour la forme. Nous profcrivons abfolument
tous les autres, même ceux d'entrée & de
fortie aux Portes des Villes, dans les Ports &
fur les Frontieres de l'Etat. Il nous paroît in-
concevable que fdes Citoyens bien intentionnés

faſſent grace à ces Impôts prohibitifs d'entrée
& de ſortie, les plus odieux de tous & les plus
diſpendieux ; puiſqu'ils exigent à la lettre une
armée de Commis, ſoudoyés aux dépens du
Peuple, pour exercer une inquiſition révoltante contre les Citoyens. On a beau dire, on
ne nous perſuadera jamais qu'il en réſulte le
moindre avantage pour le Bien public. Laiſſez
au Commerce la liberté la plus entiere & la
plus abſolue, c'eſt pour le Gouvernement la
maxime des maximes. Le Subſide Royal four-
niſſant exactement à toutes les dépenſes du
Roi, & les Droits que nous avons conſervés,
ſuffiſant certainement pour le chapitre des *accidens*, nous ne voyons plus aucune néceſſité
d'impoſer des Droits à l'importation & à l'exportation ; c'eſt même, à le bien prendre, une
eſpece d'injuſtice d'aſſeoir le Subſide ſur l'Acte
même de l'importation & de l'exportation.
Nous en avons expliqué la raiſon. Le Subſide
étant pécuniel, il faut porter l'exaction ſur les
moyens qui procurent de l'argent au Citoyen.
De-là vient que nous avons propoſé d'impoſer
à raiſon des fermes, des rentes, du débit & du
travail ; parce que dans l'eſpace de trois mois
que nous accordons, les fermes, rentes, dé-
bits & travaux ont procuré de l'argent au Citoyen. De-là vient que nous avons propoſé
d'exiger des Agricoles des denrées qu'ils ont
au tems de la récolte, en place de l'argent qu'ils
n'ont pas, & qu'ils pourroient bien n'avoir pas
dans trois mois, au moins ſans peine & ſans
perte. Par la même raiſon, nous ne croyons
pas que le bon-ſens & l'équité conſeillent d'e-
xiger de l'argent du Citoyen ; parce qu'il fait
actuellement paſſer des denrées de ſon crû, ou
de ſon commerce, par une Porte de Ville, par

un Port ou par une Frontière. Cé n'eft pas-là
une raifon de fuppofer qu'il a de l'argent : tout
au contraire, c'eft une caufe néceffaire qu'il en
ait moins, à caufe des frais du tranfport. La
rentrée de fes fonds ne fe fera qu'au débit, il
faut donc lui donner le tems de le faire. Nous
prions qu'on y réfléchiffe, & nous fommes per-
fuadés que, fous ce point de vue, les Droits
d'entrée & de fortie paroîtront très - préjudicia-
bles au Commerce, & par conféquent aux Propriétaires des fonds, & aux Cultivateurs ; ee
qui veut dire, en d'autres termes, qu'ils font
la ruine de l'Etat. Les Droits d'entrée & de
fortie, très - inutiles au Gouvernement pour fa
dépenfe, font donc infiniment nuifibles, tant
pour la multitude de Commis qu'ils exigent,
que par les entraves qu'ils mettent au Commerce. La feule raifon un peu plaufible dont nous
ayons entendu colorer ces odieufes prohibitions,
c'eft l'intérêt de nos Manufactures nationales,
pour lefquelles on craint la concurrence des E-
trangers. Cette erreur, qui part d'un vrai zele, mérite d'être réfutée : nous allons y donner nos foins.

Il eft indubitable que le Bien public exige
qu'on tâche de naturalifer, autant qu'il eft poffible, dans le Royaume toutes les efpeces de
Culture, de Fabrication & de Commerce, afin
d'être le moins poffible à la merci des Nations
étrangeres ; &, par le même principe, il faut
tâcher d'entrer en concurrence, le plus avanta-
geufement que faire fe peut, avec les autres
Nations marchandes, dans les Pays qui font
forcés d'acheter des autres les denrées qui leur
manquent. C'eft-là tout le fecret du Commerce extérieur, qui fait feul *la Richeffe de l'Etat.*
Mais il arrive fouvent que les Etrangers ont
chez

chez eux plus de facilité pour certaine culture, pour certaine fabrication, pour certain commerce, qu'on defireroit naturalifer peu-à-peu parmi nous. Par un préjugé trop refpecté, le Gouvernement avoit été induit à favorifer les efforts des nouveaux Cultivateurs, Fabricateurs ou Commerçans, en prohibant l'entrée du Royaume aux effets de la même efpece qui provenoient de l'Etranger. Un premier mal que nous y trouvons, c'eft que la prohibition bien exécutée met les premiers Cultivateurs, Fabriquans ou Commerçans à portée de monopoler, & qu'en même tems elle leur ôte tout objet d'émulation ; enforte que le premier effet ordinaire de ces belles faveurs, c'eft que nous achetons bien cher des infamies nationales, au-lieu d'avoir, comme auparavant, du beau à bon marché, que nos Entrepreneurs atteindroient & furpafferoient, s'ils étoient forcés d'acheter la préférence en donnant du plus beau & à meilleur compte. Le fecond inconvénient, c'eft l'armée de Commis qu'il faut tenir en fentinelle pour que ces prohibitions foient bien exécutées. Nous convenons cependant qu'on a droit de nous faire une queftion : fi l'Etranger a pris les avances, s'il eft favorifé par l'art & la nature, comment voulez-vous que vos Concitoyens, dans les commencemens, entrent en concurrence, & les furpaffent même ? Nous avons une réponfe, qui nous paroît fimple, mais décifive. Nous mettrons tous les bons Citoyens qui auroient une émulation fi louable en état de vaincre les Etrangers par un moyen bien plus facile, bien plus efficace & bien plus honnête que vos prohibitions & vos Droits d'entrée & de fortie : au-lieu de payer des Commis, nous les payerons eux-mêmes, ces bons

R

Citoyens, jufqu'à concurrence des fommes que leur cultivation, leur fabrique, leur commerce exige au-delà de ce que coûtent les mêmes objets aux Etrangers. Une fois payés en cette maniere, ils auront encore de profit au-deffus des Etrangers, les frais & les rifques du tranfport ; & ce fera leur faute, s'ils ne gagnent pas le deffus, en fuppofant fur-tout chez les autres Peuples la continuation du fyftême abfurde & ruineux des Droits d'entrée & de fortie. Voilà notre fecret. Il faut néceffairement payer quelqu'un pour favorifer les nouveaux Etabliffèmens utiles : payez une partie de leur travail à ceux qui font ces Etabliffèmens : prêtez-leur des deniers de la Caiffe des *Extraordinaires*, quand elle fera furabondante : délivrez-les de toute ufure, de toute vexation, de tout Droit télonien, vous les mettez à portée de s'élever au-deffus de l'Etranger ; & votre argent eft mieux employé qu'à foudoyer des Gardes tout autour de la France, avec des Receveurs, des Contrôleurs, des Infpecteurs, & tout l'attirail de ces Droits prohibitifs. Abattez toutes les Barrieres, détruifez tous les Bureaux, accueillez tous les Etrangers qui vous apporteront de bonnes chofes, tant qu'elles ne fe trouveront pas chez vous : fi quelqu'un veut les créer dans l'Etat même, tendez-lui la main, ouvrez-lui votre bourfe, qu'il y puife ce que vous auroient coûté les Employés : avec ce fecours & la liberté, foyez fûr qu'il aura bientôt fubjugué les Etrangers ; je dis fubjugué, à l'avantage & à la fatisfaction du Public, en donnant du meilleur, tant pour la qualité que pour le prix. On dit que le grand Colbert, (qui, par parenthefe, a donné dans de grandes erreurs toutes les fois qu'il s'eft éloigné des idées du Duc de Sulli (vraiment plus grand Ministre que lui,) fit assembler un jour les plus fameux Négocians, pour prendre leur avis sur ce qu'il devoit faire en faveur du Commerce. Il reçut mille ouvertures ; mais le meilleur de tous les conseils lui fut donné par un Sieur Hazon, vieil & riche Marchand de la Rue Saint-Denis : *Ce que vous pouvez faire de mieux pour le Commerce, Monseigneur, c'est de ne vous en mêler jamais, & de le laisser en liberté.* Hazon avoit raison en tout, excepté pour ce qui concerne les nouvelles Entreprises, qu'il seroit difficile de mettre de pair avec les anciens Etablissemens des Etrangers. Le Gouvernement doit s'en mêler, mais ce n'est pas par des Loix prohibitives, qui rendent les Citoyens dupes à très-grands frais ; c'est en payant autant qu'il est nécessaire les Entrepreneurs, au lieu des Ministres de la prohibition. Qu'on fasse le calcul de ce qu'il en coûte annuellement pour garder exactement toutes les côtes & frontieres, ainsi que toutes les avenues des villes du Royaume, & l'on verra qu'il s'en peut former un fonds très-considérable, que nous faisons entrer avec le reste dans le Subside Royal, & que nous proposons au Gouvernement d'employer en sa dépense à l'article *des Gratifications*, pour favoriser les Entreprises nationales qui en ont besoin, & les mettre de pair avec celles des Etrangers. Nous croyons ce secret infaillible, & nul Citoyen éclairé n'aura, ce nous semble, le plus petit regret aux Droits d'entrée & de sortie, que nous proscrivons avec tous les autres de la même espece sur le Sel, sur le Vin, sur le Tabac, sur les Cuirs, & sur tous les autres objets de consommation & de Commerce.

ARTICLE V.

Des Octrois particuliers des Villes & Communautés.

NOUS ne pouvons finir le chapitre de la Perception, sans dire un mot des levées de Deniers qui se font par l'autorisation du Roi, mais qui ne doivent point entrer au Trésor public. La perception en est accordée en faveur des Villes ou Communautés pour la décoration, pour la commodité, pour la subsistance des Pauvres, & pour divers objets d'utilité générale, dignes de toute l'attention du Gouvernement & du zele de tout honnête Citoyen. Le Système actuel des Finances a fait imaginer différentes Impositions, qui participent à la nature des Droits du Roi. Le renversement de ce Système emporte la destruction de cette forme de percevoir les deniers octroyés aux Villes & Communautés pour les dépenses de devoir & d'utilité publique. Rien n'est plus simple que le moyen de les remplacer. Il n'est pas besoin de Barrieres ni de Gardes armés qui exercent aux portes de nos Villes un odieux espionage, pour procurer aux Officiers Municipaux des Villes & Communautés les fonds dont ils ont besoin. Les Officiers ont en évidence un objet réel & palpable, sur lequel il est d'autant plus juste & plus facile de répartir leur perception, qu'il est lui-même la cause du besoin & l'origine de leur propre autorité. Vous n'êtes Citoyen des Villes que par les maisons que vous y occupez; qu'on répartisse donc les Octrois Municipaux par maisons, suivant qu'elles sont louées

ou qu'elles peuvent l'être : rien n'est plus fimple ni plus équitable ; le Gouvernement n'a pas
befoin de s'en mêler , fi ce n'eft pour les au-
torifer dans les formes ordinaires.

C'eft ainfi que nous propofons d'affeoir les
deniers octroyés aux· Villes & Communautés , à
condition premiérement , que les Communautés
n'emprunteront que le moins poffible ; fecondement , qu'elles ne chargeront de leur recette , autant qu'il fera poffible , que des Commis
déjà dévoués à d'autres perceptions , pour ne
pas multiplier les gens inutiles , & ne pas hauf-
fer la furcharge des appointemens.

ARTICLE VI.

De l'Exécution du Plan propofé.

Nous ne balançons pas à propofer l'exécution de notre Plan de Perception pour l'année
prochaine 1764. Il nous paroît premiérement
que le bien de l'Etat exige un foulagement
prompt & réel. Or il eft indubitable que nous
le procurons en licentiant au plutôt l'armée de
Commis, en aboliffant les exactions & les frais
de Juftice, en détruifant tous les Droits prohibitifs qui gênent le Commerce & la Liberté. Rien
de plus facile aujourd'hui que de réalifer nos
idées. La forme d'Impofition & de Perception
eft en elle-même on ne peut pas plus fimple,
& roule toute entiere fur des Etabliffemens déjà faits, ou qui ne demandent que la volonté
du Prince pour être exécutés fur le champ. La
feule opération qui paroiffe fouffrir quelque difficulté, c'eft la répartition par familles. Il eft

R 3

de toute évidence que le Conseil n'aura pas de peine à répartir par Généralités, ni l'Intendant à répartir par Elections, ni l'Election à répartir par Classes & Communautés. Quant au taux personnel des chefs de famille, qui pourroit seul causer de l'embarras, tout le monde doit sentir que les rôles du Vingtieme pour les deux premieres Classes, ceux du Vingtieme & de l'Industrie pour les Classes inférieures & les Communautés d'Artisans, enfin que les rôles de Tailles pour les Agricoles peuvent servir de premiers canevas aux cinq Taxateurs, dont le travail se réduira, dans les premieres opérations, à corriger les défauts trop sensibles dont ces rôles sont accusés de fourmiller ; défauts occasionnés par l'autorité trop arbitraire qui préside à leur confection. Quant à l'enregistrement des contrats de rente, ou de ferme, ou des obligations, qui doit éclairer la répartition par familles dans les deux premieres Classes, en prononçant la peine de nullité très-stricte contre les Actes non enregistrés, les Propriétaires seront d'autant plus intéressés à remplir cette formalité, que, faute par eux d'y satisfaire, ils perdroient sans ressource le droit d'exiger leur dû, & celui de se pourvoir par l'appel contre leur taux personnel. La Loi pouvant prononcer défense absolue à tout Huissier de faire aucun acte tendant à mettre en exécution les contrats quelconques dont l'enregistrement au Greffe de l'Election ne feroit pas justifié, & ordonner pareillement que tout appellant de son taux personnel feroit débouté, avec amende & dépens, dans le cas où il seroit convaincu par les cinq Taxateurs d'avoir des rentes, fermes ou dettes actives dont il n'auroit pas fait enregistrer les Actes.

La répartition du Subfide Royal par familles
eft donc aifée, même dans les commencemens,
fans recourir aux divifions par Claffes, formées, fuivant plufieurs Projets modernes, fur
la proportion des fortunes. Nous eftimons que
la richeffe pécunielle (qu'on doit regarder comme la vraie bouffole de l'Impofition) admet des va-
riétés infinies, qui doivent donner dix mille Claffes
plutôt que vingt, ce qui cauferoit les plus grands
embarras. D'ailleurs, tout le monde tient &
doit tenir à fon état dans une Monarchie. La
Nobleffe doit faire corps pour le Subfide, la
haute & la moyenne Bourgeoifie de même, les
Artifans & les Agricoles ne font pas moins
dans le cas de n'être pas confondus : c'eft l'efprit de notre Gouvernement, d'où il réfulte
beaucoup d'avantages politiques, dont il ne faut
pas fe priver. La quotité de la fortune particuliere doit régler le taux perfonnel du chef
de famille dans fa Claffe, dans fa Communauté ou dans fa Paroiffe : rien n'eft plus jufte dans
la théorie, ni plus facile dans la pratique. Mais
de raffembler fous une même Claffe le Noble,
le Bourgeois, l'Artifan, le Payfan, qui font à-
peu-près de la même richeffe, c'eft choquer
nos principes, & fe donner de gaieté de cœur
mille & mille difficultés. Nous nous en tenons
donc aux Etats & au Tribunal de l'Election pour
régler les Claffes, & nous réfervons les fortunes pour regles du taux perfonnel de chaque
chef de famille dans fon Corps refpectif.

Par toutes ces raifons, bien fimples, il nous
paroît que l'exécution du Plan propofé ne fouffre en lui-même aucune difficulté réelle : refte
à difcuter s'il ne fe trouvera point des obftacles
extérieurs qui demandent qu'on en retarde l'exécution. Ofons le dire, c'eft un artifice trop

commun aux personnes intéressées à la continuation des abus, lorsqu'elles ne peuvent contester la solidité des preuves & la bonté des remedes, leur ressource est de faire craindre beaucoup de prétendus inconvéniens, si on les corrigeoit tout-à-coup, & d'effrayer le Gouvernement par ces chimeres, de façon qu'il ne prend des mesures que pour opérer peu-à-peu la réforme, & que le mal subsiste longtems au détriment de l'Etat & au profit de ses sangsues. Si nous voulions citer des exemples, nous en aurions beaucoup, & de très-frappans. En attendant, il arrive souvent que le Ministere change, que le Projet à peine ébauché est perdu de vue, & que l'abus reprend son empire. C'est ici le piege le plus délicat que l'intérêt financier puisse tendre à la bonté du Prince & à celle de ses Ministres. Ils doivent être bien convaincus, que mille gens, intéressés au Systême funeste de l'Administration, (même dans les états & dans les places où on les en soupçonneroit le moins) après avoir combattu de leur mieux pour cacher les playes profondes que la maltôte fait au Royaume, après avoir décrié tant qu'ils pourront toutes les réformes proposées par des Citoyens bien intentionnés, s'ils se voient enfin forcés dans tous leurs retranchemens, par la raison, par l'équité, par la nécessité, ils se retireront, comme dans leur derniere citadelle, à l'abri du malheureux principe, qu'il vaut mieux différer, & opérer peu-à-peu. Les intrigues & la séduction ne seront point épargnées pour faire adopter cette façon de penser, qui perpétuera la ruine & l'opprobre de la Nation. Différer ? eh ! pourquoi, si le mal presse, si le

ſemede eſt entre vos mains ? Différer de ſoulager un Peuple accablé , de rendre ſa force
& ſa ſplendeur à un Etat dégradé, ſon éclat
au Trône même, dont la gloire a été ſacrifiée aux
abſurdités d'une Adminiſtration injuſte & vexatoire ? Différer uniquement pour achever d'enrichir pendant le reſte de leur vie , ceux qui
ſe ſont déjà rendus les plus opulens de la Nation , en ruinant tous les autres Ordres de l'E-
tat ? Non , le Prince eſt trop juſte, & les Miniſtres trop éclairés , trop pleins d'honneur,
pour prêter l'oreille aux Protecteurs intéreſſés
de la ſpoliation & de l'uſure, qui ne manque-
ront pas de ſuggérer ce conſeil pernicieux.

Au reſte, pour ne pas laiſſer même de prétexte plauſible à ceux qui feroient aſſez mauvais
Citoyens pour défendre opiniâtrément les Financiers contre le bien général de l'Etat, nous
devons faire obſerver que, ſuivant nos idées,
nous laiſſerons un fort honnête à pluſieurs de
ceux qui ſont employés dans les principales o-
pérations du Syſtême actuel. 1. Nous laiſſons
ſubſiſter les Receveurs des Généralités & d'E-
lections qui ſont en charge ; nous conſtituons
même des Receveurs des Claſſes, Communautés & Paroiſſes, qui auront une rétribution fixe
& honnête : nous les empêchons à-la-vérité
de faire travailler leur argent, & d'accabler le
peuple de frais à leur gré & pour leur profit ;
mais l'uſure & la vexation ne ſont point un at-
tribut de leur charge qu'ils puiſſent revendiquer.
2. Nous incorporons les Offices des Greniers
à Sel aux Elections, & nous leur donnons un
Emploi plus honnête, à l'avantage du Public,
au-lieu d'être à ſa ruine. 3. Nous conſervons
les Poſtes, les Contrôles, les Domaines, les

francs Fiefs, les Amortissemens & les Monno-
yes. Il restera donc des Fermiers, des Directeurs & des Receveurs. 4. Nous allons expliquer dans le chapitre *de la Dépense*, qu'il nous
faudra des Fermiers-Généraux actuels, & encore de leurs subalternes les plus intelligens &
les plus exacts sur la probité, dont nous nous
servirons pour mettre dans l'emploi des Deniers
Royaux, la clarté, l'ordre & l'économie qu'on
y desire. A ce prix on ne doit pas balancer à
résilier le dernier bail, sauf à liquider ce qu'il
pourroit être dû d'indemnité aux Fermiers-Généraux; indemnité qui se payeroit sans fouler
l'Etat, comme nous l'expliquerons au Chapitre
troisieme. Ces Financiers, employés à un ministere utile & honorable, seront payés, mais
leur traitement ne sera point onéreux à l'Etat.
L'ordre & l'économie qu'ils mettront nécessairement dans la dépense, feront gagner au Gouvernement & au Peuple le double & le triple
de ce qu'on leur donnera. La Nation n'en sera
donc pas moins soulagée, quoiqu'ils continuent
de jouir d'un certain bien-être pour fruit de
leurs travaux: ils auront l'avantage d'en jouir
avec l'applaudissement de leurs Concitoyens.
5. Enfin nous expliquerons dans le chapitre *de
la Dette Nationale* que nous aurons encore besoin pendant quelque tems des Payeurs de Rente qui sont en titre.

Il ne faut donc pas s'imaginer que nos idées,
si elles étoient suivies, anéantissent totalement
& en une minute tous les Financiers; il en restera beaucoup employés utilement & payés honnêtement. Ce n'est point une surcharge; parce que c'est une nécessité, & que nous nous ré-
duisons à cet égard à ce qui nous a semblé

vraiment indifpenfable. La réforme tombèra
donc principalement fur les Bas-Officiers & les
fimples Soldats de l'Armée financiere. Les chefs
ne fouffriront qu'une réduction des profits qui
épuifoient le Peuple, & ils auront pour dédommagement le plaifir & l'honneur de travailler à
fon foulagement, au-lieu de travailler à fa ruine ; celui de n'être payés que fur les fervices
qu'ils rendront à l'Etat, en retranchant les vols
qui fe faifoient dans l'emploi des Deniers Royaux, au-lieu de l'être fur le prix des exactions. Quant à la Populace qu'il faudra licen-
tier, elle mérite à tous égards moins de confidération que les Troupes qui viennent d'être
réformées ; elle eft bien plus propre à rentrer
dans les ordres des Citoyens utiles, dont elle
faifoit partie avant d'être enrôlée fous les dra-
peaux de la Maltôte. Le Royaume a befoin de
bras ; nos Colonies demandent des hommes, en
voilà. Le Roi a dit à cent mille braves Mi-
litaires : je n'ai plus befoin de votre valeur ; re-
tournez à vos boutiques ou à vos terres ; re-
devenez Artifans & Laboureurs : pourquoi ne
diroit-il pas à cent mille petits Commis, je
n'ai plus befoin de vos écritures & de votre
efpionage ; vous avez été mieux payés, mieux
logés, mieux vêtus dans votre efpece d'oifiveté que mes Soldats & mes Officiers ; redeve-
nez Artifans & Laboureurs. Quiconque prendroit le parti de cette vermine contre le Bien
public, n'auroit ni raifon, ni probité, ni pudeur.

On aura cependant une objection à nous faire : plufieurs Employés des Finances ont réali-
fé en argent une fomme, fous le nom de cau-
tionnement, ne faudra-t-il pas la leur rendre ?

Oui fans-doute : la probité l'exige ; & l'honneur du Gouvernement, qui doit être intact en tout, ne permet pas qu'on la leur retienne. Nous rangerons donc ces cautionnemens dans la Claffe qu'ils doivent occuper au Chapitre *de la Dette Nationale.* Cet objet, comme on le verra, ne mérite point qu'on fufpende l'opération d'une réforme qui ne peut être affez accélérée.

Nous croyons donc que nul intérêt Financier ne peut raifonnablement fufpendre l'exécution d'un Plan qui paroîtroit avantageux au Bien public ; nous ne prévoyons pas d'autre obftacle. Il eft certain que l'intérêt du Roi, celui de fes Miniftres, celui de fes Cours Souveraines & de fon Peuple entier femblent demander qu'on travaille le plus promptement poffible à l'établiffement d'un nouvelle Adminiftration.

C'eft aujourd'hui le cri de la Nation. Le Prince connoît l'épuifement de fes Sujets : il en eft attendri : depuis long-tems il fent le dérangement de fes Finances, qui le gêne dans fes dépenfes perfonnelles, & ne l'empêche pas moins de fuivre les inclinations de fon cœur généreux & bienfaifant, pour la récompenfe des fervices utiles ou du mérite patriotique, & pour le foulagement de fes Sujets. Les Miniftres font d'autant plus frappés des défordres caufés par la Finance, qu'ils font plus éclairés fur les vrais intérêts de la Nation, & plus avides de procurer fon bonheur & fa gloire : ils trouvent à chaque pas un obftacle à tous leurs deffeins, dans la diffipation des revenus publics, & dans l'impoffibilité d'exécuter les projets les mieux concertés.

Les Tribunaux Supérieurs, qui ne veulent, comme le Roi, dont ils font les organes, que le plus grand bien, font fatigués d'ailleurs d'avoir fans cesse à lutter contre les difficultés, & à tenir un milieu difficile entre la Cour qui demande, en faifant voir des befoins réels, & le Peuple qui crie merci, en démontrant fon impuiffance.

Au reste, nos idées fur la *Perception des Revenus* du Roi, font indépendantes de celles que nous expliquerons fur la *Dépenfe* & fur l'*Acquittement des dettes contraĉtées* jufqu'à ce jour.

En traitant ces trois objets, nous avons eu en vue l'avantage du Roi & celui de fes Sujets; mais les expédiens que nous propofons, peuvent être ifolés : on peut admettre l'un & rejetter l'autre. C'eft au Gouvernement à décider du mérite de ceux que nous avons déjà propofés, ou que nous propoferons dans les deux Chapitres intéreffans qui fuivent.

BIEN

DE L'ETAT.

J'AI remarqué trois Classes différentes d'Etres pensans parmi les François. Les uns croient que tout est perdu ; les autres, partisans des Financiers, fournissent des projets ; d'autres font entendre qu'ils sauroient bien nous tirer du pas où nous sommes, mais ils se gardent de nous dire comment. Pour moi, qui ne suis d'aucune de ces trois classes, mais qui suis citoyen, je vais dire ce qui m'est venu dans l'esprit, & que je crois utile, soit pour payer les dettes de l'Etat, soit pour soulager le Peuple, soit pour rétablir la Marine & le Commerce, soit enfin pour repeupler l'Etat. C'est au Ministere, si cet Ecrit lui parvient, d'en faire l'examen, & de choisir ce qui pourroit être bon ; ou de tout rejetter, si tout ne vaut rien. Ce qu'il y a de certain, c'est qu'on ne peut regarder cet Ouvrage que comme l'effet du zele d'un bon Patriote.

Je ne suis pas de l'avis de ceux qui croient que tout est perdu. Nous avons encore de l'argent, un reste de commerce & d'habitans ; &, quoique ces ressources soient, il est vrai, médiocres en elles-mêmes, il est certain qu'elles peuvent, si l'on fait les faire valoir, rendre à l'Etat la splendeur & l'abondance qu'il doit avoir. Je me garderai bien de dire que, pour parvenir à cette fin, il faut faire rendre compte aux Financiers. Premiérement, je suis un

particulier qui ne connois point de quelle nature font les affaires qu'ils ont faites avec le Roi.
Leurs gains font peut-être juftes : quand ils ne
le feroient pas dans la totalité, ils le font du
moins en partie. Secondement, plufieurs d'entre eux ont leurs freres, leurs fils, leurs gen-
dres ou leurs neveux dans le Service, qui, s'y
diftinguant par l'excès de leurs dépenfes, rendent à l'Etat une portion de fa dépouille. Il
y auroit donc une efpece de dureté à exiger
des Financiers un compte févere, qui peut-
être ne procureroit pas grand argent, & qui
pourroit troubler la confiance publique. Ce feroit aufli détruire entiérement cette confiance,
& ruiner plufieurs familles prefque inutilement,
que d'ordonner des réductions d'intérêt. L'E-
tat ne feroit point déchargé de la fomme premiere des capitaux. Les bourfes fe refferre-
roient ; & fi l'Etat avoit befoin enfuite de trouver tout d'un coup une fomme confidérable, il
auroit de la peine à fe la procurer. Il faut
donc fe garder de faire ces deux chofes : la
premiere, comme étant au-moins inutile ; & la
feconde, comme étant fûrement nuifible. La
reffource du rembourfement, par le moyen des
annuïtés, eft lente & peu fûre ; lente, puifque
la totalité du rembourfement réfolu ne s'effec-
tue qu'au bout d'un certain nombre d'années,
& que pendant ce tems il eft difficile de fonger
à foulager le peuple ; peu fûre, parce que, pendant ce certain nombre d'années, il peut fur-
venir une guerre qui, dans l'état préfent des
chofes, forceroit à fufpendre les rembourfemens. Il ne faut pas fonger non plus à donner
un certain cours au Papier, après le malheureux fuccès du Syftême de Law, qui en a pour
jamais dégoûté les François. Une autre ob-

fervation à faire encore, c'eſt que les Impôts, tels qu'ils ſont répartis maintenant, doivent néceſſairement être plus à charge dans certaines provinces, que dans d'autres. Ce ſont, par exemple, les Flamands, les Anglois, les Hollandois & les Allemands qui payent la plus grande partie de ceux qu'on leve ſur le vin en Bourgogne; & par conféquent ils ne font pas tant de tort à la culture de la vigne, que les Impôts ſur les toiles n'en feroient à la culture des chanvres en Normandie & en Bretagne. La raiſon en eſt fenſible. En effet, les Pays du Nord ne produiſent pas de vin, & leurs habitans veulent en boire; les vins des Pays du Midi ſont d'une qualité différente de celle des vins de Bourgogne, mais les Etrangers préferent à tout autre vin celui de Bourgogne : donc, ſon débit étant toujours certain, les Impôts établis ſur cette eſpece de bien ne produiront aucun préjudice aux Cultivateurs, ni à l'Etat. Il n'en feroit pas de-même des Impôts ſur la culture des chanvres de Normandie & de Bretagne. Ces provinces fourniſſent de toile les Pays du Midi, concurremment avec les autres Peuples. Si l'on met des Impôts ſur cette eſpece de culture, les Cultivateurs de cette denrée ne pourront plus en fournir l'Eſpagne, &c. au même prix que les Anglois, & il faudra que ce commerce tombe.

Il arrivera également que, ſi les vins d'une foible qualité, tels que les vins de Surene, &c. payent autant que les vins de Bourgogne, il faudra que l'on ceſſe de faire des vins à Surene; ou du-moins que le propriétaire y ſoit beaucoup moins riche que celui de Bourgogne, puiſque les Etrangers ne viendront point partager une partie de l'Impôt en achetant ſon vin.

J'ai

J'ai rapporté ces exemples, pour faire voir qu'il est impossible d'établir, avec une certaine égalité, des Impôts semblables dans toute l'étendue de la France. Celui que l'on appelle l'Industrie, est improprement nommé; il la détruit, & par conséquent ne devroit pas porter son nom. Les Tailles & la Capitation sont arbitraires, & leur poids en conséquence court souvent risque de retomber sur celui qui est sans appui. Les Traites domaniales & foraines peuvent être regardées comme des embarras qui obstruent les canaux du Commerce intérieur, & qui font par conséquent un tort notable au Commerce extérieur; il faut pour cet Impôt une multitude de préposés qui consomment une partie de ce qu'il peut produire. Il en est de-même des Impôts établis sur le Sel, duquel je ne parlerai point, de crainte d'en trop parler. Voilà, me dira-t-on, le détail des inconvéniens d'une multitude d'Impôts. Mais il est nécessaire qu'il y ait des Impôts pour fournir aux besoins de l'Etat, & pour payer les intérêts des dettes contractées. Je conviens qu'il en faut: mais je pose pour principe qu'il faut qu'ils soient les moins nuisibles que faire se pourra; qu'il faut que ceux qu'il est nécessaire de lever le soient promptement, sûrement, & se versent sans perte dans les coffres du Roi; qu'il faut en même tems qu'il y ait des fonds destinés à payer les intérêts des sommes dûes par l'Etat, & d'autres destinées en tems de paix à amortir les capitaux, & en tems de guerre à la pousser avec la plus grande vigueur : & voilà ce que renferme, du-moins à ce que je crois, une partie de mon plan.

Je voudrois que dans les Pay s qui ne sont pas Pays d'Etat, on en assemblât. L'Intendant y feroit Commiffaire pour le Roi ; la Nobleffe, les Evêques & les Abbés Commendataires, & les Députés des Villes y auroient voix. Ils s'affembleroient tous les ans vers la mi-mai, qui eft le tems où les Cultivateurs ont le moins d'occupations. Leur affemblée feroit précédée d'un travail entre le Miniftre & les Intendans, dans lequel, fur & en conféquence de l'état au vrai de ce qui entre réellement dans les coffres du Roi, il auroit été décidé quelle fomme chaque Province doit fournir pour les befoins de l'Etat. Cette fomme feroit divifée en quatre parts inégales. Une feroit portée par quartier au Tréfor Royal fans aucune diminution. La feconde part feroit employée, dans les Provinces, à payer les intérêts des fommes dûes, qui diminueroient à mefure que les intérêts fe trouveroient diminuer. La troifieme ferviroit à amortir les capitaux de ces fommes, feulement en tems de paix ; mais, lorfque la guerre furviendroit, cette fomme feroit verfée par quartier & fans aucune diminution dans les coffres du Roi, & retourneroit à fa premiere deftination, à l'inftant même que la guerre cefferoit. La quatrieme fomme, qui feroit la moindre, ferviroit à l'entretien ou à la conftruction des grands chemins & des édifices publics ; à payer les appointemens des Intendans, de leurs Subdélégués, des Tréforiers de chaque Province, des Procureurs-Syndics & Greffiers de chaque Province, & de leurs Subftituts. Il y auroit, entre chaque tenüe des Etats, un Confeil compofé de l'Intendant, du Tréforier, du Procureur-Syndic, & d'un Greffier : ce Confeil feroit en correfpondance directe avec le Miniftre. Leur foin feroit de faire rentrer les fommes, de faire les payemens, & de veiller, fous le bon-plaisir du Roi, aux intérêts de la Province. Le travail des Etats seroit d'examiner les moyens les plus commodes à la Province pour la levée de la somme demandée; d'en fixer les moyens, d'ordonner de la construction des grands chemins & des bâtimens publics; de se faire rendre compte par le Tréforier de l'emploi des sommes levées l'année précédente; d'examiner les choses qui pourroient encourager les Arts, les Sciences & les Manufactures; d'ordonner qu'il en seroit formé des Mémoires, que le Conseil feroit passer au Ministre. Un des moyens le plus commode, à ce qu'il me semble, de lever promptement & facilement les sommes auxquelles chaque Province seroit fixée, feroit d'établir, dans chaque Paroisse, une espece de dixme sur toutes les denrées, grains, vins, & autres fruits qui s'y recueilleroient. Cette dixme feroit affermée au plus offrant & dernier enchérisseur. Si un habitant du lieu se préfentoit, je voudrois qu'il eût la préférence, même à prix égal. Ce Fermier leveroit son droit en nature, & ce feroit son affaire de vendre & faire de l'argent: par ce moyen il n'y auroit ni porteur de contraintes, ni exécutions. Pour s'assurer de ce Fermier, on exigeroit de lui le premier quartier d'avance, & toujours ainsi de trois mois en trois mois. Mais, pour éviter toutes vexations, il feroit défendu à tout Noble, ou à tout Seigneur de Paroisse ou de Fief, de prendre ces fortes de fermes. Ces espèces de dixmes seroient un peu fortes les premières années, mais elles baisseroient annuellement par la réduction des capitaux que chaque Pays d'Election auroit été chargé d'acquitter; & les intérêts de ces capitaux étant amortis, on pourroit diminuer d'autant l'impofition générale. En conféquence de cet arrangement, on pourroit abolir les traites, les capitations, vingtiemes, induftries, aides, droits fur les cuirs & les toiles, fel, & les contrôles, les droits fur le tabac. Les entrées des villes fubfifteroient, toutefois en modifiant ce dernier article. On établiroit des Bureaux aux entrées du Royaume pour percevoir des droits fur les marchandifes étrangeres : mais toutes celles qui proviendroient du crû du Royaume ou des Colonies, feroient franches de tous droits. Ces articles procureroient encore des fommes confidérables, que la bienveillance du Roi & la prudence de fon Miniftre employeroient, ou à prévenir les befoins de l'Etat, ou à foulager les Pays que quelques calamités particulieres mettroient dans le cas de ne pouvoir fournir leur contingent, ou d'avoir befoin de fecours.

Les dettes de l'Etat, ainfi que nous l'avons déjà fait entendre, & les fommes néceffaires pour le foutien de l'Etat, feroient réparties entre toutes les Villes, Bourgs & Villages du Royaume, de telle forte qu'aucune Province n'y contribueroit que par proportion avec fes richeffes naturelles ; & il feroit aifé de fe convaincre de la juftice de fa cotifation, par les Mémoires que les Intendans fourniroient. Ainfi chaque créancier de l'Etat verroit fes fonds affurés, & feroit fans crainte. Les capitaux fe trouveroient diminués tous les ans par le moyen que nous avons déjà dit; &, les intérêts des capitaux rembourfés n'exiftant plus, le peuple fe trouveroit foulagé tous les ans. Les Intendans de chaque Province, étant Commiffaires pour le Roi à ces tenues d'Etats, feroient en état de veiller à ce que tout fe paffât d'une maniere conforme aux intentions du Roi: s'il y arrivoit par hafard quelque défordre, il feroit bien facile d'y remédier.

Si cette partie de mon plan paroiffoit avantageufe, il feroit bien aifé de l'effayer fur quelques-unes des plus petites Provinces : &, au bout d'un an ou de deux ans, fi l'on s'en trouvoit bien, on pourroit rendre cet établiffement général. Il me femble qu'il en réfulteroit, 1. le foulagement des peuples ; 2. la facilité du tranfport des denrées, & par conféquent la plus grande circulation de l'argent. Cet article nous conduit à la fuite de mon plan, qui regarde le Commerce.

Il ne me paroît point décidé qu'une très-grande multitude de branches de Commerce foit utile, lorfqu'elles s'entre-deffèchent mutuellement. Nous faifions un Commerce confidérable par le moyen du Canada, il eft vrai ; mais ceux qui vouloient le faire avec les Sauvages étant forcés d'en acheter la permiffion, ce Commerce devenoit infiniment moins utile, en ce que peu de gens en profitoient. La perte que nous avons faite d'une partie du Miffiffipi auroit été confidérable, fi nous avions fu tirer parti de cette Colonie ; mais elle avoit toujours été dans un état de langueur qui ne permet pas d'en regretter infiniment la perte ; & il nous refte maintenant affez de Colonies, fi nous voulons en avoir foin, pour que la France n'ait point à regretter celles qu'elle a abandonnées ; celles qui lui reftent étant fuffifantes non feulement pour la fournir des chofes qui lui font néceffaires & pour y faire confommer une partie de fon abondance, mais pour fournir encore une partie de l'Europe de fucres, caffés, &c. En effet, le Commerce de France peut être envifagé par rapport à fes Matieres premieres, par rapport aux Matieres premieres des Colonies, par rapport aux Manufactures, & par rapport à la Navigation.

La France fournit abondamment tout ce qui est néceffaire à la vie : mais ce dont elle fait ou peut faire une plus grande exportation, font fes bleds, fes vins, fes toiles & fes cuirs.

Autrefois les Anglois fe plaignoient de ce qu'il fortoit de France une prodigieufe quantité de bled, & ils étoient furpris que ce Commerce ne diminuât pas fa richeffe & l'immenfe abondance de fa confommation. Le grand Colbert, moins prévoyant que Sulli, crut favorifer l'Etat en défendant l'exportation des grains. Mais le même Edit, qui empêcha le laboureur de difpofer à fon gré de fa récolte, l'engagea à femer moins : de-là les difettes fréquentes, qui dans la fuite ont affligé tour-à-tour les diverfes Provinces de la France, même les plus fertiles. Colbert ne pouvoit pas fe perfuader que la liberté de l'exportation procuroit une importation prodigieufe de grains dans le Royaume : c'eft cependant ce qui en réfultoit. Le Négociant qui avoit toute liberté fur cet article, trouvant que les bleds étoient moins chers à Dantzic qu'en France, les y alloit chercher, & les apportoit en dépôt dans nos villes maritimes, en attendant l'inftant de les faire paffer en Portugal ou en Efpagne. Mais fi, dans ces entrefaites il fe trouvoit qu'une Province n'eût rien récolté, les bleds y refouloient de proche en proche ; & le Négociant, trouvant un profit à vendre fur le champ fon bled fans courir de nouveaux rifques, s'en défaifoit volontiers : fi au contraire toutes les Provinces avoient fait une abondante récolte, elles trouvoient aifément à s'en défaire, & le bled ne tomboit point

alors à un prix décourageant pour le Cultivateur. Je pense qu'une liberté totale d'importation & d'exportation de cette denrée procureroit le même avantage, mais je voudrois qu'il
n'y eût pas le moindre droit dessus : c'est le
seul moyen de rétablir la concurrence avec les
Anglois.

La qualité de nos vins plaît à tous les Peuples du Nord ; mais les droits étonnans que
l'on a mis dessus, & sur les eaux-de-vie, les
ont engagés à en aller chercher en Portugal &
en Espagne. Nous pourrions peut-être espérer
de recouvrer nos avantages, en abolissant ces
droits. Si la partie de mon plan qui regarde
les Impôts réussissoit, le Roi n'y perdroit rien.

Les toiles & les cuirs forment aussi une branche considérable de Commerce. Mais nos Voisins ont des manufactures considérables de toiles ; elles ne payent point de droits, non plus
que leurs cuirs : &, si les nôtres continuent à
en payer, nos manufactures périront.

Nos Colonies fournissent des sucres, des caffés, du cacao, de l'indigo & du tabac.

Il est avantageux que toutes ces matieres
soient portées d'abord en France, les sucres sur-
tout, pour y recevoir leur derniere façon, parce que cela fait valoir la main-d'œuvre. Mais,
si ces matieres payent en entrant & en ressor-
tant pour aller chez l'Etranger, comment pour-
ront-elles soutenir la concurrence avec celles
de ce même Etranger ? Quant au tabac, il seroit aisé d'en tirer suffisamment de la partie de
la Louisiane qui nous reste, pour entretenir la
France, & priver par-là l'Angleterre & la Hollande d'un revenu considérable que nous leur
faisons. On pourroit même rendre le tabac
marchand, en assignant trois ou quatre ports

différens où l'on débarqueroit, où l'on fileroit, & où l'on mettroit en corde le tabac venant de la Louïfiane, & tout autre tabac feroit défendu. Pour prévenir la contrebande ou la fraude, il ne feroit pas néceffaire d'avoir des Fermiers, il fuffiroit de confier la police des manufactures & des bureaux de diftribution aux Juges ordinaires des lieux. Pour parvenir à ne point exiger ces droits qui nuifent au Commerce, on pourroit établir dans les Colonies des efpeces d'Etats comme ceux que j'ai propofés. Les revenus que l'on en tireroit ferviroient à remplacer les droits que l'on exige fur les Negres, tant à l'inftant de la vente qui en eft faite, qu'à caufe de leur capitation; ils feroient de plus ceffer la capitation des Blancs, & les droits d'Amirauté.

Les manufactures, ainfi que toutes les autres branches de Commerce, exigent la protection du Roi, une très-grande liberté, l'abolition des privileges exclufifs, & très-peu de réglemens, qui n'ont la plupart été faits que dans des tems où l'on avoit befoin d'argent. On faifoit des réglemens pour avoir une charge à créer; on la créoit, on la vendoit; l'argent fervoit aux befoins de l'Etat, mais les manufactures en fouffroient. Il entreroit donc dans mon plan que, fur les Repréfentations & les Mémoires qui pouroient être préfentés aux différens Etats, leurs Confeils refpectifs feroient chargés de dreffer des Mémoires pour être préfentés aux Miniftres, concernant les Réglemens qui feroient à retrancher ou à conferver.

Par tout ce que j'ai dit ci-devant concernant les matieres premieres, tant de France que des Colonies, il eft aifé de voir qu'on a encore en France des reſſources pour rendre au Commerce, ſoit intérieur, ſoit extérieur, ſon ancienne activité & ſa fécondité primitive. Devenu libre, protégé dans toutes ſes branches, répandu dans toutes les parties du Monde, il ſuffira, pour aſſurer ſon ſuccès, d'enlever aux Etrangers le cabotage de nos ports. Pour le leur rendre impraticable, il n'y auroit qu'à ordonner que celles de nos marchandiſes qu'ils transporteroient d'un de nos ports à l'autre, payeroient des droits, & que celles portées ſur un Navire François feroient franches. Alors, ne pouvant plus y avoir de concurrence entre leurs Vaiſſeaux & les nôtres, ils feroient néceſſairement forcés de ſe retirer. Il y a plus: il réſulteroit de-là que nous aurions bientôt un Commerce conſidérable par mer, & par conſéquent une multitude de matelots; & qu'il feroit aiſé alors de rétablir notre Marine. Cependant il y a, au ſujet de la Marine, un article ſingulier à examiner. Du tems des Colbert & des Seignelai, nous avions beaucoup de Vaiſſeaux, & pas le quart des Officiers de plume qui exiſtent aujourd'hui: leur nombre a augmenté, celui de nos Vaiſſeaux a diminué; il n'y a ſi petit port où il n'y en ait un ou deux, & ſouvent trois. Ne feroit-ce point là un des vices radicaux qui empêche la Marine de refleurir?

Mais, afin qu'un Etat ait une nombreuſe Marine, des Colonies bien floriſſantes, & des Armées capables de le faire reſpecter, il faut qu'il ſoit auſſi peuplé qu'il eſt poſſible. Suivant le calcul de Mr. de Vauban, la France peut nourrir trente millions d'habitans, & ſans-doute il n'y comprenoit pas les Colonies: mais maintenant je doute fort qu'en y comprenant les habitans des Colonies, on puisse y en trouver un aussi grand nombre. Une des principales causes de la dépopulation est ce goût, cette mode de célibat, qui s'est répandu dans tous les Etats. Il importe au bien de l'Etat d'en arrêter le progrès. Et, pour y réussir, il faudroit par des Réglemens remettre le mariage en honneur; recompenser les peres de familles pauvres qui ont plusieurs enfans; destiner quelques marques de distinction aux gens riches qui auroient une nombreuse famille; ordonner que quand il y auroit des mineurs dans une famille, des célibataires en seroient nommés Tuteurs ou Curateurs, par préférence aux gens mariés; défendre enfin, sous des peines féveres, que l'on entrât dans des Cloîtres de l'un ou de l'autre sexe avant l'âge de vingt-cinq ans. Je ne dis pas que cette Ordonnance ne fît tort aux Ordres Monastiques, qui ne sont pas absolument inutiles: mais l'Etat a un plus grand besoin encore de Cultivateurs, de Manufacturiers, de Marins, de Guerriers, &c. que de Religieux & de Religieuses; & tout est par comparaison dans ce Monde.

Il résulteroit, de tout l'arrangement proposé, que peu à peu le Peuple se trouveroit soulagé, les Dettes payées, le Commerce brillant, & l'Etat bien peuplé. Alors la France, pleine d'une nouvelle vigueur, mépriseroit les impuissantes menaces de quiconque oseroit l'attaquer. Ses ressources seroient inépuisables, parce qu'elle n'auroit jamais besoin de crédit ni d'emprunt; & ses Rois, toujours chéris de leurs sujets, & toujours craints au dehors, seroient heureux, puisqu'ils seroient sûrs du bonheur de leurs Peuples.

EXAMEN

DES

RICHESSE DE L'ETAT.

Le plan que l'Auteur des *Richesses de l'Etat* présente est très-beau : il nous offre des ressources immenses : il est certainement le travail d'un excellent citoyen. Mais, parmi tous les avantages qu'il nous présente, ne s'y trouve-t-il pas des inconvéniens ? c'est ce que je prendrai la liberté d'examiner. Mes lumieres ne font pas comparables aux siennes, mais je suis certainement aussi bon citoyen que lui.

Les inconvéniens que je crois appercevoir dans son plan font, 1. que la taxe feroit arbitraire ; 2. que l'abolition totale du contrôle feroit nuifible aux particuliers, & même à l'Etat ; 3. que les droits perçus aux frontieres fur les denrées de notre crû, feroient tort à notre Commerce. Et c'est ce que je vais entreprendre de prouver. Il s'enfuivra que quelque avantageux que foit fon plan, fi les inconvéniens que j'y crois voir exiftent, qu'ils ne fe rencontrent pas dans le mien, & que fon exécution foit auffi facile que celui des *Richesses de l'Etat*, il fera préférable.

J'ai dit que l'efpece de capitation propofée feroit arbitraire. Effectivement, je ne vois pas, par exemple, pourquoi il y auroit, dans l'Etat, des gens entiérement exempts de toutes fortes d'Impôts ; pourquoi celui qui aura cent livres de rente payera un écu ; & pourquoi ce-

lui qui n'aura que 99 livres 15 fols de revenu
ne payera rien ; & ainfi de fuite, en fuivant la
progreffion que l'on propofe. De plus, tel
maintenant paroît jouir d'une fortune aifée, qui
n'en a que l'apparence, & qui, s'ils ofoit, feroit voir bien clairement que fes richeffes ne
font que fictives. L'Auteur des *Richeffes de
l'Etat* cherche, il eft vrai, des moyens pour
que la taxe qu'il propofe ne foit pas arbitrairement diftribuée entre les perfonnes qui y feront foumifes ; & pour cela il propofe que l'on
forme un tableau des contribuables, dans lequel
ils feront taxés relativement à la capitation
qu'ils payoient. Ce moyen eft-il auffi fûr pour
éviter l'arbitraire, que la dixme propofée dans
mon plan ? c'eft ce que je ne faurois me perfuader. Les matieres premieres qui croiffent
dans le Royaume ou dans les Colonies font les
feules *Richeffes de l'Etat* ; c'eft donc fur elles
que l'on doit établir un Impôt qui puiffe, fans
fouler le citoyen, réparer les pertes de l'Etat
& fubvenir aux dépenfes a venir. L'Auteur a-
t-il pu penfer que, dans toutes les villes &
bourgs du Royaume, il n'y eût pas des gens
dont le crédit fût affez confidérable pour empêcher leurs compatriotes d'ofer les taxer fuivant leurs moyens ? S'il le penfoit, il fe trom-
peroit beaucoup. Le tableau de la capitation,
tel qu'il eft, eft bien éloigné d'être exact dans
fes répartitions. Il ne s'agit que d'avoir un peu
vécu dans les Provinces, pour être fûr que les
gens les plus intrigans font ordinairement les
moins impofés, tandis que le Cultivateur pai-
fible eft étonnamment furchargé. Si le Tableau
de la capitation n'eft pas exactement fait, celui
que l'Auteur propofe le feroit-il donc ? Il eft
vrai que les fommes impofées fur chacun des

impofés feroient moindres, mais il y en auroit d'injuftement impofées ; & il n'y a point de petites injuftices en matieres femblables.

J'ai dit, fecondement, qu'il me fembloit que l'abolition totale des droits de contrôle feroit nuifible aux particuliers, & par conféquent à l'Etat. Effectivement, fi l'on ôte le contrôle, il fera facile d'antidater ou de fuppofer beaucoup d'Actes ; & par conféquent les familles feront plus fujettes à être troublées. Dans les Pays où les Notaires n'ont point acheté le droit de contrôle, il faut que, dans un certain terme fixé, le Notaire préfente les Actes, qu'il paffe, à un Contrôleur qui les figne & en prend une note. Il en réfulte deux avantages : l'un, que deux fignatures étant plus difficiles à contrefaire qu'une, moins de gens ofent l'entreprendre ; l'autre, que les notes gardées par les Contrôleurs font fréquemment de la plus grande utilité dans les familles, pour retrouver des papiers perdus ou égarés. Je ne crois donc pas qu'il foit avantageux pour le Public d'ôter le contrôle des Actes, mais qu'il fuffit pour fon intérêt de modérer les droits qui font perçus à fon occafion ; de telle forte qu'ils n'excédaffent pas le falaire raifonnable dû aux Contrôleurs, foit pendant leur exercice, foit lorfque leur vieilleffe ou leurs infirmités obligeroient à les deftituer.

3. L'Auteur voudroit qu'il y eût un droit établi fur la fortie de nos denrées. Je dis que ce droit feroit préjudiciable à notre Commerce, à notre Agriculture, à nos Arts. La Nature produit plus ou moins, dans chaque Pays, les chofes qui font d'une confommation néceffaire ; les autres ne font que de luxe. Parmi celles qui font de confommation néceffai-

re, il y en a qui abondent plus dans un Pays que dans un autre ; & le Commerce consiste en partie à porter ces denrées-là dans les Pays qui se trouvent n'en pas avoir tout-à-fait assez de leur propre crû. Ainsi la France, l'Espagne & le Portugal fournissent des vins & des eaux-de-vie aux Pays du Nord ; la France & les Pays du Nord fournissent des bleds, des chanvres & des toiles aux Pays du Midi ; & les Pays du Nord fournissent du bois de construction à presque tout le reste de l'Europe. Il résultera de-là que, si nous mettons des droits de sortie sur nos vins & sur nos eaux-de-vie, les Peuples du Nord s'en fourniront, par préférence, en Espagne & en Portugal, où ils ne seront pas obligés de les payer. Alors, pour rappeller l'étranger & nous défaire du superflu de notre denrée, il faudra que le Cultivateur baisse le prix de sa denrée ; & que ses gains, & par conséquent *la Richesse de l'Etat*, diminuent. Si les droits de sortie sont tels que le Cultivateur soit obligé, pour trouver le débit de sa denrée, d'en baisser le prix au point de se trouver en perte, il se découragera, & abandonnera la culture qui ne lui est pas avantageuse. Il en sera de-même pour les bleds, les toiles, &c. Quant aux matières travaillées, il arrivera ce-qui est arrivé pour les cartes & cartons. La France seule en fournissoit l'Europe : dès qu'on y a eu établi quelques droits, aussitôt il a passé des ouvriers dans les Pays étrangers, & la France est privée d'un produit considérable. En général, nous pouvons nous passer des denrées étrangères : elles ne sont donc utiles qu'au luxe. S'il est avantageux & juste de supprimer les droits de sortie, les droits d'entrée dans le Royaume sont au contraire utiles pour le bien de nos manufactures. On peut les regarder comme une taxe légere répartie sur les aisés, au profit de nos manufactures, qu'il importe de faire préférer à celles qui font établies chez les Etrangers.

J'ai proposé de conserver les droits d'entrées dans les villes ; il est juste d'en dire la raison. On peut regarder les villes comme habitées par deux especes d'hommes : les gens aisés ; & les ouvriers de quelque genre qu'ils soient, qui vivent aux dépens des premiers. Quelque forts que soient les Impôts établis aux entrées des villes, j'ose être d'un avis opposé à l'Auteur des *Richesses de l'Etat*, & l'assurer que ce n'est que les aisés qui les payent effectivement. Il s'agiroit donc, non de détruire ces droits, mais de les modérer. Les Cultivateurs étant soumis à une dixme, il paroît juste que les habitans des villes soient soumis à quelques impositions ; & les entrées en tiendroient lieu. Cette taxe paroît d'autant plus juste, que chacun est l'arbitre de la part qu'il doit fournir à la contribution.

Voilà les idées que mon zele pour le Bien public m'a suggérées. Si mon but, qui est de rendre les Peuples heureux, & le Roi plus puissant, ne réussit pas, j'aurai du moins l'honneur de l'avoir entrepris.

LA PATRIE
VENGÉE,
OU LA
JUSTE BALANCE.

Conclusions des Richesses de l'Etat.

CHACUN s'occupe aujourd'hui de la réforme du Gouvernement, & de donner des leçons aux Miniftres, ce qui fait dire avec vérité, qu'en France tout eft afservi à la mode, jufqu'aux productions de l'efprit, qui ont leur regne & leur variété, relativement au caprice & à la nouveauté des sujets qui paroiffent fur la fcene.

Il a été un tems où l'on a vu avec fureur analyfer la Religion, arborer l'étendard de l'Athéifme, & mettre en problême que l'homme & le quadrupede font de même nature, & deftinés à la même fin : les progrès que cette nouvelle & affreufe Philofophie a faits, n'ont été que trop funeftes ; la dépravation des mœurs & l'irreligion font les malheureux fruits qu'elle a produits.

C'eft donc après avoir enfanté de pareils Ecrits, qui font gémir l'Humanité, révoltent tous les fens, & dont les principes tendent à détruire la Religion jufques dans fes fondemens

fa-

sacrés, que par forme de délassement on s'éri-
ge maintenant en censeurs politiques, & en
réformateurs du Gouvernement.

On ne peut passer ici sous silence la honte &
le mépris que méritent des Ecrivains qui sans
respect pour la Religion, & par suite pour l'E-
tat, osent aussi impudemment fronder les principes fondamentaux des Loix Divines & Humaines; & l'on peut à juste titre les traiter de
perturbateurs du repos public, & d'enfans dé-
naturés que la Patrie rougit d'avoir dans son
sein. Mais c'est assez s'arrêter sur ces déplo-
rables vestiges de libertinage du cœur & de
l'esprit: puissent les Auteurs de pareilles productions être ensévelis avec elles dans l'oubli
le plus profond!

Si des Auteurs, plus respectables encore par
la noblesse & la pureté de leurs sentimens que
par leur naissance distinguée, ont fait part au
Public de leurs spéculations, & de leurs réflexions sur la Théorie des Impôts, & sur l'abus
que l'on fait de l'Autorité Royale dans la perception d'iceux, on ne découvre dans leurs
Ouvrages dignes d'être transmis à la postérité,
que des preuves manifestes de leur zele & de
leur attachement pour le Bien public en particulier, & pour l'Etat en général.

C'est sous le même point de vue que l'on a
dû envisager le Plan qui vient de nous être donné des *Richesses de l'Etat*.

Tout annonce le Caractere du véritable citoyen dans les motifs de ce projet, qui a pour
but l'établissement d'une imposition unique à la
place de toutes celles qui se perçoivent actuellement; d'indiquer les moyens d'en déterminer
sa fixation proportionellement aux facultés des
contribuables; & le résultat de cette opération

T

tend à alléger d'un côté les charges de ces mêmes contribuables, & de l'autre à procurer au Roi une augmentation de revenus.

Fut-il jamais un projet plus flatteur & plus séduisant à l'évidence? Cependant à peine a-t-il paru, que par un esprit de vertige, on s'est acharné à le contrarier. Quelle inconséquence & quel délire!

Que l'Auteur ait erré dans les calculs & dans les combinaisons, que son système ne soit pas en quelques points aussi avantageux qu'il a pu se le persuader, faut-il pour cela crier qu'il est inadmissible?

On a beau soutenir que l'exécution en est impossible, je le nie, & ne fais aucun cas des foibles raisons que l'on a alléguées jusqu'à-présent pour en convaincre. Je dis plus, qu'aucuns de ceux qui ont fait des combinaisons pour anéantir le plan dont il s'agit, n'ont pu les diriger avec fondement à défaut des connoissances nécessaires; & on va le prouver en peu de mots.

La base de ce plan, c'est la juste fixation du nombre des contribuables dans tout le Royaume, & le point d'appui de toutes les opérations subséquentes. On demande maintenant si quelqu'un, autre que le Ministere, a des lumieres suffisantes pour juger sainement, & non sur des présomptions, de la validité de ce projet & des avantages qu'il présente?

En effet, en rectifiant l'opération du système des *Richesses de l'Etat* jusqu'à ce qu'il ait acquis son degré de perfection, quel avantage ne résultera-t-il pas en faveur des Sujets des différens ordres, par la suppression de nombre d'Impôts engendrés par les calamités, & qui se font multipliés à l'infini? Quelle douce satif-

faction pour un Prince rempli de tendreſſe pour
ſes Sujets, de ne plus entendre par la voix des
Magiſtrats, organes fideles de la vérité., les
ſeuls interpretes des cris du peuple & leur appui, que la meſure des Impôts eſt à ſon comble, & que tout dans l'adminiſtration préſente annonce l'affoibliſſement de l'Etat, & qu'il
eſt urgent d'y apporter un prompt remede !
Quelle ſenſibilité n'éprouveroit pas le cœur du
Roi à la vue des duretés qui s'exercent journellement envers ſes peuples dans la perception de cette multitude d'Impôts ? On ne craint
point de l'avancer, un tableau fidele de ces
opérations ne pourroit être enviſagé qu'avec
horreur de LOUIS LE BIEN AIME' ; & c'eſt pour
ne point allarmer ſon cœur bienfaiſant, qu'on
ne lui a toujours fait qu'une légere eſquiſſe de
la maniere dont ſe levent les Impôts ſur ſes
peuples, mille fois plus inſupportable que les
Impôts mêmes.

Ce n'eſt point ici une clameur populaire, &
encore moins (comme on ne manquera pas de
le dire,) la haine qui diſtille ſon venin ; c'eſt
ſimplement la vérité qui s'élance vers le Trône, malgré les obſtacles qui lui réſiſtent ; c'eſt
l'Humanité ſouffrante qui réclame ſes droits ;
ce ſont enfin les ſentimens des vrais Citoyens
juſtement allarmés, qui révendiquent la bonté
du Roi contre l'oppreſſion dans laquelle on
gémit.

Tels ont été ceux de l'Auteur des *Richeſſes
de l'Etat*, & des autres qui l'ont précédé dans
la voie qu'il a ſuivie.

Quant aux inconvéniens qui militent contre
l'exécution du nouveau projet, ce ſont des
phantômes qui diſparoîtront d'eux-mêmes auſ-
ſitôt qu'il ſera corrigé & perfectionné : tous

les Sujets, excepté un petit nombre intéressé à le détruire, y trouveront un foulagement réel de n'avoir qu'un feul tribut à payer à fon Prince, lorfqu'il fera proportionné à leurs facultés, & qu'il paffera directement dans fes mains fans altération; comme auffi lorfque par une perception fimple & facile, ils feront délivrés des vexations qui accompagnent la Régie & perception des Impôts actuels; aucun, dis-je, ne murmurera de fon fort, tous au contraire s'applaudiront du bonheur dont ils jouiront fous le meilleur des Rois.

On juge affirmativement des vérités que l'on avance, par l'heureux effet qu'a produit dans l'efprit de tous les Sujets des différens Ordres le plan des *Richeffes de l'État*.

On a vu dans l'inftant qu'il a été promulgué, chacun de fon propre mouvement fe ranger dans la claffe proportionnée à fa fortune, & prêt à donner fa foumiffion d'en remplir l'objet. L'Auteur l'avoit prévu, & avoit bien jugé du cœur de fes compatriotes en général, & de leur attachement fidele à leur Souverain & à la Patrie, lorfqu'il a propofé de laiffer aux contribuables la faculté de s'arranger entr'eux pour la répartition. Oui, on ofe même l'affurer, l'Univers auroit été furpris, & auroit à jamais admiré la tendreffe des François pour leur Prince, s'ils euffent été les maîtres de concourir par leur propre fait à l'exécution du projet.

Mais une cabale que ce plan foudroye, s'eft déchaînée contre l'Auteur & fon Ouvrage par des libelles ironiques, injurieux & dépourvus de bon-fens: chaque membre de cette odieufe cabale, effrayé de fa chûte, a exhalé fon venin dans le Public, dans la vue de ternir la beauté du projet; mais c'eft en vain qu'ils fe croyent victorieux, tous leurs efforts n'ont servi qu'à irriter les esprits, à exciter contre eux le mépris du Public, & à lui faire desirer plus ardemment de voir tarir la source de ses maux par l'anéantissement des gens de maltôte.

Il résulte donc que ni le ressentiment des Gens de Finances, ni les Ecrits qu'il a dictés, n'ont porté aucun coup au plan proposé. Encore une fois, on le répete, il n'y a que les Ministres en état de le juger & d'en analyser toutes les parties: il reste à desirer, pour la satisfaction de l'Auteur & de tous les citoyens de l'Etat, que les grandes occupations dont ils sont chargés leur permettent de fixer les yeux sur un projet qui tend, (ainsi que l'Auteur l'a eu pour principe) à la satisfaction la plus solide & la plus digne d'un grand Roi, & à l'accroissement de sa grandeur & de sa magnificence dans le bonheur & le contentement de ses Sujets fideles.

Des motifs si grands & si louables sont tellement capables d'exciter l'émulation des vrais citoyens, qu'il n'est pas d'efforts qu'on ne doive faire pour concourir à les mettre en pratique, c'est ce que l'on va tenter.

Changemens à faire dans le Tableau de répartition des Richesses de l'Etat.

PREMIERE CLASSE.

Il convient de composer cette Classe, &c. des personnes constituées en grandes Dignités, dans les différentes Villes Capitales du Royaume, & l'on pourroit les taxer:

T 3

SAVOIR,

Les Princes à 6000
Les Ducs & Maréchaux de France à 3000
Les Comtes à 2000
Les Marquis à 1500

DEUXIEME CLASSE.

La deuxieme Claſſe doit être compoſée de la haute Magiſtrature.

SAVOIR:

Les Préſidens des Cours Supérieures, les
Procureurs & Avocats-Généraux à 2000
Les Maîtres des Requêtes à . . . 1500
Les Maîtres des Comptes à . . . 1500
Les Conſeillers des Parlemens, Cours
des Aydes, & autres de cette nature à 1200

TROISIEME CLASSE.

Cette troiſieme Claſſe comprendra tous les Officiers de Magiſtrature, les Nobles, & généralement les perſonnes conſtituées ou non en charges & dignités, ſi elles ont équipage, taxées à 1000 livres.

EXCEPTIONS.

Les Veuves & non-communes en biens qui feront de qualité à être compriſes dans les claſſes ci-deſſus, ne feront impoſées qu'à moitié de la taxe.

On n'a pas entendu comprendre dans la premiere classe, les Comtes, Marquis, & autres personnes de cette qualité qui habitent dans les Villes de Province & dans leurs Terres, parce que l'on suppose que leurs revenus ne le permettent pas; ainsi ils rentreront dans les classes subséquentes, & proportionnément à leurs facultés.

Il naîtra de cette opération des moyens de réformer les classes du Tableau de répartition, que l'on trouve disproportionnées dans leurs progressions; & comme on ne doit jamais présenter au Public des opérations fondées sur des conjectures, & sur des présomptions hazardées; c'est le motif pour lequel on n'a pas voulu déterminer par un calcul chimérique, ni le nombre des contribuables dont on compose les trois classes ci-dessus, ni le montant du produit de l'imposition qui peut en résulter. Si l'on doit au Bien public le tribut de ses réflexions, on doit aussi les soumettre aveuglément à l'examen des personnes suffisamment éclairées par des connoissances acquises, ou relatives à la place qu'ils occupent, qui sont les seules en état de les apprécier.

On a indiqué les véritables Juges de celles de la nature dont il est ici question, suivons:

Le premier reproche que l'on a fait à l'Auteur des *Richesses de l'Etat*, porte sur ce qu'il a mis au même niveau la Noblesse & la Magistrature avec un roturier parvenu; & c'est le prétexte qu'ont avidement saisi ceux qui se sont armés contre son système, pour appeller les Grands à leur secours.

C'est donc pour remédier à cet inconvénient, & réparer la prétendue injure commise par l'Auteur, que l'on a fait une autre diſtinction des premieres claſſes.

On ſe trompe groſſiérement ſi l'on croit que l'Auteur n'a pas ſenti que ſon opération étoit vicieuſe dans les dernieres claſſes de ſon Tableau de répartition: il a voulu mal-adroitement flatter les Grands par un appas déplacé pour les rendre propices ; il s'eſt défié du crédit qu'ils ont : en un mot il a craint, (ainſi qu'il arrive tous les jours), que l'intérêt général ne ſoit ſacrifié à l'intérêt particulier ; voilà la ſource de ſon erreur, & en quoi il eſt blâmable, car il devoit rendre plus de juſtice aux Grands du Royaume.

On ne va pas manquer à-préſent de ſe récrier contre le plan de réforme que l'on propoſe, & ſur le taux des impoſitions qu'il détermine, quelque modique qu'il ſoit ; mais pour étouffer les plaintes, il ſuffira que chaque perſonne compriſe dans l'une des trois nouvelles claſſes, faſſe les calculs & les combinaiſons que l'Auteur des *Richeſſes de l'Etat* indique à l'Article IV. de ſon plan ; ſûrement le total excédera de beaucoup la nouvelle impoſition.

Il s'en faut bien que l'on tombe d'accord avec nos Ecrivains Financiers, que la regle la plus certaine eſt de faire contribuer les Sujets en détail par l'impoſition des droits ſur les conſommations ; car on eſt convaincu par la pratique que cette forme d'Impôt eſt la plus onéreuſe, en ce que le fardeau augmente & ſe renouvelle ſans ceſſe à proportion des beſoins que la nature exige.

Inutilement l'Auteur des *Doutes Modeſtes* veut-il inſinuer à la Nobleſſe & à la Magiſtrature, que l'on anticipe ſur leurs privileges , & que la nouvelle impofition équivaut à leur égard celle de la Taille, dont ils font exempts. Si fon but eft d'accorder à ces deux principaux Corps de l'Etat une immunité générale pareille à celle dont le Clergé prétend jouir, il devoit commencer par réclamer contre les impofitions actuelles auxquelles ils contribuent : on lui auroit demandé enfuite par qui il fera fupporter les charges de l'Etat, fi les grands Propriétaires & le Clergé en fecouent le fardeau ?

On ne méconnoîtra jamais les grandes obligations dont on eft redevable envers la Nobleffe & la Magiftrature ; on fait que l'une nous procure la paix dans nos foyers aux dépens de fon fang & de fa fortune, & l'autre le maintien des loix & des mœurs par un travail pénible & defintéreffé. Auffi ne murmure-t-on pas des privileges dont jouiffent à fi juftes titres des Citoyens généreux qui fe facrifient pour la Patrie : à Dieu ne plaife que l'on ait intention aujourd'hui de les altérer, au contraire ; mais il ne s'enfuit pas que cette proportion effentielle de l'Etat ne participe pas aux fubventions.

On pourroit ici dire un mot en paffant fur l'altération qu'a éprouvé l'exemption de la Taille accordée à la Nobleffe, fans trop s'éloigner de fon fujet, & démontrer par un exemple que ce Privilege n'eft plus qu'une ombre difparoiffante. Je dînois derniérement chez un grand Seigneur, un de fes Fermiers vint le folliciter de lui renouveller le Bail de fa Ferme qui étoit prêt d'expirer : ce Seigneur en lui accordant fa demande, exigea une augmentation de 500 liv. à laquelle le Fermier ne balança pas d'acquiefcer ; mais à une condition, qui étoit que le Seigneur obtiendroit de l'Intendant de la Province une diminution de pareille fomme fur fon impofition à la Taille, attendu (ajouta-t-il) que depuis qu'il avoit l'honneur d'être fon Fermier (en parlant au Seigneur), il étoit impofé à 1200 livres de Taille & de Capitation, au-lieu d'une modique fomme qu'il payoit à-vant. On demande d'après cet exemple, qui du Seigneur ou du Fermier paye la Taille? La Terre dont il s'agiffoit, étoit de 5000 livres de fermage par année: on laiffe à penfer ce que les Fermiers de Terres confidérables doi-vent payer de Taille. Comme cette remarque peut être utile à la Nobleffe, on l'a faite à cette intention.

Or fi le projet des *Richeffes de l'Etat* avoit fon exécution, il vivifieroit l'Agriculture en fa-vorifant le Cultivateur par la diminution de près de moitié des taxes qu'il paye; le prix des loyers des Terres haufferoit à proportion, & le bénéfice que feroient les Propriétaires pourroit encore entrer en compenfation avec la charge d'un nouvel Impôt.

Tous les Critiques du nouveau fyftême fe réu-niffent à foutenir qu'il y a impoffibilité de trou-ver dans le Royaume deux millions de perfon-nes taillables pour en former 20 claffes de cent mille chacune, fuivant le Tableau de réparti-tion de l'Auteur: examinons fur quoi ils fon-dent cette impoffibilité.

Après avoir démontré par des raifons folides que les calculs de combinaifons que l'on a faits fur le plan des *Richeffes de l'Etat*, n'ont de fait & ne peuvent avoir aucun fondement, on pour-roit fe difpenfer de répondre à cette foule d'ob-jections & de raifonnemens qui en dérivent; cependant on veut bien aller plus loin.

On demande d'abord pourquoi on ne veut compoſer les deux millions de contribuables que de chefs de famille, & pourquoi on exclut les célibataires ?

Je réponds, c'eſt que l'on n'a pas approfondi les vues de l'Auteur du Projet, ou que par affectation on n'a pas voulu remarquer qu'il ne dédaigne pas de faire participer à la ſubvention juſqu'au moindre journalier qui n'a que ſes bras, s'il a un talent pour les occuper. Eh ! pour quoi en feroit-il exempt ? ne paye-t-il pas aujourd'hui le tribut au Roi ?

Perſonne n'ignore que la dette du Souverain envers ſes Sujets, eſt la protection contre l'étranger, & la Juſtice & Police dans l'intérieur ; & que celle réciproque du peuple envers ſon Souverain eſt l'amour, le reſpect, la ſoumiſſion, & le tribut. Eſt-il donc rien de plus révoltant que de voir l'Auteur des *Queſtions ſur les Richeſſes de l'Etat*, dans ſon Tableau des célibataires, ſouſtraire d'un coup de plume deux millions ſix cent mille célibataires ou environ, en état de contribuer à la nouvelle impoſition ? À l'égard d'un autre million de célibataires, ſoldats ou mendians qui font partie de ſon total de 4200000 célibataires, on les laiſſe volontiers à l'écart, ainſi que les 600000 célibataires votaires qui compoſent le Clergé.

On ne doit pas en effet s'étonner après une pareille opération, ſi l'on trouve de la difficulté à completter les deux millions de contribuables néceſſaires pour la compoſition des 20 claſſes dont il s'agit, lorſque d'un côté on rejette 800000 Rentiers, parce qu'ils gardent le célibat ; de l'autre, un million d'ouvriers employés aux Arts méchaniques, & enfin 800000 domeſtiques environ.

Quant aux Rentiers on les met, dit-on, à couvert des Impôts comme pouvant cacher la somme de leurs facultés. Quelle abfurdité! eh! comment a-t-on fait pour les impofer à la capitation, & les forcer à la payer?

A l'égard de ce million d'ouvriers, quel inconvénient y a-t-il de les ranger les uns dans la premiere claffe actuelle du Tableau, les autres dans la deuxieme, & partie dans la troifieme? On fait que les ouvriers de cette efpece travaillent chez les Maîtres, que la plupart font payés à la journée, & qu'ils fe logent, vêtiffent, & fe nourriffent de leur falaire; que ceux qui font nourris chez les Maîtres, s'ils reçoivent moins en apparence, font également récompenfés que les autres; enfin que la folde de ces fortes de gens eft depuis 10 fols par jour, (j'en excepte les ouvriers de la campagne), jufqu'à trois livres: ceci pofé, y a-t-il à fe récrier de faire payer deux deniers par jour à un ouvrier qui gagne dix fols, ainfi des autres?

Je paffe à l'article des célibataires domeftiques, & je demande encore un coup, pourquoi on les exempte de la fubvention? Je defirerois bien les en exempter auffi; mais ce feroit à la charge qu'ils rentreroient dans leur condition naturelle, qui eft celle de Cultivateurs. Les réflexions que je pourrois faire à cet égard font hors de mon fujet. Je reviens, & je dis qu'un laquais qui eft bien nourri, bien vêtu, & qui gagne 100 livres de gages par an, peut fans injuftice payer 3 liv. au Roi; il en eft de-même des autres domeftiques. On va m'objecter que c'eft une impofition furabondante dont je charge les Maîtres. Pourquoi force-t-on leur libéralité? C'eft à ceux qui feront chargés de faire les arrangemens de perception à tout pré-voir.

Enfin on rempliroit infenfiblement un volume, fi l'on vouloit faire l'analyfe de tous les Ecrits que le *Plan des Richeffes de l'Etat* a fait naître. On l'a dit, & on le répète, ils font tous inconféquens & incapables de porter le moindre coup à ce projet, qui eft toujours dans fon entier: il ne s'agit encore une fois, que de le perfectionner, alors toutes les préten-dues illufions qu'on reproche à l'Auteur cef-feront, & l'on fera convaincu qu'il n'a rien avancé de trop, lorfqu'il a annoncé fon plan comme un remede prompt & efficace de fub-venir aux befoins de l'Etat, de pourvoir au préfent, au paffé, & à l'avenir, & en même-tems d'enrichir le Roi & de foulager les Peu-ples.

EPITRE

Aux Critiques des

RICHESSES DE L'ETAT.

EN vérité, Messieurs, on n'y tient plus. Quoi! tous les jours de nouvelles productions! La source de votre imagination sera-t-elle donc inépuisable? Ah! digne Citoyen, Auteur des Richesses de l'Etat, combien vous vous êtes abusé si vous avez cru que c'étoit à vous qu'étoit réservée la gloire d'être le héros des Réformateurs de la Finance, & le vainqueur de cette armée de Traitans qui ravage l'Etat depuis si longtems! Il auroit fallu que vous eussiez ignoré quelle est la bizarrerie de nos goûts & de nos humeurs; on vous l'a dit, (tout est volatil.)

J'étois hier votre Apologiste, aujourd'hui je change de ton, & reconnois mon ridicule.

C'est à vous, Messieurs, à qui je suis redevable d'un si heureux changement; vos Ecrits lumineux ont percé le bandeau qui causoit mon aveuglement, & dissipé ce nuage épais qui couvroit mon imagination. Que d'obligations ne vous ai-je pas?

Mais quelle foule d'idées viennent encore m'assiéger à la vue de ce nouveau Plan de réforme! Vous l'avouerai-je, Messieurs, (car je suis de bonne foi,) je sens que ma conver-

sion opere foiblement, lorsque joint à la haute
idée que j'avois conçue de ce projet, je vois
qu'il a fait plus d'impression sur vous, que
les systèmes des Sülli, des Saint Pierre, des
Colbert, & des Mirabeau. Oserois-je vous
demander (puisque vous avez mis les questions
en usage) pourquoi les principes de ces excellens Maîtres sur l'économie des Finances ont
eu moins de contradicteurs que ceux de l'Auteur des Richesses de l'Etat? Est-ce le peu
de volume que contient ce Plan de réforme
qui a déterminé vos attentions, ou les opérations qu'il renferme? En s'arrêtant à ce
dernier motif il s'agit d'examiner d'abord
quelles ont été les vues de l'Auteur en nous
offrant le fruit de ses réflexions, & de mettre
ensuite les vôtres, Messieurs, en parallele:
après cela je prends parti.

L'Auteur des Richesses de l'Etat nous annonce son Projet comme un remede prompt &
efficace de subvenir aux besoins de l'Etat, de
satisfaire à ses engagemens, de pourvoir au
présent, au passé & à l'avenir, dont l'effet
enfin sera d'enrichir le Roi, & de soulager
les Peuples; tout cela est bien séduisant.

Sans entrer dans le détail des opérations
qu'il indique, qui sont les ressorts qui doivent
animer tout le tableau, je m'arrêterai encore
moins à examiner si la méchanique en est
nouvelle ou moderne pour l'apprécier; ce n'est
pas mon objet, il faut avant fixer mon incertitude.

Vos réflexions, Messieurs, en les rappro-
chant comme je me le suis proposé, de celles

de l'*Auteur* des Richeffes de l'Etat, *me pré-*
fentent au premier coup-d'œil un contrafte
bien frappant, lorfque je vois des doùtes *iro-*
niques fur des faits expofés au grand jour,
des queftions *fur des objets conftamment dé-*
cidés, des obfervations *fur des chofes prévues,*
des calculs & des combinaifons *qui portent*
à faux; en un mot cet air d'humeur & de
partialité qui regne dans vos Ecrits, me plon-
gent dans un nouvel embarras.

Je conviens avec vous, Meffieurs, qu'il y
a bien des défectuofités dans le nouveau Plan,
que le Tableau peche dans fes progreffions nu-
mériques, que le taux des contributions qu'il
fixe eft effrayant à l'afpect, qu'il pourroit
naître bien des difficultés dans l'exécution de
ce Projet, qu'enfin il n'eft pas neuf; *mais*
je ne vous pardonne pas de vous être unique-
ment attaché à le détruire, plutôt qu'à nous
éclairer fur les moyens de l'exécuter. N'eft-
ce pas la caufe commune que l'Auteur des
Richeffes de l'Etat *a entrepris de foutenir?*
N'eft-*ce pas au contraire fe déclarer ouver-*
tement l'ennemi de fa Patrie que de combattre
fes intérêts.

Je pafferois certainement pour extrava-
gant, fi j'entreprenois de nombrer les étoiles
qui brillent au-deffus de ma tête, & fi je
voulois vous perfuader, Meffieurs, que j'ai
réuffi à en déterminer la jufte quantité; c'eft
cependant ce que vous avez entrepris de faire
par les calculs fur lefquels vous appuyez vos
objections contre l'opération du nouveau Syftê-
me: auffi je me garderai bien de les contre-
dire.

dire. Mon deffein n'eft pas non plus de vous suivre dans vos autres écarts, & de relever vos erreurs, (ce qui ne feroit pas difficile) mais on m'a prévenu. Je me bornerai feulement à vous faire encore quelques queftions, touchant les gens de Finance dont vous me paroiffez être de zélés partifans, fans pénétrer les raifons du pourquoi ?

En quoi faites-vous confifter, Meffieurs, l'avantage que produifent dans le Royaume les fortunes de quelques Traitans ? Et pourquoi leur chûte entraîneroit-elle avec elle les deux tiers de l'Etat ? Avez-vous oublié que le nombre des Financiers eft confidérablement diminué depuis la fuppreffion des Sous-Fermiers ? Ignorez-vous que dans le nombre des foixante Fermiers-Généraux actuels il n'en eft pas fix dont l'opulence apparente ne foit fondée fur le crédit qu'ils ont acheté du Public, auquel appartient la plus grande partie des fonds qu'ils ont fournis au Roi ? Quelle perte s'enfuivroit-il donc pour l'Etat de la deftruction de cet agiot ? Pour moi j'y entrevois au contraire beaucoup d'avantages: je m'en rapporte aux Commerçans, au peuple, & à tous les ordres de l'Etat en général. Ce n'eft plus aujourd'hui cette compagnie d'anciens Financiers qu'improprement on appelloit les colomnes de l'Etat, dont la pefante vanité mettoit à contribution tous les Arts, & dont le luxe faifoit fubfifter une infinité d'ouvriers & de fainéans; ils ont difparu, & on leur a fubftitué des gens encore plus altérés de la foif de l'or, qu'ils étanchent en buvant à longs traits dans

V

le réfervoir où fe déchargent tous les canaux
publics. Je paffe condamnation fur l'article
de la petite Maîtreffe dont vous parlez, &
fur les grandes obligations que nous lui avons
& à fes femblables, d'avoir imaginé cette variété de modes, qui nous caractérifent fi bien
chez les autres Nations.

Pour ce qui eft du luxe dont vous nous
annoncez pompeufement les panégyriftes, croyez-moi, tranfigeons fur ce point pour vous
éviter la honte de fuccomber, convenez de
votre erreur; vous avez confondu le fafte a-
vec le luxe.

Le fafte eft la dépenfe qui obferve l'ordre
des rangs; le luxe au contraire (dit l'Ami
des Hommes) eft le déplacement de la dépenfe, & l'impudence dans les mœurs. Je
m'en tiens à cette définition.

Il ne me refte plus qu'un mot à dire, Meffieurs, fur votre calcul des Richeffes repréfentatives de la France, qui eft un de vos
moyens victorieux contre le Syftême que vous
avez combattu avec tant de chaleur : il eft
certain que le produit du nouvel Impôt feroit
bien capable de caufer un engourdiffement
préjudiciable dans la circulation des efpeces
qui par fuite étoufferoit le Commerce ; j'en
tombe d'accord avec vous, en fuppofant toutefois qu'il fera ordonné à tous les contribuables de payer le même jour le montant de leur
fubvention au Roi; mais je n'ai point imaginé que l'Auteur des Richeffes de l'Etat
ait eu ce deffein.

Me voici donc au plus fort de ma crife,

puisqu'il faut opter, je l'ai promis. Je ne balancerois pas un instant, Messieurs, à me ranger de votre côté si je pouvois rendre la partie égale: je suis bon François; mais tout isolé que paroît être l'Auteur des Richesses de l'Etat, je vois la victoire se déclarer en sa faveur, les coups qu'on lui a portés ont été sans effet, une noble modestie orne son triomphe, il m'appelle pour le partager. Je le suis. J'entends parler, Messieurs, de son triomphe personnel & non de son plan de réforme; il a eu tout le succès qu'il pouvoit desirer dans un siecle où l'on sacrifie tout à la nouveauté & à la frivolité. On a vu les Grands l'applaudir avec excès, parce qu'il flattoit leur intérêt particulier; maintenant ils gardent le silence depuis qu'on les a tirés de la confusion. Les Financiers commencent à revenir de leur frayeur, rassurés par leur crédit. Le Peuple (pardonnez-moi l'expression, je parle ici de nos freres,) semblable à une bête de somme, ignorant de quelle nature est son fardeau, le porte autant par habitude que par contrainte, & se tait. Pour moi, je vois le Projet des Richesses de l'Etat déjà couvert de poussiere dans le cabinet du Ministre, prêt à prendre place parmi les papiers de rebut, & vos Ecrits, Messieurs, ainsi que le mien, avoir le sort de la fleur hémérocale qui ne dure qu'un jour. Je m'en console, & suis, &c.

MESSIEURS,

Tout ce qu'il vous plaira.

LE COUP-D'OEIL

DU

CITOYEN,

Ou Moyens de rétablir la Marine en France.

IL eſt d'un bon Citoyen de réfléchir ſans-ceſſe ſur les moyens qui peuvent tourner à l'avantage de ſa Patrie. Les revers arrivés à notre Marine & la ferme réſolution du Miniſ-tere pour la relever, doivent exciter l'émula-tion de tout Sujet ſenſible, & faire enfanter des projets qui ſont toujours louables, ne fût-ce que par le deſir du Bien public qui les fait naître.

Pluſieurs années de navigation ſur les Eſca-dres du Roi dans différentes parties du Mon-de, une étude continuelle de l'état politique de notre Marine & un deſir paſſionné de trou-ver des moyens de l'augmenter, ont fait juſ-qu'ici le ſujet de mes réflexions: voici quel en eſt le réſultat.

La conſervation & l'agrandiſſement des Co-lonies dépendent de l'empire de la Mer, l'em-pire de la Mer des forces maritimes, les for-ces maritimes du nombre des Vaiſſeaux, & ſur-tout de celui des Matelots.

C'eſt particuliérement ce dernier objet qui doit fixer l'attention comme la cauſe principale dont les plus grands événemens ne font que les effets naturels.

Nous manquons de Marins, toute la France le fait, il eft queftion d'en procurer à l'Etat : c'eft de fon propre fein qu'on fe propofe d'en tirer : il ne fera jamais mieux fervi que par fes enfans. Voici les moyens.

Dans l'épuifement où nous fommes de Matelots, il feroit d'une très-grande néceffité d'établir dans chacun des principaux Ports de France, comme Breft, Toulon, Rochefort, l'Orient, Bourdeaux & Marfeille, une Maifon Royale fous le nom d'*Ecole de Manœuvre*.

Dans ces Maifons ou Ecoles on entretiendroit, en tout tems, pour la Marine, un nombre néceffaire de jeunes gens, de quinze à feize ans, qu'on tireroit des différens Hôpitaux du Royaume; ce feroit procurer un fort à des Orphelins à qui l'Etat ferviroit de pere, ce feroit procurer à ce même Etat des Sujets très-utiles.

Dans chaque Ecole il y auroit un, ou plufieurs Maîtres d'Equipage, (de ceux qui font déjà entretenus par le Roi) lefquels enfeigneroient la manœuvre à l'aide d'un petit Vaiffeau portatif agréé pour cet ufage.

L'Art de manœuvrer eft un des points les plus effentiels de la Navigation, & la plupart des accidens qui arrivent fur mer viennent d'une mauvaife manœuvre. C'eft elle qui décide prefque toujours du fort des Combats, de la vie des Citoyens, & de la gloire de la Nation.

Outre le petit Vaiffeau portatif, il y auroit encore fur la rade de chaque Port ou dans le Port même un autre Vaiffeau de grandeur arbitraire, fur lequel on feroit faire aux Eleves des exercices de manœuvre, & où l'on join-droit la pratique à la théorie. On dira vaine-ment qu'il n'eft pas néceffaire que des Matelots foient fi bien inftruits ; ils ne fauroient trop l'être, fur-tout quant à l'art de manœuvrer : cela eft de la plus grande néceffité. Qu'une Efcadre fe trouve furprife par une tempête & ehaffée fur une côte ; que des Officiers expé-rimentés commandent une manœuvre délicate, le moment eft critique ; & fi les Matelots n'exé-cutent auffi tôt les ordres, l'Efcadre eft per-due fans reffource. La même promptitude eft également néceffaire dans un combat, foit pour virer de bord, foit pour faire un abor-dage avantageux. Le Matelot doit connoître la manœuvre autant que l'Officier, non pas pour commander, mais pour exécuter.

Après un an d'étude on feroit embarquer les jeunes gens dont il eft queftion, fur les Vaif-feaux du Roi, fur ceux de la Compagnie des Indes, ou fur la Marine Marchande, qui eft le nerf de la Royale. Ce feroient toujours, à cau-fe des claffes, des Sujets affurés pour l'Etat & defquels il ne feroit plus chargé.

On ne recevroit point d'enfans dans les E-coles ci-deffus au-deffous de quinze à feize ans, parce qu'avant cet âge il en coûteroit un plus grand entretien fans qu'on en retirât aucun fruit. Il feroit mieux d'obliger les Hôpitaux du Royaume d'envoyer tous les ans aux Ecoles de manœuvre le nombre de fujets néceffaires & en âge d'y entrer. Ce ne feroit pas gêner les Hôpitaux que d'en agir ainfi, parce qu'on y garde ordinairement les enfans une année ou deux après leur avoir fait faire leur premiere Communion, enfuite de quoi l'on cherche l'occafion de leur faire apprendre un métier : ceci leur en procureroit un auffi-tôt. Par le moyen de ces envois annuels, ceux qui fortiroient chaque année pour être embarqués fur les Vaiffeaux, feroient remplacés par d'autres, & cela toujours de même.

Je fuppofe que chacune des fix Ecoles dont il eft queftion, fourniffe par an trois cent Eleves (la chofe eft facile) ce fera chaque année une augmentation de mille huit cent hommes pour la Marine ; ces trois cent jeunes Marins feroient embarqués dans les Ports mêmes des Ecoles, ou dans les Ports voifins : ce ne feroit pas une difficulté de trouver à les embarquer, puifqu'il eft prouvé qu'on manque de Sujets, & que d'ailleurs ceux-ci feroient d'abord en état de rendre fervice.

Penfera-t-on que les Hôpitaux du Royaume ne pourroient pas fournir par an les mille huit cent jeunes gens néceffaires ? Hélas ! plût à Dieu que la chofe fût ainfi !

Les Ecoles dont il eft queftion n'empêcheroient pas d'entrer dans la Marine, les autres enfans qui fe préfenteroient, ce feroit au contraire un bien, & le nombre n'en fauroit être trop grand.

Il eft facile de voir que cette augmentation annuelle de mille huit cent Marins occafionneroit en peu d'années une révolution confidérable en faveur de la Marine. On pourroit alors augmenter le nombre des Ecoles & en conftruire à Dunkerque, Nantes Bayonne, &c. Tout prendroit une nouvelle face. Dans les malheurs de la guerre, notre Pavillon reparoîtroit avec éclat fur les Mers ; nos Vaiffeaux froient, comme autrefois, porter notre gloire au bout de l'Univers ; nos ennemis ne nous preſcriroient plus de limites, & nous ne connoîtrions de bornes que celles du Monde.

En tems de paix, le Commerce Maritime, dont l'étendue eſt toujours en proportion avec la quantité de Marins ; le Commerce, dis-je, étendroit inſenſiblement ſes branches, & nous ceſſerions de voir celui de la France enrichir d'autres Peuples. A peine les François connoiſſent-ils les Ports d'Angleterre & de Hollande, tandis que ces deux Nations ſont continuellement dans les nôtres, & y ſervent de Pilotes à l'occaſion ; nous aurions des Bâtimens ſi nous avions des hommes. On a plutôt acheté ou conſtruit des Vaiſſeaux, que formé des Marins pour les conduire. Je le répete, point de Colonie ni de Commerce ſans Marine ; point de Marine ſans Matelots.

Notre Marine eſt tellement affoiblie, que même avant la fin de la derniere guerre, j'ai vu embarquer ſur les Vaiſſeaux du Roi des Vieillards, des Bateliers de riviere, & des gens qui n'avoient jamais vu la mer ; & cela pour compléter les Equipages de quelques Vaiſſeaux qui mirent à la voile pour combattre, & qui ne parurent devant l'ennemi que pour le fuir. Nous ne ſaurions trop regreter les braves gens qui ſont péris dans cette malheureuſe déroute, quant à la plupart de ceux qui en ſont revenus.... (a)

Je ne prévois aucun obſtacle qui puiſſe empêcher la réuſſite des moyens ci-deſſus : s'il s'en trouve quelqu'un dans les détails, on doit cher-

_____

(a) Bien de braves gens en ſont revenus & ſurvivent avec gloire à cette journée.

cher à y remédier, fans abandonner le projet.
Je continue de croire qu'on ne peut relever
promptement & avec fuccès notre Marine ,
qu'en y faifant entrer la Jeuneffe répandue dans
les Hôpitaux du Royaume. Voilà le fonds : fi
ce fonds eft bon, qu'on s'en ferve , & qu'on
abandonne ce qui peut ne l'être pas.

Les frais de conftruction ne doivent pas former un empêchement, lorfqu'il eft queftion de
l'intérêt général. Je fai que la circonftance où
fe trouve l'Etat n'eft pas favorable ; mais ne feroit - il pas poffible de trouver les fommes néceffaires, fans que cet Etat en fût chargé ? Par
exemple, dans le fein de la Capitale, nous
voyons bâtir des Temples magnifiques dont les
frais viennent du produit d'une Loterie ; qu'on
fufpende pour un tems la continuation de ces
Edifices ; qu'on emploie les fommes qui leur
font deftinées, ou d'autres femblables à l'établiffement des Ecoles dont il eft queftion. Seroit - ce un mal....? Offrons nos cœurs à Dieu
& nos reffources à la Patrie.

Pour que notre Marine parvienne à l'éclat
dont elle eft fufceptible, il faut que cet état
foit plus honoré ; que les Officiers en général
foient plus expérimentés, & que chaque Sujet
qui fe diftingue ait un droit à la célébrité &
aux honneurs. Qu'on ouvre le champ de la
gloire, & les Athletes s'y précipiteront. Nos
Ports font remplis de fils de Négocians qui ne
prennent point le parti de la Mer, dans la feule crainte d'y vivre dans l'obfcurité, & de voir
leur nom & leurs actions refter ignorés. L'a-
mour - propre eft le reffort général qui nous
fait agir. Le germe des grandes actions eft
dans le cœur des François, & les facrifices ne

leur coûteront rien quand ils feront assurés de
les faire avec éclat. Rome n'eût point vu
dans son sein tant de victimes de la Patrie, si
les premieres fussent restées dans l'oubli.
Pour affronter le précipice, il faut que les
bords soient couverts de fleurs.

Ce font les Rois qui font les grands Hommes. La Nature paroissoit assoupie en France;
Louis XIV. monte sur le Trône; le flambeau
se montre, par-tout le courage s'enflamme,
& les Héros paroissent. Il seroit encore à souhaiter qu'on construsît dans les Ports de mer
des maisons pour servir d'asyles aux Invalides
de Marine, & que ces maisons fussent les mêmes que les Ecoles. Il seroit beau voir de
vieux hommes, à qui il ne resteroit que le
courage, préparer la Jeunesse à servir la Patrie; & rendre utile jusqu'à leur foiblesse. On
ne renverroit plus un vieux Marin présenter à
sa triste famille le spectacle d'un corps mutilé, & décourager par son état ses enfans qu'il
anime encore par ses discours. Victime des
malheurs de la guerre, il en seroit consolé par
les récompenses. Le Citoyen se doit à la Patrie, & la Patrie au Citoyen.

La demi-solde de 7, 8 ou 9 livres par mois,
qu'on donne encore rarement aux Matelots
blessés sur les Vaisseaux du Roi & hors d'é-
tat de le servir, la demi-solde, dis-je, ne peut
ni les faire vivre, ni les dédommager de ce
qu'ils ont perdu.

En entrant dans l'Hôtel des Invalides de Paris, à l'aspect des vieux Guerriers qui l'habitent, on se sent saisi de respect pour le Fon-
dateur. On voit des hommes courbés par les
ans, les fatigues & les blessures, oublier les

maux pour glorifier la mémoire de leur bienfai-
teur. La chaleur de la jeunesse semble renaître dans ces corps usés pour en acquitter la
reconnoissance. C'est par les bienfaits qu'un
Roi marche à l'immortalité.

On travaille fortement en France aux progrès de l'Agriculture & du Commerce. Une
plus grande population & l'abondance dans le
Royaume en doivent être les fruits. L'intention est bonne, mais le succès y répondra-t-il ?
Il paroît qu'on court risque de bâtir sur le sa-
ble, & de faire crouler l'édifice, si une Puis-
sance Maritime ne lui sert de fondement : en
voici la preuve. Que l'Agriculture parvienne à
être en honneur, le Commerce à fleurir, que
notre Marine reste foible, que la Guerre revienne, l'Agriculture & le Commerce rentreront dans l'état où ils sont aujourd'hui. Nos
Ports seront bloqués de toute part, rien n'en
pourra sortir. Faute d'exportation de marchandises, nos Manufactures se fermeront, les matieres premieres, telles que laines, &c. reste-
ront aux Paysans, on négligera des denrées
qu'on ne pourra plus vendre ; le découragement naîtra, la misere ira en augmentant, le
mariage en diminuant , & la dépopulation
d'hommes & d'animaux en sera la suite mal-
heureuse, mais inévitable.

Les Anglois nos voisins, & souvent nos ennemis, forcés par la situation de leur Isle à
n'attendre leur grandeur que de leur Marine,
sont parvenus à la rendre formidable. Leurs
forces doivent exciter nos efforts. La mer
nous offre également ses faveurs, & la posi-
tion de nos côtes nous permet d'y prétendre.

L'Angleterre semble connoître mieux que

nous ce qui nous eft avantageux ; car à la moindre augmentation de nos Vaiffeaux, tous fes efforts fe réuniffent pour en arrêter les progrès. Une des principales caufes (& peut-être la feule) de la guerre derniere, c'eft que l'état de notre Marine commençoit à donner de l'ombrage.

Nos ennemis nous ont pris une partie de nos Colonies ; que la guerre revienne, ils nous prendront & ce qu'ils nous ont rendu, & ce que nous avons pu conferver. La même caufe produira les mêmes effets. On dit que les François ne font pas propres à la navigation, c'eft qu'ils n'y font pas encouragés. L'homme eft tout ce qu'on veut qu'il foit : c'eft l'ouvrage d'une main habile.

Rome, Etat Militaire, tourna toutes fes vues vers la Marine, lorfqu'il fallut abaiffer l'orgueil de Carthage : fa premiere Galere fut conftruite fur le modele d'une des ennemis échouée fur fes bords : le nombre de fes Vaiffeaux augmenta ; fon premier combat naval fut fa premiere victoire, & dans la fuite la ruine entiere de Carthage couronna fes travaux & la laiffa fans rivale.

Puiffe la France voir renaître le tems de Colbert ! Tout François doit des pleurs à ce grand Homme, tout Citoyen lui en donne. Puiffe le Miniftre, à qui eft confiée la gloire de notre Marine, la porter auffi loin que lui-même le defire. La poffeffion de nos cœurs fera fa récompenfe. Nous ne faurions lui accorder moins, il ne fauroit defirer davantage.

F I N

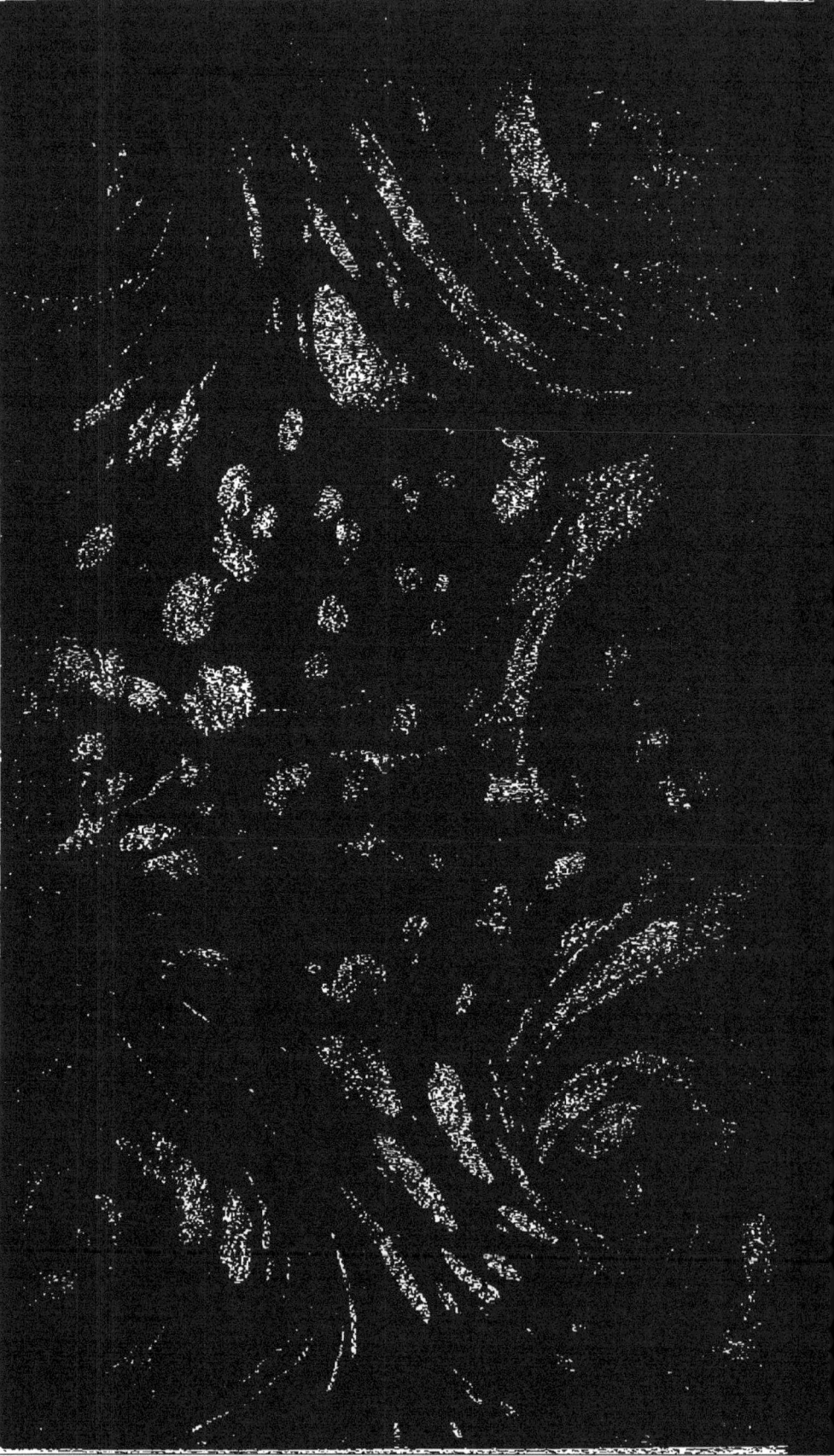

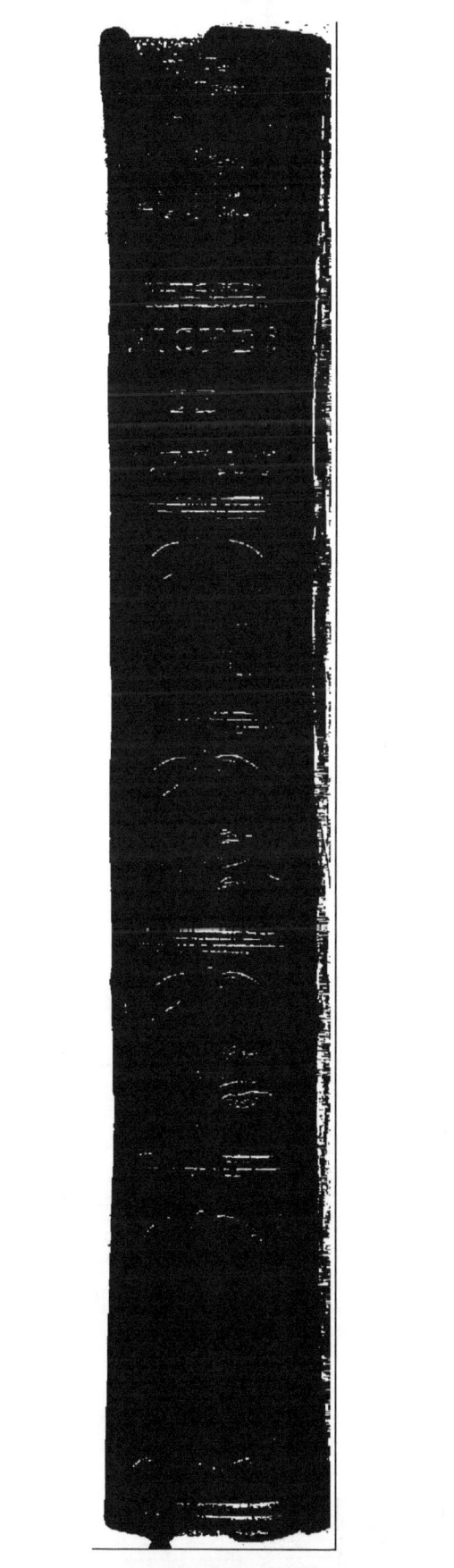

www.ingramcontent.com/pod-product-compliance
Lightning Source LLC
Chambersburg PA
CBHW072351030726
47505CB00014B/1455